Je te promets
la liberté

Du même auteur

L'homme qui voulait être heureux, Éditions Anne Carrière, 2008, et Pocket, 2010.

Les dieux voyagent toujours incognito, Éditions Anne Carrière, 2010, et Pocket, 2012.

Le philosophe qui n'était pas sage, coédition Kero/Plon, 2012, et Pocket, 2014.

Le jour où j'ai appris à vivre, éditions Kero, 2014, et Pocket, 2015.

Et tu trouveras le trésor qui dort en toi, éditions Kero, 2016, et Le Livre de Poche, 2018.

Laurent Gounelle

Je te promets
la liberté

roman

COUVERTURE
Maquette : Olo.éditions
Illustration : © Julie de Waroquier

ISBN 978-2-7021-6550-8

« *Le seul véritable voyage, le seul bain de Jouvence,
ce ne serait pas d'aller vers de nouveaux paysages,
mais d'avoir d'autres yeux, de voir l'univers avec
les yeux d'un autre, de cent autres, de voir les
cent univers que chacun d'eux voit, que chacun
d'eux est.* »

Marcel PROUST

À Zabeth et Edmond.

1

Lyon, France, le 8 décembre 2017

Une douce fin d'après-midi d'automne.

Les quais du Rhône s'étiraient le long du fleuve sous une légère brume, baignés de la faible lueur du soleil déclinant. Pas un souffle de vent dans les herbes folles des terrains vagues alentour, coin de nature improbable à quelques foulées du centre.

La foule était massée derrière les barrières métalliques disposées en travers du quai, à quinze mètres de là. Carte de presse en main, Sam Brennan était parvenu à se glisser juste à côté de celle sur qui tous les yeux étaient rivés, Sybille Shirdoon, qu'il connaissait pour l'avoir interviewée dix ans plus tôt, peu après avoir été recruté par *Newsweek*. Il était depuis détaché en Europe pour le journal, et courait maintenant d'un pays à l'autre pour suivre les événements culturels ou faire des reportages sur des sujets de fond. Il saisissait la moindre occasion pour se rendre en France, dont il parlait la langue couramment.

Cette semaine-là, l'absence d'actualité chaude l'avait conduit à Lyon pour couvrir l'événement annuel qui attirait chaque année de plus en plus de gens des quatre coins de l'Europe. Lyon, *Lugdunum* du temps des Romains, la forteresse de Lugus, le dieu des lumières… C'est justement les lumières que Lyon s'apprêtait à fêter ce soir-là, comme chaque année depuis plus de cent cinquante ans. Traditionnellement, les Lyonnais disposaient de petites bougies sur le rebord de leurs fenêtres chaque 8 décembre au soir, offrant à la ville des milliers de petites lueurs oscillant dans la nuit. Les illuminations colorées des monuments accentuaient encore l'atmosphère si particulière dans laquelle la ville était plongée ce soir-là.

Il avait reçu quelques heures plus tôt un appel de Jennifer, l'assistante de la rédaction.

— Sam, tu es toujours à Lyon ?

— Oui, bien sûr.

— Figure-toi que Sybille Shirdoon aussi.

— Shirdoon est à Lyon ?

— J'ai eu l'info par une copine de CNN, qui a eu l'exclusivité pour la télé. Sybille Shirdoon vient assister à l'émersion du bateau-restaurant sur lequel elle a commencé sa carrière. L'hélicoptère de CNN va l'emmener sur les lieux à 17 heures, sur les quais.

— Comment ça, « l'émersion » ?

— Apparemment, le bateau était au fond du Rhône depuis cinquante ans, mais l'agglomération a décidé de curer le fleuve, alors ils vont le sortir de là. La mairie a eu l'idée de prévenir l'attachée de presse de Shirdoon, qui a décidé de venir y assister malgré l'avis de son médecin.

— OK, j'y vais.

— Avec un peu de chance, tu seras le seul journaliste de presse écrite.

On avait installé la vieille dame dans un très grand fauteuil de style Louis XV, recouvert de velours rouge, revisité par Starck. Trônant ainsi sur le quai, elle avait une posture royale. Son grand âge et son affaiblissement physique n'enlevaient rien à son aura, au charisme incroyable qui se dégageait de sa personne.

Longtemps considérée comme l'une des femmes les plus influentes au monde, Sybille Shirdoon avait eu un parcours incroyable, une vie hors du commun. Métisse de mère française et de père éthiopien de Djibouti, elle s'était fait connaître comme chanteuse, avait joui d'une carrière internationale avant de devenir actrice de cinéma. Portée aux nues dans le monde entier, Hollywood à ses pieds, elle avait pourtant été une star pas comme les autres. Ne se prenant jamais au sérieux, elle s'était toujours montrée très libre vis-à-vis de tout : des producteurs, des journalistes, de son image, et même de son succès. D'ailleurs, n'avait-elle pas décidé un jour, pourtant au zénith de sa carrière, de tout arrêter pour se consacrer à la création d'une fondation destinée à l'éducation des enfants dans le monde ? Une fondation, fruit d'un véritable engagement, pas comme celles créées par des stars utilisant l'humanitaire pour faire parler d'elles, ou parcourant la planète à bord de leurs jets privés ultrapolluants pour dénoncer le réchauffement climatique.

Shirdoon avait au contraire toujours été impressionnante d'intégrité et de cohérence. Un nombre incalculable de donateurs, particuliers et entreprises, l'avaient suivie pour financer des projets fantastiques dans le monde entier.

Sam attendit que le journaliste de CNN en finisse avec ses questions, puis il se tourna à son tour vers elle et se présenta.

— Je ne sais pas si vous vous souvenez de moi.

— Naturellement ! Vous m'avez interviewée lors du congrès de la fondation en 2008.

Sam sourit. Habituellement, plus les gens étaient célèbres, moins ils remarquaient les autres.

Devant eux se dressait une grue portuaire de taille imposante qui émergeait d'un halo de brume sous la lumière du soleil couchant. Montée sur cale, ses énormes roues suspendues dans le vide, elle ressemblait à un gros scarabée de métal auréolé de taches de rouille.

Un groupe d'hommes coiffés d'un casque jaune étaient rassemblés à côté. Certains palabraient tandis que les autres fixaient les eaux sombres du fleuve. Assis sur le boudin pneumatique d'un

Zodiac, des plongeurs dont la combinaison noire luisait dans la pénombre hissèrent leurs bouteilles jaunes sur leur dos, puis se laissèrent basculer en arrière. Le fleuve les engloutit silencieusement.

— Couvrez-vous bien, dit à Sybille Shirdoon une femme qui semblait veiller sur elle comme on surveille le lait sur le feu.

Peut-être une soignante.

Elle lui tendit un châle que sa protégée repoussa en souriant.

Lorsque le moteur de la grue se mit soudain en route dans un grondement sourd, la foule devint d'un seul coup silencieuse, et tous les regards se rivèrent sur la surface du Rhône.

Un homme en imper beige qui semblait être le chef des opérations distribua des consignes.

La caméra de CNN tournait en continu.

Sybille Shirdoon avait l'air sereine, détendue, mais ses yeux toujours pétillants se mirent à briller davantage lorsque la carcasse enchaînée émergea lentement des eaux tristes du fleuve, comme une énorme baleine prise dans des filets, qui se dresserait de toute sa masse dans une ultime tentative d'échapper à ses poursuivants.

Les chaînes crissèrent sous le poids. Ça sentait le bois mouillé et les herbes fluviales.

À quelques mètres en retrait, la soignante observait, inquiète, la montée des émotions de celle sur laquelle elle était chargée de veiller.

— Stop ! cria l'homme à l'imper au grutier en levant les bras. Rotation à cent quatre-vingts degrés !

Le photographe de *Newsweek* s'activait, prenant des clichés de l'épave avec Shirdoon au premier plan.

Quelques minutes plus tard, le rafiot dégoulinant de vase se retrouva suspendu au-dessus du quai, puis, lentement, la grue le fit descendre jusqu'à ce qu'il repose sur de grosses cales de bois. Les chaînes libérées cliquetèrent quelques instants. Puis le grondement du moteur s'évanouit et, dans le silence qui emplit alors l'atmosphère, le bateau sembla encore plus imposant.

Sam guetta les réactions de la vieille dame, visiblement très émue, qui observait sans rien dire l'énorme carcasse.

Il se rapprocha encore d'elle et s'accroupit pour être à sa hauteur.

— Vous le reconnaissez, madame Shirdoon ? dit-il à voix presque basse.

Elle sourit, sans quitter le bateau des yeux, puis acquiesça lentement.

Sam devina qu'elle était assaillie de mille souvenirs, mille pensées, et il brûlait de la bombarder de questions, mais il voulait respecter son émotion et ne pas voler cet instant manifestement important pour elle.

Il attendit plusieurs minutes avant de se lancer.

— C'est donc là, dit-il, que vous avez commencé votre carrière de chanteuse.

Sybille Shirdoon sourit en secouant la tête.

— Non, on ne peut pas vraiment dire ça !

— Ce n'est pas là que vous avez fait vos tout premiers concerts ? Elle secoua la tête.

— Non. Mais c'est là assurément que ma vie a basculé.

La soignante ne quittait pas Sam des yeux, comme si elle s'apprêtait à bondir au moindre faux pas. Le photographe mitraillait.

— Vous pouvez m'en dire plus ?

— C'était au début des années 1960. En dix-neuf cent… soixante-quatre, exactement. Je travaillais sur ce bateau. C'était un bateau-restaurant qui faisait piano-bar et organisait aussi des concerts le soir. J'étais censée encadrer la petite équipe qui travaillait à bord. Ça s'est très mal passé pour moi… Et pourtant, sans cette expérience désastreuse, ma vie n'aurait jamais pris le tournant qu'elle a eu ensuite.

Elle se mit à tousser, une mauvaise toux. Sam ne put s'empêcher de jeter un coup d'œil inquiet à la soignante, et le regretta quand leurs regards se croisèrent : elle se redressa et il eut l'impression de l'avoir malgré lui rappelée à sa mission.

À ce moment, le chef des opérations s'approcha de Shirdoon. Son imper beige était taché d'éclaboussures de vase.

— Madame, dit-il, des hommes vont pénétrer à bord. Bien sûr, on ne peut pas vous proposer de vous y aventurer vous-même : des parties entières peuvent s'écrouler, vous comprenez...

— Naturellement.

— Mais on va faire un petit film de la visite qu'on vous montrera ensuite, vous voulez ?

— Fantastique !

— Y a-t-il un endroit à bord que vous aimeriez particulièrement qu'on filme, si on y arrive, bien sûr ?

Elle réfléchit quelques secondes en secouant lentement la tête, puis il y eut comme une petite lueur qui s'anima dans ses yeux.

— J'aimerais voir le piano ou plutôt ce qu'il en reste, s'il n'est pas complètement disloqué après toutes ces années sous l'eau...

Le gars fit une grimace éloquente.

— Très bien madame, je transmets la demande. Où se trouvait-il ?

— Dans le grand salon qui servait de salle de réception. Un piano à queue noir. Quart-de-queue. Vous ne pouvez pas le louper.

— C'est d'accord, dit-il en s'éloignant.

Sam regarda Sybille Shirdoon en silence quelques instants.

— J'ai l'impression que ce piano signifie quelque chose pour vous...

Elle acquiesça pensivement, un sourire légèrement nostalgique aux lèvres.

— Il a été témoin de ma descente aux enfers et aussi de ma résurrection. Et puis, c'est accompagnée par le timbre de ses cordes que j'ai pour la première fois osé chanter quelque chose sur scène. Ce n'était nullement un concert, il n'empêche que j'avais franchi le pas... C'est grâce à un jeune pianiste. Il était irlandais, comme vous, je présume. Tous les soirs, une fois les clients partis, il jouait un air de sa composition. Un air très ressenti, assez mélancolique...

Sam remarqua les larmes qui embuèrent alors son regard.

La soignante s'agita, les sourcils froncés, et regarda ostensiblement sa montre.

— Il s'appelait comment ? demanda Sam.

Un silence.

— Jeremy Flanagan. Nous nous sommes perdus de vue par la suite. Des années plus tard, une amie m'a affirmé l'avoir vu dans un piano-bar new-yorkais. J'ai appelé et essayé de le retrouver, mais il venait de changer de job, sans laisser d'adresse. La vie passe ainsi, on ne prend pas toujours le temps de remercier les gens qui ont joué un rôle crucial dans notre existence sans même le soupçonner... C'est grâce à ce pianiste que j'ai eu le courage de chanter, juste parce qu'il m'a dit une phrase, une seule phrase, toute simple, mais au bon moment : « Tu en es capable. » J'avais besoin d'entendre ça, besoin de cet encouragement, de ce feu vert. Ces quatre mots ont été décisifs pour moi.

— Peut-on dire qu'il est à l'origine de votre démarrage dans le métier ?

Elle secoua la tête.

— On ne peut quand même pas dire ça, même si ça a compté, bien sûr.

Sam vit deux personnes se hisser sur le pont de l'épave.

— En fait, ajouta-t-elle après un moment de silence, c'est une autre personne qui a tout fait basculer pour moi. Un autre homme.

— Un autre homme ?

Elle sourit longuement, comme absorbée dans ses pensées, avant de répondre.

— Un homme mystérieux. Très mystérieux... et qui l'est encore pour moi cinquante ans plus tard...

Sam flaira une bonne piste.

— Racontez-moi tout...

— Holà... comme vous y allez... ça demanderait des heures, vous savez. C'est une longue histoire...

Sur ce, elle partit dans une quinte de toux qui ne s'arrêta plus. La soignante se leva d'un bond.

— On va en rester là, monsieur Brennan.

— Non, mais… on vient à peine de commencer.

— J'entends parler de plusieurs heures. C'est totalement exclu.

— Juste…

— N'insistez pas, je vous prie. Venez, Sybille. Vous allez vous reposer un peu sous la tente avant de repartir.

Sur ce, elle prit par le bras la vieille dame qui peinait à calmer sa toux, et l'aida à se lever.

— Reposez-vous le temps qu'il faudra, dit Sam du ton le plus rassurant possible. On reprendra quand vous voudrez, tranquillement.

Il les regarda s'éloigner vers une tente estampillée des armoiries de la ville, disposée un peu plus loin sur le quai.

Quinze minutes plus tard, le chef des opérations se présenta à l'entrée. Sam s'approcha rapidement et lui donna sa carte.

— Sam Brennan, de *Newsweek*.

— Jacques Verger.

On le fit entrer dans la tente et Sam se glissa à l'intérieur avec lui.

Sybille Shirdoon était assise dans un fauteuil installé près du lit de camp où elle avait dû se reposer un peu.

— J'ai un premier film, dit Verger en brandissant sa tablette. En revanche, on n'a pas retrouvé le piano. Il a dû être emporté par les flots, une fois ses éléments disloqués dans l'eau.

— Vous avez fait de votre mieux, répondit Sybille en souriant.

Mais Sam vit la tristesse poindre derrière le sourire affiché.

Il visionna le film avec les autres sur l'écran de la tablette, penché au-dessus de l'épaule de la soignante. L'intérieur du bateau était totalement dévasté. Les parois étaient couvertes de vase, d'algues et de toutes sortes de plantes aquatiques qui pendaient misérablement de toutes parts.

On voyait une première pièce à peu près vide, une seconde encombrée de meubles cassés, on descendait un escalier très sombre dont on distinguait à peine les marches enlisées, on entrait dans un réduit qui faisait vaguement penser à ce qui avait pu être une cabine de repos, puis dans une vaste salle des machines complètement embourbée, aux allures apocalyptiques. La caméra remontait l'escalier jusqu'à un poste de pilotage tapissé d'herbes gluantes. Elle suivait un couloir plongé dans la pénombre et débouchait dans la grande salle. On reconnaissait un vieux bar recouvert de limon, des tables et des chaises renversées, des hublots aux vitres manquantes ou opacifiées par les alluvions. Quelques poissons prisonniers de l'épave se tortillaient désespérément sur le plancher pourri.

Sam observait du coin de l'œil Sybille qui regardait, très absorbée, les images du désastre.

Quand le film se termina, tout le monde resta silencieux, l'atmosphère était plombée.

Sam prit sur lui pour briser le silence.

— J'aimerais beaucoup vous interviewer sur votre vie à bord de ce bateau. Je voudrais que vous me racontiez cet épisode de votre existence. Et surtout j'aimerais entendre votre histoire autour de cet homme mystérieux que vous avez évoqué…

Comme il le craignait, c'est la soignante qui répondit. Cela durerait des heures, rappela-t-elle, et c'était totalement impossible. Il faudrait échelonner l'interview sur plusieurs jours, sauf qu'il était exclu que Mme Shirdoon dorme ailleurs que chez elle, dans sa maison de Côme. Son état de santé ne le permettait pas, etc., etc., etc.

Sam ne lutta même pas.

Le journaliste de CNN eut droit à quelques questions rapides.

Un quart d'heure plus tard, le rotor de l'hélicoptère se mit à vibrer tandis que ses pales commencèrent à fendre l'air en diffusant une odeur de kérosène.

Sybille Shirdoon salua chaleureusement Sam, le journaliste de CNN, adressa quelques signes de la main à la petite foule amassée derrière les barrières métalliques, et remonta à bord de l'engin.

Le bruit s'intensifia, et l'hélicoptère s'éleva lentement avant de pivoter sur lui-même et de s'envoler dans le ciel brumeux de cet après-midi de décembre.

Un ouvrier en ciré jaune et bottes bleues, tuyau d'arrosage à la main, aspergeait le bateau. La vase à l'odeur fétide coulait lentement le long de la coque, dévoilant un peu son ancienne couleur vert bouteille. Le nom du bateau apparut aussi, peint en lettres qui avaient dû être dorées : *PygmaLyon*.

Sam s'en approcha et interpella le chef des opérations.

— Monsieur Verger, j'aimerais visiter l'épave avec mon photographe, pour *Newsweek*.

Jacques Verger secoua la tête.

— Impossible, on n'a pas sécurisé les lieux.

— Vous pensez qu'on pourra s'y introduire plus tard ?

— Peut-être… sans certitude.

— Vous avez ma carte. Appelez-moi si c'est possible.

— Comptez sur moi.

*
* *

Côme, Italie, le 5 janvier 2018

Sam claqua la porte du taxi, la tête comme une citrouille. Il regrettait d'avoir glissé trois mots en italien au chauffeur en montant à bord. Après ça, l'autre s'était lâché, parlant non-stop pendant tout le trajet. On ne l'arrêtait plus.

Sam regarda, soulagé, la Fiat blanche s'éloigner dans le chemin bordé de cyprès.

Le calme revint, à peine agrémenté de quelques piaillements d'oiseaux.

De hautes grilles noires émergeaient d'une végétation luxuriante, ne laissant apparaître aucune construction. Le ciel était d'un bleu topaze et, bien que le fond de l'air soit un peu frais, on se serait cru déjà au printemps. La veille, il était dans la grisaille londonienne. Une autre planète.

Sam s'annonça au vidéophone. La grille s'ouvrit et il emprunta l'allée bordée de rhododendrons, de lauriers et d'azalées.

Il sortit son appareil et prit quelques clichés. Cette fois, il avait préféré ne pas être accompagné par un photographe pour préserver l'intimité des échanges.

Presque un mois s'était écoulé depuis l'émersion du bateau.

Une heure à peine après avoir quitté Sybille Shirdoon à Lyon, il avait reçu un coup de fil de Jacques Verger.

— Je me permets de vous appeler car vous m'avez laissé votre carte.

— Oui, bien sûr. Que se passe-t-il ?

— On vient de retrouver le piano.

Le piano.

Trop tard pour la photo émouvante des retrouvailles…

— Il n'était pas dans le grand salon, avait dit Verger, mais dans une pièce à part. C'est d'ailleurs une chance folle, car c'est une pièce étanche, peut-être une cabine de survie. Ce bateau a dû être conçu pour la pleine mer, pas pour la navigation fluviale. Bref, il y a eu une poche d'air, et le piano est resté au sec, apparemment en bon état.

— Incroyable.

— Il y a juste un truc étonnant.

— Quoi ?

— Il n'a plus de cordes.

— Plus de cordes ?

— Plus aucune. Quand on l'ouvre, c'est vide. Il y a juste un peu de poussière brune qui repose sur… la planche en bois à l'intérieur.

— La table d'harmonie.

— Voilà.

— Bizarre.

— En fait, non. Ça semble incroyable, mais c'est normal. La poche d'air n'a pas empêché l'humidité de sévir. Les cordes ont dû rouiller puis, avec le temps, elles sont tombées en poussière. Vous pensez, ça fait quand même plus de cinquante ans qu'il est sous l'eau…

— Bon. Surtout, faites-le mettre de côté, à l'abri. On verra ce qu'on en fait.

Mais Sam n'avait ensuite rien décidé à ce sujet.

Le parfum puissant d'un mimosa le ramena à l'instant présent. C'était tellement beau de voir cette explosion de fleurs jaunes en plein janvier ! Merveilleuse Italie…

Il avait attendu l'exposition Raphaël à l'Accademia Carrara de Bergame pour se rendre à Côme, à une heure de route.

La villa de Sybille Shirdoon apparut soudain en contrebas, en même temps que le lac d'un bleu profond qu'elle surplombait. Une villa ancienne, belle mais sans prétention, la façade enduite d'une chaux ocre joliment nuancée, de vieilles pierres soulignant les arêtes des murs et les contours des fenêtres, coiffée d'un toit de tuiles en terre cuite. Des pins centenaires légèrement inclinés semblaient faire la révérence. Quelques camélias étaient déjà en fleur.

On se sentait plongé au XIXᵉ siècle, quand les villas du lac de Côme étaient le refuge des artistes de l'époque romantique. Les fantômes de Liszt ou de Verdi semblaient prêts à surgir d'un instant à l'autre.

Une jeune femme charmante accueillit Sam, une brune très souriante, les cheveux relevés en queue-de-cheval, les yeux très bleus. Elle parlait français avec un accent irrésistible. Il était soulagé de ne pas retrouver ce chien de garde de soignante.

— Quel est votre prénom ?

— Giulia, lui répondit-elle avec un grand sourire.

Elle installa Sam sur la terrasse, une agréable **terrasse** pavée, encadrée d'orangers dans de gros pots de terre cuite.

Sybille Shirdoon ne tarda pas à les rejoindre, d'emblée chaleureuse. Elle lui sembla plus détendue qu'à Lyon. Giulia leur servit du café fumant et des macarons au chocolat sur la table basse.

— Alors, comme ça, vous tenez à ce que je vous raconte mon vécu à bord du *PygmaLyon*, et ma rencontre avec cet homme mystérieux que j'ai évoqué la dernière fois, dit-elle en lui adressant un sourire complice.

— En effet.

Elle lui fit signe de s'asseoir dans l'un des fauteuils en osier blanc garnis de gros coussins bleu pâle.

— C'est une longue histoire, comme je vous le disais…

Elle remercia Giulia qui s'éloigna et rentra dans la maison. Sam prit sa tasse en main tout en observant Sybille attentivement. Une grande sérénité se dégageait de sa personne. Elle s'assit, le sourire aux lèvres, et tourna pensivement les yeux vers le lac. Son regard était lumineux.

— À la seconde où j'ai rencontré cet homme, j'ai senti qu'il captait des choses sur moi que je ne savais pas moi-même.

Elle se tut un instant, le regard perdu au loin.

Sam but lentement une gorgée de café sans la perdre des yeux.

— Il m'a amenée à connaître un secret… qui a bouleversé ma vie. Un secret que, par la suite, j'aurais moi-même aimé divulguer à tout le monde, pour que tous puissent en profiter comme moi, mais il m'en a empêchée.

Sam ne dit pas un mot, il se retint de faire le moindre geste. Tout juste se permit-il d'inspirer en silence l'air pur que les premières fleurs de la saison parfumaient délicatement.

— Ce secret m'a en quelque sorte révélé la clé de mon existence, dit-elle d'une voix posée. La clé pour déverrouiller mes freins, mes peurs, mes angoisses. La clé de ma psyché, la clé de mon épanouissement. Mais, avant tout, cet homme et son secret ont fait de moi un être libre…

Les yeux de Sybille étaient toujours tournés vers le lac, mais Sam sentit qu'en réalité son regard portait bien au-delà, au-delà du lac et des montagnes qui l'entouraient. Elle était ailleurs, à une autre époque...

2

Lyon, le 14 juin 1964

L'heure de se réveiller.

La sonnerie venait de retentir d'un coup bref.

Je me forçai à entrouvrir les yeux pour vérifier l'heure sur mon réveil. Un Jaz électrique, le tout premier de la marque, cadeau de Nathan, mon compagnon, pour mes trente-deux ans.

Encore engourdie de sommeil, je glissai mes mains sous l'oreiller, en savourai la douceur, et inspirai une dernière fois l'air tiède sous la couette enveloppante.

Courage.

Je me redressai dans le lit et, saisie par la fraîcheur de la chambre, réprimai un frisson. À côté de moi, ses jolies mèches brunes sur l'oreiller blanc, Nathan dormait toujours profondément et j'eus envie de me lover contre son corps chaud.

Il peut dormir quinze minutes de plus, laisse-le tranquille.

Je me glissai hors du lit à contrecœur et désactivai le deuxième réveil, programmé pour se déclencher cinq minutes plus tard en cas de panne du premier. Un bon vieux réveil mécanique pas près de me faire défaut.

Je tâtonnai des pieds pour chercher mes chaussons, mais ne trouvai que ceux de Nathan. Pour ne pas le réveiller en ouvrant la lumière, je les lui empruntai. M'efforçant d'éviter de faire le moindre bruit, je traversai lentement la chambre à pas feutrés pour gagner la salle de bains. Si se lever du mauvais pied présage une journée médiocre, que dire de celle commençant dans les chaussons d'un autre ?

Je pris une douche en grelottant car l'eau alternait le chaud et le froid. Une vraie douche écossaise. Notre chauffe-eau rendait l'âme depuis des semaines, mais je n'arrivais pas à obtenir du propriétaire qu'il le fasse réparer ; un vieux radin qui bottait en touche dès que je m'adressais à lui.

Le temps de me sécher dans mon peignoir bien moelleux, et j'enfilai des vêtements propres qui sentaient bon la lessive.

La cafetière fumante crachotait dans la cuisine quand Nathan me rejoignit, d'humeur maussade.

— C'est toi qui as pris mes chaussons ?

— Désolée, je ne voulais pas te réveiller en cherchant les miens.

— Si tu les mettais toujours à la même place, tu les retrouverais sans chercher, maugréa-t-il.

Son reproche était injuste et je le ressentis comme tel. Pour Nathan, le rangement des objets devait répondre à une logique bien établie, et y déroger signifiait presque un manque d'intelligence.

Nous habitions un deux-pièces en haut de la colline de la Croix-Rousse, dans un ancien atelier de canut transformé en appartement, comme ce fut souvent le cas après la faillite progressive des tisserands de soie lyonnais. Étroit et haut, avec la chambre en mezzanine, il séduisait nos amis par sa configuration originale, mais était impossible à chauffer l'hiver. Peu rationnel, disait Nathan.

Je partis au travail plus tôt que d'habitude et, dans la rue, je fus surprise de la fraîcheur de l'air pour un jour de juin.

Nathan rejoindrait le bateau en fin de matinée. Encore étudiant, il préparait une thèse de doctorat en sciences et technologies des arts. Le genre de diplôme qui vous promet un haut niveau d'employabilité… Je l'avais embauché comme serveur à temps partiel sans rien dire à personne de notre relation intime mais, juste après, je l'avais regretté : ce piston doublé d'un manque de transparence pouvait m'être reproché, et même me coûter cher.

Du coup, je vivais dans la peur d'être dénoncée, dans l'angoisse d'être accusée. Certes, lui ne vendrait jamais la mèche : c'était un taiseux, un intellectuel qui tourne sept fois la langue dans sa bouche avant de parler. Mais j'avais peur d'être vue avec lui. Quand nous sortions en ville les soirs de repos, nous évitions le quartier du bateau ainsi que les lieux de vie des salariés que j'avais pris soin d'identifier. Je ne laissais jamais Nathan me prendre par la taille ni me tenir la main en public ; la simple perspective d'être vue en sa compagnie en dehors des heures de travail me terrifiait. Toute notre vie personnelle était affectée par son embauche que je regrettais amèrement.

Comme chaque matin, je pris la « ficelle » de la rue Terme, le funiculaire reliant la Croix-Rousse aux vieux quartiers situés en bas de la colline.

J'arrivais en général au bateau en milieu de matinée, mais ce jour-là j'avais rendez-vous de bonne heure sur place avec l'assureur pour renégocier les contrats.

J'avais été recrutée quelques mois plus tôt comme simple commerciale pour développer l'activité événementielle : les mariages, les cocktails, etc. Je devais prendre contact avec les entreprises locales susceptibles de vouloir organiser à bord des réunions festives. Quinze jours après ma prise de fonction, la chance du débutant me fit décrocher coup sur coup deux beaux contrats, tombés du ciel sans que j'y sois pour grand-chose. Mais cela impressionna tellement le propriétaire du bateau qu'il me nomma directrice à ma grande surprise. Je n'y étais pas du tout préparée et n'avais franchement pas le profil. Il faut dire qu'il manquait de moyens pour recruter quelqu'un d'expérimenté. Le bateau était déficitaire et le découvert bancaire se creusait de jour en jour. Évidemment, une telle promotion ne se refuse pas, je la voyais comme la chance de ma vie, une opportunité rare, mais aussi un immense défi à relever pour moi qui n'étais pas formée pour tenir un poste de direction, ni spontanément à l'aise dans ce rôle vis-à-vis du reste de l'équipe. Bien au contraire : je manquais cruellement de confiance en moi, et mes relations aux autres étaient compliquées. Mon choix initial d'une profession commerciale tenait plus de la thérapie que de l'exploitation d'un talent naturel.

Un clochard entra dans le funiculaire et, après un petit discours de circonstance, passa entre les passagers, une casquette retournée à la main. Quelque chose me disait qu'il n'avait pas l'air malheureux. J'étais persuadée qu'il mentait, qu'il simulait la misère. Et puis il était jeune, sans infirmité. Les supermarchés installés depuis peu à Lyon peinaient à recruter des gars pour l'étiquetage et la mise en rayon. Il y avait du travail pour ceux qui en voulaient… J'avais un petit salaire et il était pour moi hors de question de donner à un fainéant.

Je ne le quittai pas des yeux tandis qu'il passait de voyageur en voyageur accompagné par le bruit de roulement du funiculaire, et peu à peu je sentis une peur diffuse monter en moi alors qu'il se rapprochait.

— Vous avez une pièce pour moi ?

Il avait plongé son regard sombre dans mes yeux, et tendu la casquette d'un geste insistant.

Je me dépêchai d'ouvrir mon porte-monnaie pour lui tendre un demi-franc, de crainte qu'il ne m'agressât si je refusais.

Une fois sortie à l'air libre, je pressai le pas. Il me fallut une quinzaine de minutes pour rejoindre à pied le bateau amarré sur les quais de la Saône, sur la Presqu'île, cœur historique de Lyon. Un emplacement de choix, entre la passerelle du palais de justice et le pont Bonaparte, emplacement qu'il ne quittait que pour les déjeuners et dîners croisières. Le point d'amarrage étant situé en contrebas du quai des Célestins, on n'entendait guère les voitures. Le soir, on jouissait d'une vue fabuleuse sur les lumières du Vieux Lyon et la basilique de Fourvière, de l'autre côté de la rivière.

Le *PygmaLyon* était un vieux bateau qui avait besoin d'être rafraîchi. Sa belle coque vert bouteille s'écaillait par endroits ; dans le prolongement de la salle de restaurant vitrée, la portion de pont aménagée en terrasse aurait gagné à recevoir un bon coup de vernis sur les lames de plancher en bois rouge, rayées et délavées. La salle elle-même demandait à être refaite, redécorée. Les cloisons de boiseries sombres auraient pu être éclaircies ou même peintes.

Lors de mon entretien de recrutement, le propriétaire avait partagé avec enthousiasme ses idées de rénovation mais, depuis, plus rien. C'était dommage car le bateau avait du charme, le charme de l'ancien qui a besoin d'être restauré pour passer de vieillot à vintage.

À peine la passerelle chancelante franchie, je tombai sur l'homme à tout faire qui s'occupait des innombrables petites réparations quotidiennes. Il était agenouillé devant le coffre à gilets de sauvetage.

— Bonjour, Bobby.

— Bonjour, Sybille. Y a un monsieur qui t'attend, là-bas, dit-il en désignant du menton un petit homme en complet-veston bleu canard accoudé au bastingage.

À cette époque, il n'était guère d'usage d'appeler sa directrice par son prénom, et encore moins de la tutoyer, ce que tous mes collaborateurs faisaient pourtant allègrement. Mais j'avais commencé en étant leur collègue, et les habitudes sont tenaces. Je soupçonnais cependant certains de le faire exprès pour me compliquer la tâche dans ma vaine tentative d'asseoir mon autorité. Mais ce n'était pas le cas de Bobby, un brave gars qui n'aurait pas fait de mal à une mouche. C'était un grand brun de quarante ans avec une grosse tête et un regard bovin, les traits légèrement bouffis par l'alcool et la consommation immodérée de chips. Il souffrait du mal de mer et avait découvert que les chips étaient pour lui un bon antidote. Tout le monde le savait porté sur la bouteille, ou plutôt *les* bouteilles, qu'il cachait maladroitement un peu partout. On le laissait faire, car il n'embêtait personne. Mais il faut croire que l'alcool avait fini par ramollir son cerveau car il passait pour un simplet comprenant tout de travers. Je le soupçonnais de cultiver cette réputation pour qu'on lui fiche la paix. C'était un béni-oui-oui dont on n'obtenait rarement ce qu'on voulait.

— Tu changes la serrure du coffre ?

Je lui avais demandé à plusieurs reprises de réparer celle des toilettes clients qui fermait mal, en vain.

— Ouais, elle accroche un peu.

— Ah bon.

Je me fichai pas mal que la serrure du coffre à gilets accroche un peu, mais je ne voulus pas le sermonner. Pas envie qu'il me trouve injuste, et encore moins qu'au bout du compte, lassé des reproches de la hiérarchie, il nous quitte : ce type savait tout l'historique du bateau dont il connaissait chaque rouage par cœur. Irremplaçable. Le perdre serait une catastrophe.

— Tu penseras à celle des toilettes ?

— Ouais, ouais, j'y pense, j'y pense, dit-il comme chaque fois que je lui posais la question.

Pourtant, je savais bien que rien ne bougerait. Il semblait sans cesse actif… à brasser du vent : il s'affairait toujours à s'occuper de ce qui était le moins important et le moins urgent.

Je serrai la main de l'assureur en complet bleu.

— Je suis à vous dans cinq minutes, dis-je, le temps de faire le tour de l'équipe pour saluer chacun. Je me dépêche.

— J'ai tout mon temps.

La porte de ma cabine était ouverte et l'on entendait Charles, le propriétaire, parler au téléphone. Il faisait tous les jours une apparition sur le bateau, restait une heure ou deux dans son bureau ou parfois le mien – le seul équipé d'un téléphone –, puis repartait vaquer à ses occupations en ville.

Je passai la tête pour le saluer d'un geste de la main.

— Je vous assure, disait-il à son interlocuteur, j'ai remis le dossier de financement il y a quinze jours au directeur de la banque. Il m'avait promis une réponse dans la semaine…

Cheveux argentés, teint hâlé et regard charmeur, vêtu élégamment de vêtements un peu élimés, Charles avait la soixantaine joyeuse. Cadet d'une famille d'aristocrates lyonnais pure souche, il s'était retrouvé propriétaire du bateau à la mort de ses parents et l'avait transformé en restaurant. Lui n'avait guère travaillé dans sa vie jusque-là, mais, parvenu au bout du bout de l'héritage, il comptait sur le bateau pour lui fournir de quoi vivre. C'était mal parti, et Charles espérait que je parviendrais à relancer l'activité en perte de vitesse et à combler les trous dans la caisse qu'il ne pouvait renflouer. C'était quelqu'un de courtois qui s'efforçait de sourire pour cacher – aux autres et à lui-même – le stress inhérent à sa situation.

Je poursuivis mon tour du bateau en me pressant.

Katell m'aperçut de loin et fondit sur moi avec une assurance qui me procura comme chaque fois une pointe d'appréhension. La trentaine, grande et mince, cheveux décolorés en blond, très consciente d'avoir un corps bien fait et sachant le mettre en valeur, cette jeune arriviste était la chef de salle du restaurant. Elle avait sous ses ordres toute l'équipe de serveurs qu'elle animait avec professionnalisme. Je m'en serais réjouie si je ne la soupçonnais pas fortement de vouloir prendre ma place. Elle avait été recrutée peu après moi par un Charles palpitant de désir devant son sex-appeal. Il lui avait survendu le poste en lui promettant monts et merveilles, notamment un bateau refait à neuf en version grand luxe.

Elle ne supportait pas que j'aie été nommée directrice sans avoir plus de diplômes ni de compétences qu'elle. Elle me faisait sentir en permanence que je n'étais pas à ma place, ne faisant qu'accentuer mes propres doutes.

— As-tu pensé, me dit-elle d'un ton autoritaire, à demander à Marco de cesser de hurler dans le micro quand il annonce le départ ?

— Je vais le faire, je vais le faire…

— Ça fait chaque fois sursauter les passagers alors qu'on est censés leur offrir un moment de détente.

Marco, le pilote du bateau, était un ours mal léché d'une soixantaine d'années, à la virilité désagréable. Il m'intimidait et j'étais persuadée que Katell l'avait remarqué : elle me poussait régulièrement dans ses griffes pour obtenir telle ou telle chose de lui, tout en sachant que je n'y parviendrais pas. Elle avait l'intelligence de formuler des demandes légitimes auxquelles je ne pouvais me soustraire. Démontrer mon incompétence était son passe-temps favori.

— Autre chose, ajouta-t-elle. Il va falloir que tu prennes une décision concernant Nathan. On ne va pas pouvoir continuer longtemps comme ça avec cet amateur.

Je tentai de paraître détachée. Elle savait pertinemment qu'il était ma recrue, même si, Dieu soit loué, elle ignorait tout de notre relation intime. Il n'était certes pas le meilleur serveur, mais pas non plus le pire. Mais là encore, acter l'insuffisance de Nathan, c'était mettre en évidence la mienne.

— Excuse-moi, je dois y aller, je suis attendue, dis-je en désignant l'assureur que je surpris en train de mater ses fesses.

Je m'éloignai en me maudissant. Pourquoi m'étais-je excusée ? Et pourquoi m'étais-je justifiée ?

Je ne pouvais m'empêcher de la détester, et mon ressentiment était accentué par la jalousie qu'elle suscitait en moi : j'enviais sa personnalité confiante et affirmée, alors que la mienne était faite de doutes, de craintes et d'hésitations. Notre différence sur ce plan me rappelait régulièrement un épisode douloureux de mon adolescence. J'avais invité une camarade de lycée à la maison et, après son départ, mon père s'était épanché en éloges à son égard. « Quelle forte personnalité ! » avait-il dit d'un ton admiratif. Cela m'avait attristée au plus haut point : qu'avais-je fait, moi, pour ne pas recevoir une telle personnalité ?

Je continuai mon tour du bateau au pas de charge, laissant ma main courir sur la rampe du bastingage que les couches successives de peinture blanche sur l'acier rouillé avaient rendue rugueuse.

La petite salle de pause du personnel était déserte. Une montagne de tasses à café sales s'amoncelait dans l'évier, ce qui m'agaça prodigieusement, comme tous les jours. Pourquoi ne les lavaient-ils pas après chaque usage ? C'était pourtant simple... Je mourais d'envie de taper du poing sur la table et de râler un bon coup, mais bon... il valait mieux ne pas braquer tout le monde. Il m'aurait aussi été facile d'identifier chaque coupable puisque les tasses étaient personnelles, chacune avec un motif différent. Mais je n'avais pas envie de jouer au flic.

À l'intérieur de la salle de restaurant aux cloisons de bois sombre constellées de vitres, je saluai une serveuse qui dressait déjà les tables du déjeuner. Les nappes blanches donnaient un semblant de standing tout en cachant les plateaux élimés.

Jeff, le barman qui m'était directement rattaché, un blond fluet, nerveux comme une puce mais optimiste invétéré, astiquait au son d'un air de reggae les cuivres rutilants du bar sur lequel l'ardoise du jour indiquait :

Café aussi frappé
que ton patron

— Bonjour, Jeff.

— Salut, Sybille !

— Je ne suis pas sûre que ton ardoise fasse vraiment rire les clients, tu sais.

— Sybille... Te fais pas de bile...

Si Jeff était plutôt doué pour mettre les clients du bar à l'aise et leur donner envie de consommer, il avait surtout un talent particulier pour l'humour bas de gamme, dont le principal effet était de ternir l'image de l'établissement.

Il manquait aussi de rigueur dans la tenue du bar, laissant souvent les verres sales traîner sur le comptoir, et tardant à prendre les commandes quand il se laissait absorber dans la narration de ses blagues de mauvais goût.

Je n'arrivais pas à obtenir une amélioration de sa part. Chaque fois que je prenais mon courage à deux mains pour aborder la question, il se défendait en me bombardant d'arguments pseudo-rationnels auxquels j'étais incapable de répondre dans l'instant, les réponses me venant toujours à retardement, une fois retournée dans mon bureau. Il avait autant le sens de la repartie que j'en étais dépourvue.

Je poussai la porte de la cuisine et trouvai Rodrigue en train de découper de la viande dans un nuage de vapeur aux parfums d'aromates et d'oignons frits.

— Bonjour, Rodrigue.

— Bonjour, Sybille.

La quarantaine, cheveux noirs un peu en bataille, des yeux de cocker et la bedaine de rigueur, le cuisinier en chef était un homme étonnamment sensible, qui semblait parfois submergé par ses émotions. Très doué pour les associations originales de saveurs, il avait tendance à perdre toute notion du temps pour se laisser aller à la création. C'est alors tout le service qui pouvait s'en retrouver fortement décalé... Et comme il était particulièrement susceptible, je ne pouvais rien lui dire car il se vexait profondément à la moindre remarque : même en mettant un tact infini à l'expression subtile de ma légère préoccupation pour le service, je voyais son visage se rembrunir aussi intensément que si je lui avais annoncé son exécution prochaine sous la guillotine. Rodrigue se renfermait alors comme un artiste incompris et rejeté, et, la mine défaite, me reprochait amèrement de le trouver nul. Il perdait alors encore en efficacité, car la production devenait pour lui très secondaire comparée au drame relationnel qu'il était en train de vivre.

L'autre difficulté que je rencontrais avec lui touchait aux noms dont il baptisait ses menus, des noms certes poétiques, mais ni descriptifs ni vendeurs : « Tristesse du lundi » suivait parfois « Un dimanche de pluie ». Les noms de plats ne valaient guère mieux : le « Gratin chagrin » pouvait accompagner un « Aïoli mélancolie ».

Le pire émergeait lors des repas de mariage, lorsque le bonheur des mariés le renvoyait immanquablement à sa douleur de divorcé abandonné. J'avais une fois pris mon courage à deux mains pour lui suggérer de changer le nom de l'entrée « Douce illusion ».

— Tu ne peux pas trouver quelque chose de plus gai ? lui avais-je dit.

— Je ne vois pas en quoi c'est triste.

— Quand on ajoute en dessert le marbré au chocolat « Noir miroir »... Mets-toi à leur place, c'est leur mariage, ils veulent être heureux, joyeux.

— Qu'est-ce que t'attends ? Veau marengo à gogo ?

Il avait haussé les épaules avant d'ajouter quelque chose signifiant que le bonheur se trouvait plus dans la profondeur de la mélancolie que dans la superficialité du ricanement.

Il s'était ensuite muré dans un mutisme insondable, m'obligeant à quitter les lieux. Je n'avais plus jamais osé revenir sur le sujet.

À présent, il affichait une bonne humeur que je ne pouvais qu'encourager.

— Ça sent bon aujourd'hui, ça a l'air délicieux, ce que tu prépares aujourd'hui, dis-je pour aiguiser sa motivation.

Il fronça ses épais sourcils noirs et me lança un regard sincèrement blessé.

— C'était pas bon, hier ?

— Si, si, parfait, je t'assure !

Je m'échappai dans la salle. Même les compliments se retournaient invariablement contre moi. C'était sans espoir et, chaque jour, je manquais une occasion de me taire. Pourtant, son authenticité me fascinait : il ne cherchait jamais à masquer ses sentiments tandis que je me sentais pour ma part obligée de redoubler d'efforts pour m'adapter à chacun.

— Bonjour, Corentin.

— Bonjour, madame Shirdoon.

Serveur à temps complet, Corentin, taille moyenne, petits yeux bruns, cheveux châtains avec des pattes assez longues mais soigneusement taillées, était le seul membre de l'équipe à me vouvoyer. Il faut dire qu'il attachait une attention particulière au respect des usages et des conventions. À trente ans à peine, ce Breton exilé à Lyon était un perfectionniste d'enfer. Mais il appliquait surtout cette obsession à des critères essentiellement visuels, tels que le pliage des serviettes ou l'emplacement des couverts, et non à la rapidité du service. C'était plus fort que lui : même pendant les coups de bourre, il ne pouvait s'empêcher de rectifier la position d'une fourchette en passant devant une table dressée. Fort heureusement, je n'avais pas à m'en occuper : la charge incombait à Katell, la chef de salle.

Je finis le tour des salutations matinales par Marco, le pilote, si l'on pouvait dénommer ainsi cet espèce de rhinocéros responsable de la navigation du bateau et de l'entretien de sa mécanique. C'est peu dire qu'il n'était jamais souriant. En vérité, ce grand costaud brun à moustache donnait l'impression d'être toujours en colère, même quand les choses allaient bien. Les sourcils éternellement froncés sur des yeux sombres et luisants, il semblait en permanence prêt à mordre.

En gravissant l'escalier étroit et raide qui menait à la cabine de pilotage, j'avais le sentiment de perdre un peu de mon énergie à chaque marche, alors que c'était au contraire en me montrant forte qu'il me respecterait, je le savais bien. Mais peut-on vraiment simuler la force face à celui qui la possède naturellement ?

Il était assis aux commandes, derrière les vitres un peu rayées de la cabine, le teint rouge, les manches de chemise relevées sur ses gros bras poilus.

— Bonjour, Marco.

Il se retourna et fit un bref signe de tête.

Prise en étau entre ma peur du personnage et la pression dangereuse de Katell, je rassemblai mon courage :

— Écoute, ne le prends pas mal, mais j'aimerais que tu parles plus doucement dans le micro quand tu annonces le départ du quai. Tu cries très fort, tu sais…

— Qu'est-ce que ça peut vous foutre ? dit-il de sa grosse voix rocailleuse.

— C'est juste que ça heurte un peu les oreilles des clients, tu vois…

— Pauvres chéris…

— Tu pourrais juste prendre une voix un petit peu plus douce et ce serait parfait…

— J'suis pas une speakerine.

J'ignorais quel en serait l'effet, mais j'avais passé le message. Soulagée et plutôt fière de moi, je filai rejoindre l'assureur en complet bleu canard et le fis entrer dans mon bureau, que Charles avait libéré entre-temps pour réintégrer le sien. Avec sa moquette d'un vert anglais et ses cloisons en boiseries sombres, il me donnait parfois le sentiment d'évoluer dans un roman d'Agatha Christie, *Mort sur le Nil* par exemple, le luxe en moins.

La matinée ne fut pas de trop pour étudier point par point le nouveau contrat que je voulais mettre en place pour le bateau. On n'est jamais trop protégé, et l'ancien contrat comportait des lacunes non négligeables. J'avais rendez-vous avec un de ses confrères l'après-midi pour comparer. Le mieux-disant l'emporterait.

À 17 heures, je reçus un jeune couple à la recherche d'une salle pour fêter leur mariage, mais je ne réussis pas à leur donner envie de concrétiser. En fin d'après-midi, je relançai quelques entreprises intéressées par l'organisation de déjeuners annuels à bord, mais ce n'était pas mon jour de chance : toutes déclinèrent mes propositions.

À chaque échec, le constat était le même : j'avais le sentiment de m'y être mal prise alors que je savais pourtant ce qu'il fallait faire. Mais, dans l'instant, quelque chose me retenait de m'exprimer et d'agir comme je l'aurais souhaité. Je ressentais une certaine gêne, comme si je n'étais pas vraiment légitime, pas tout à fait à ma place dans ce que je faisais.

En fin d'après-midi, je fis une pause et allai me servir un café dans la petite salle du personnel. L'évier était toujours envahi d'un monticule de tasses sales empilées en vrac, ce qui me contraria une fois de plus.

Pendant que le café chauffait, je vidai le contenu de la *boîte à paroles*, une petite urne en bois que Bobby avait fabriquée à ma demande quelques semaines plus tôt. J'avais invité chacun à y glisser quand il le souhaitait un petit mot anonyme à mon intention, un commentaire sur mon mode de direction. Mon idée avait été de libérer la parole de chacun pour obtenir un retour qui me permettrait de mieux comprendre comment améliorer mon style de management. Je pensais aussi pouvoir percevoir ainsi d'éventuelles tensions avant qu'elles ne deviennent problématiques.

J'obtenais de tout : des choses sans intérêt et parfois contradictoires, des remarques pertinentes, des reproches, des conseils bons et parfois stupides, et aussi quelques paroles dérangeantes parce que visant juste, là où ça fait mal.

Le petit cadenas rouge cliqueta en s'ouvrant.

Les messages du jour étaient au nombre de trois. J'avais déjà connu des moissons plus fructueuses.

> Fais-nous un peu plus confiance

> Si t'es trop gentille, t'obtiendras rien...

> Un peu parano, non ?

Je trouvai le qualificatif de parano injuste. J'étais certes tellement prévoyante que j'en étais sans doute trop méfiante, mais en aucun cas paranoïaque.

En fin de journée, Charles m'appela dans son bureau. Quand je m'y rendis, je fus surprise de le voir se lever pour refermer la porte derrière moi.

— Asseyez-vous, je vous en prie, dit-il.

J'obtempérai en silence.

Le vrombissement d'une vedette passant à côté du bateau s'accompagna du roulis déclenché par les vagues.

Il refit le tour du bureau pour s'asseoir en face de moi.

— Une cigarette ? proposa-t-il en me tendant son paquet.

— Merci, dis-je en secouant la tête.

Il en prit une, l'alluma avec un vieux briquet doré, tira une bouffée et, en gentleman, prit soin de rejeter la fumée sur le côté et non dans ma direction.

— Cela va faire trois mois que vous avez rejoint le bateau.

J'acquiesçai en souriant.

— Votre période d'essai prendra fin la semaine prochaine.

— Oui, sans doute.

Il reprit une nouvelle bouffée qu'il garda un moment avant de souffler.

— Je préfère jouer franc jeu avec vous, je ne veux pas vous prendre en traître. Je n'ai pas encore pris de décision, mais... je ne suis pas certain de vous garder.

Je reçus le message comme une gifle. J'en eus le souffle coupé et ne sus pas quoi répondre. Malgré les difficultés rencontrées au quotidien, je n'avais jamais imaginé perdre mon emploi. Me faire virer. J'en restai figée dans mon fauteuil, ne quittant pas mon patron des yeux. Lui-même n'avait pas l'air très à l'aise.

— La situation financière est préoccupante, dit-il. J'ai eu espoir que vous relanciez l'activité, mais ce n'est pas le cas. On continue d'accumuler les pertes. Le comptable tire le signal d'alarme toutes les semaines. Sans parler de la banque... On ne va pas tenir longtemps, il y a urgence.

J'avalai ma salive.

— Le marché est difficile. Les clients ne se décident pas… Je sens que ça va se débloquer, mais il faut du temps.

Il acquiesça pensivement pendant quelques instants.

— Il vous reste dix jours pour faire vos preuves et obtenir des résultats, dit-il d'un ton vraiment gentil. J'aimerais pouvoir vous donner plus de temps, mais c'est malheureusement impossible.

J'avais l'impression que tout un pan de ma vie s'apprêtait à chanceler, comme si le sol se dérobait sous mes pieds. Je ne savais plus quoi dire. Il avait l'air aussi désolé que moi, ce qui ajoutait encore à mon sentiment d'échec.

— Je fais de mon mieux, dis-je.

— J'en suis convaincu.

Je sentis mes yeux s'embuer, mais je ne voulais surtout pas me mettre à pleurer.

— Je crois, ajouta-t-il, que vous ne vous y prenez pas comme il faut… Et puis, vous ne vous concentrez peut-être pas sur l'essentiel. Regardez, rien qu'aujourd'hui, vous avez quasiment passé la journée avec les assureurs… Franchement, vous ne croyez pas qu'il y a plus urgent, en ce moment ?

Le reproche me sembla en partie injuste. Ne dit-on pas que gouverner, c'est prévoir ? Je ne répondis pas.

— En fait… je me demande si vous avez la personnalité qu'il faut pour réussir à ce poste.

Je reçus sa critique comme un coup de poignard dans le ventre. Je me sentis horriblement blessée.

C'était pire que tout. On peut changer son comportement, sa façon de faire, sa manière de parler, son attitude, sa posture… Pas sa personnalité.

Il y eut un silence pesant, qu'il finit par briser.

— Écoutez, il vous reste dix jours pour me convaincre. Ressaisissez-vous, changez ce qui doit l'être, et surtout obtenez des résultats. Je vous souhaite sincèrement de réussir.

3

Ce jour-là, je quittai le bateau de bonne heure, totalement déprimée.

Je pris le quai des Célestins d'un pas alerte.

Comment pouvais-je redorer mon blason en dix jours, dix petits jours ? Et surtout, obtenir des résultats... Il eût fallu un miracle, un changement radical dans ma manière d'agir, de penser, de ressentir... Je n'avais pas choisi ma personnalité. Ce n'était pas ma faute si j'étais pétrie de peurs, de doutes, d'hésitations qui entravaient mon action. Je n'avais pas choisi de fonctionner comme ça et d'ailleurs j'enviais ceux qui agissaient plus simplement, sans s'embarrasser comme moi de multiples considérations.

— Attention !

Un homme me retint par le bras alors que je m'apprêtais à traverser la rue Grenette devant une voiture, une Dauphine bleue dont je sentis le souffle quand elle fila devant moi.

— Merci. Merci bien.

Je traversai et continuai mon chemin quai Saint-Antoine.

J'avais envie de tout rejeter en bloc, de tout mettre dans le même sac : mes parents et les gènes et chromosomes qu'ils m'avaient transmis, Dieu ou le hasard ou je ne sais quoi, mon patron et son bateau pourri et toute l'équipe de bras cassés qui le peuplait, Katell qui avait sûrement manœuvré en coulisses, les clients indécis ou trop exigeants… Tous fautifs, tous coupables, tous responsables de cette situation injuste ! Je me sentais seule au monde, seule contre tous, rejetée, isolée.

Je marchai sans raison d'un pas de plus en plus rapide. Besoin d'évacuer le trop-plein de stress, d'amertume, de frustration. Je croisai des hommes détendus, en costumes, qui retournaient tranquillement chez eux après une journée de travail satisfaisante, des couples souriants qui allaient dîner en ville. Insoutenable insouciance.

Moi, j'avais envie de rentrer et de m'enfermer dans ma chambre. Ne plus voir personne. Pas même Nathan quand il me rejoindrait, tard dans la soirée.

Dix jours…

Dans dix jours, j'aurais laissé passer la chance de ma vie, cette promotion incroyable qui m'avait été offerte sur un plateau. Je m'en voulais terriblement. Je n'avais pas su en profiter, saisir cette chance et foncer.

J'avais tout gâché.

Parvenue en bas de la colline, je passai devant les marchands de frites avec leurs bains d'huile frémissante à l'odeur de graillon, et ne pris même pas le funiculaire de la rue Terme. Je gravis les pentes de la Croix-Rousse à pied, au milieu des cris de gamins en culottes courtes sur leurs patins à roulettes, et je parvins chez moi à bout de souffle.

Je me jetai sur mon lit tout habillée. Mes nerfs m'abandonnèrent, et je me laissai aller à pleurer. Je finis par m'endormir.

Quand je me réveillai, le soleil de fin de journée chauffait mon visage, me forçant à ouvrir les yeux. Il était 20 h 10 sur mon Jaz électrique.

J'aurais aimé tirer les rideaux et me rendormir, mais je me souvins de ma promesse de passer à l'inauguration de l'expo photo de mon amie Jeanne, rue Désirée.

Pas envie.

Pas envie du tout.

Une heure plus tard, je me retrouvai dans une galerie improvisée dans le local d'un ancien caviste, pierres apparentes et vieux parquet. Mon sens de la loyauté avait pris le pas sur mon abattement, je m'étais forcée à venir pour ne pas décevoir mon amie. Mais le cœur n'y était pas, et je parcourais des yeux sans vraiment les voir les tirages en noir et blanc suspendus aux murs, éclairés par de gros spots en métal orange. Je piétinais au milieu des invités, la main encombrée par la flûte de champagne qu'on m'avait donnée malgré moi.

Soudain, un homme leva son verre et le fit tinter avec une cuillère pour obtenir le silence. Une trentaine d'années, bien habillé. Il fit un discours en l'honneur de mon amie, bref mais brillant, plein d'humour. Il s'exprimait avec beaucoup d'aisance, l'air bien dans sa peau et sûr de lui. Naturellement, je l'enviai.

Les applaudissements dissipés, je le vis soudain s'avancer vers moi en souriant.

— Tu t'intéresses à l'art industriel ?

Marre que tout le monde me tutoie comme si j'étais une petite fille.

L'art industriel ? Je n'avais même pas réalisé que la photo devant laquelle j'étais postée représentait un homme nu devant les machines d'une sorte d'usine désaffectée.

Je me forçai à sourire.

— Tu me reconnais ? dit-il.

Je le dévisageai quelques instants.

— Non.

Il sourit de plus belle.

— Je vais te donner un indice…

— OK.

— Lyon 1.

Lyon 1, la faculté… L'aurait-on fréquentée les mêmes années ? J'y étais restée à peine deux ans…

— Je ne vois pas, je suis désolée.

— Rémi Marty, dit-il sans se départir de son large sourire.

Rémi Marty.

Je fus tellement surprise que j'en restai sans voix.

Jamais je n'aurais reconnu cet ancien camarade de fac. Jamais. Le plus dingue était… qu'en fait il n'avait guère changé physiquement. La transformation était ailleurs, mais elle était tellement marquée qu'il s'en trouvait métamorphosé. Le Rémi Marty que je connaissais était l'être le plus effacé, le plus transparent, le plus inexistant qui soit. À la fac, je passais moi-même pour très timide, mais, à côté de lui, j'étais Tina Turner. Il devenait rouge cramoisi dès qu'on lui adressait la parole ; si un prof avait le malheur de lui poser une question en TD, il se mettait à trembler et ses mots restaient coincés au fond de sa gorge, inaudibles. Il inspirait la pitié de certains, la moquerie des autres.

Ce soir, il me faisait l'effet d'un tétraplégique venant de remporter le cent dix mètres haies…

Comment avait-il pu devenir cet homme assuré et avenant, au regard charismatique ? C'était surnaturel…

— Ça n'a pas l'air d'aller…, dit-il en saisissant mon bras.

— Si, si, mentis-je.

Mais le contact physique, le simple contact de sa main sur mon bras, vint ramollir ma carapace, mon masque.

Il m'offrit un petit-four, et m'accorda son attention avec une telle bienveillance que, bien vite, après quelques paroles échangées et quelques gorgées d'alcool, je me livrai à la confidence et racontai mes malheurs. Il m'écouta jusqu'au bout sans m'interrompre, après quoi je me tus. Il resta alors silencieux un long moment, mais sa seule présence avait quelque chose de réconfortant. Il finit par rompre le silence d'une voix très calme, très posée, qui contrastait avec le brouhaha de la galerie.

— Je connais un homme, dit-il très lentement, qui est capable, si tu le désires, de te donner une autre personnalité.

Je le regardai, interdite, un moment.

— Une autre personnalité ? Comment est-ce possible ?

44

Il balaya des yeux l'assistance, comme pour s'assurer de l'absence d'oreilles indiscrètes.

— Il induit la nouvelle personnalité sous hypnose.

J'en restai pantoise.

— C'est une blague ?

— Non, c'est très sérieux.

Je le fixai un instant. Il n'avait en effet pas l'air de plaisanter.

— Mais c'est qui, ce type ?

De nouveau, il balaya du regard la galerie.

— Le grand maître d'une confrérie, une confrérie secrète, héritière d'un savoir ancestral sur le fonctionnement de la psyché humaine.

J'eus envie d'éclater de rire.

— C'est quoi, ce truc !

Il inspira profondément dans un geste d'impuissance.

— J'ai moi-même essayé d'en savoir plus, mais c'est impossible. Ce sont des gens qui cultivent le secret depuis la nuit des temps.

Il était très sérieux, manifestement sincère.

J'étais médusée, partagée entre l'incrédulité, la curiosité et la méfiance.

Je le dévisageai en silence. De toute évidence, il était lui-même passé entre les mains de ce grand maître.

Une jeune femme blonde en longue robe noire nous présenta un plateau de petits-fours.

J'en pris un et le mangeai, songeuse.

— Sous hypnose, tu disais ? Mais il te raconte quoi exactement, pour installer en toi une nouvelle personnalité ?

— Eh bien... en fait, tu ne sais pas, parce que tu perds très vite conscience de ses paroles et quand tu sors de là, tu ne te souviens de rien.

— Moi, si j'allais le voir, je ne supporterais pas de ne pas savoir.

— Il faudrait bien, dit-il en souriant.

— Non. Je trouverais une solution. Je ne sais pas… peut-être enregistrer ce qu'il me dit.

— Ce serait une très mauvaise idée.

— Pourquoi ?

Il prit une gorgée de champagne avant de me répondre.

— J'ai parlé avec lui pour essayer de savoir ce qu'il me disait en transe.

— Et alors ?

— Il m'a dit que je ne devais en aucun cas connaître la teneur exacte de ses propos, car cela pourrait être fâcheux pour moi. Il a dit ça sur un ton tellement grave et sérieux que je n'ai pas insisté. Alors, je lui ai fait confiance, j'ai joué le jeu.

Pas rassurant.

Je secouai la tête.

— Moi, je ne pourrais jamais accepter de m'en remettre aveuglément à quelqu'un. Je veux au moins disposer des éléments qui permettraient de me secourir en cas de problème. Pouvoir ensuite aller voir un psy et lui donner ces éléments pour qu'il… me rende à moi-même.

Il fit une moue signifiant qu'il doutait que ce soit possible.

— Rémi ! Tu es là, je te cherchais partout !

Une jolie brune en robe très courte se suspendit presque à son cou pour lui faire la bise. Il me glissa sa carte de visite dans la main avant de se laisser entraîner à travers la foule des invités. Je finis ma flûte de champagne seule dans mon coin, à côté de l'homme nu devant ses machines désaffectées.

Je rentrai chez moi songeuse. Jamais je n'aurais le courage d'entreprendre une telle démarche. S'en remettre ainsi à un inconnu qui, en plus, cultive le mystère… C'est bien la dernière chose que je ferais.

À la maison, je trouvai Nathan en train de lire dans un fauteuil. Il me sembla particulièrement froid, levant à peine les yeux vers moi.

— J'étais au vernissage de Jeanne.

— Je sais.

Il me fut difficile de l'amener à formuler plus que quelques mots d'usage.

Ce n'est qu'une fois au lit, la lumière éteinte, chacun tourné de son côté, qu'il sortit de son mutisme. Sa voix grave vibra dans le noir d'un timbre inhabituel.

— Je ne sais pas trop où nous en sommes de notre couple, dit-il. J'ignore si on continuera longtemps ensemble.

Il se tut, n'ajouta rien.

Rien.

J'étais abasourdie, assommée.

J'aurais aimé des explications, comprendre ce qui arrivait, mais sa voix m'avait glacée, le ton coupait court à toute possibilité d'échange.

Le silence envahit l'espace, étourdissant.

Je me retins de sangloter, laissant les larmes embuer mes yeux et couler en silence sur mon visage.

Le sommeil fut long, très long à venir.

Mes pensées voguaient tristement au rythme de la respiration endormie de celui que je ne voulais pas perdre.

Que m'arrivait-il en ce moment ? Pourquoi étais-je assaillie de toutes parts ? Le semblant d'équilibre de ma vie vacillait, comme si toute mon existence était en train de s'effondrer.

Les événements de la journée tournaient en boucle dans ma tête, mais une image me revenait régulièrement, inlassablement : le sourire épanoui de mon ancien copain de fac hantait mon esprit.

Je rêvais de connaître moi aussi une transformation similaire, de pouvoir renaître, de pouvoir enfin vivre sans entraves, sans inquiétude, sans souffrance.

Au milieu de la nuit, je pris ma décision.

Le lendemain, j'appellerai Rémi pour avoir les coordonnées du grand maître. Et je demanderai à le voir en urgence.

4

Rue de la Loge, dans le Vieux Lyon.

Le sombre immeuble de pierre érigé dans cette étroite ruelle piétonne à l'écart des rues commerçantes avait presque l'air abandonné. Sa façade austère semblait dater de Mathusalem.

Je l'observai un instant avant de m'approcher de l'entrée.

Aucune plaque, aucun nom. Mais c'était bien le numéro que l'on m'avait donné une heure plus tôt au téléphone. La *Confrérie des Kellia*, comme l'avait désignée Rémi, n'apparaissait pas au grand jour, ni son grand maître, Oscar Firmin. Un drôle de nom Oscar Firmin.

J'hésitai un long moment, puis poussai la porte fatiguée qui s'ouvrit non sans résister sur un vaste hall très sombre. C'était peu engageant et je dus prendre sur moi pour oser franchir le seuil et entrer.

Odeur de vieille pierre humide et froide.

La lourde porte se referma dans un bruit sourd qui résonna dans le hall. Un vieil escalier à la rampe de bois polie par les siècles s'enroulait dans un espace défraîchi. La peinture coquille d'œuf des murs s'écaillait un peu partout. La seule lumière provenait du haut, une lumière zénithale qui descendait d'une petite coupole de verre au sommet de la cage d'escalier, trois ou quatre étages plus haut. Au sol, un énorme pot de terre cuite hébergeait un arbre à caoutchouc géant, seul signe de vie dans cet espace hors du temps. La plante s'élevait au centre de la cage d'escalier, s'accrochant aux barreaux et à la rampe, courant vers la lumière.

Aucune indication.

Je gravis timidement l'escalier. Les marches grincèrent une à une sous mes pas. Dans cet espace qui semblait abandonné à lui-même depuis des lustres, seule la vigueur de la plante avait quelque chose de rassurant, qui poussait à la suivre dans son ascension.

Les accès du premier puis du deuxième étage étaient condamnés. Je rejoignis le dernier. Il me restait quelques marches à monter quand je vis, dressé dans l'embrasure d'une porte, un vieil homme qui me fixait d'un regard alerte, les yeux bleus perçants.

— Je vous attendais, dit-il d'une voix profonde.

Je marquai un temps d'arrêt puis le rejoignis, le cœur serré d'inquiétude. Ses cheveux blanc argenté illuminaient un visage aux traits assez forts, à la sérénité un peu rassurante. Il portait un pantalon gris et une chemise blanche, sans veste.

Il me précéda dans un petit couloir débouchant sur une grande pièce aux volumes conséquents en soupente, avec une magnifique charpente de vieilles poutres. Les murs étaient couverts de bibliothèques anciennes débordant de livres. Pas de fenêtres, mais le plafond mansardé abritait une lucarne en fer forgé dont la vitre gondolée diffusait la lumière blanche du ciel lyonnais. Partout dans la pièce, des pots de faïence accueillaient une impressionnante collection d'orchidées.

Nous nous assîmes dans de grands fauteuils de cuir brun se faisant face. J'étais habituée à être séparée de mes interlocuteurs par la barrière protectrice d'un bureau. Le fait de ne rien avoir entre nous était un peu déroutant.

Le visage sillonné de rides du vieil homme contrastait avec la beauté fragile des jeunes orchidées qui peuplaient la pièce.

Il garda tranquillement le silence, manifestement désireux de me laisser parler en premier.

50

J'allai droit au but.

— Rémi Marty m'a dit que vous pouviez me permettre de... changer de personnalité.

Il posa sur moi un regard que j'eus du mal à définir. Était-il bienveillant ?

— Qu'est-ce qui vous amène à désirer cela ? demanda-t-il d'une voix très posée, dont le timbre profond mais clair ne laissait pas deviner son grand âge.

Je me jetai à l'eau. Je lui confiai ma situation, lui expliquant en quoi je ne supportais plus de vivre avec mes peurs et mes doutes, qui m'enfermaient dans une attitude m'empêchant de m'exprimer comme je l'aimerais et de me conduire comme je le voudrais. Je lui dis à quel point j'étouffais dans cette personnalité qui m'étreignait comme un carcan dont je ne pouvais m'extirper. Je lui racontai les menaces planant sur mon avenir au travail et sur mon couple à la maison.

Quand j'eus fini, j'eus l'impression d'avoir déposé mon fardeau à ses pieds, de m'être déjà allégée, comme si nous étions désormais deux à en partager le poids.

Il m'observa en silence un long moment de son regard pénétrant. Je me sentais totalement exposée, vue au plus profond de moi-même. Il y avait quelque chose de vraiment impudique dans cette situation, face à cet homme qui semblait lire en moi comme dans un livre ouvert.

— Êtes-vous absolument sûre de vouloir changer de personnalité ?

La vérité est que j'étais encore partagée entre l'espoir et l'inquiétude.

— Je suis sûre de vouloir en changer, mais... j'aimerais savoir comment ça se passe. Je ne vous connais pas, je ne sais presque rien de la façon dont vous mettez ça en œuvre...

Il eut un sourire difficile à interpréter.

— Il vous faut d'abord être sûre de votre décision.

— Être sûre de mes décisions n'est précisément pas mon fort, et ça fait justement partie des choses que je ne supporte plus dans ma personnalité.

Il prit son inspiration avant de reprendre.

— Je peux vous accompagner dans ce changement, mais vous avez conscience que cette démarche n'est pas anodine, n'est-ce pas ?

— Oui, bien sûr.

Il me fixa un instant en silence. Il avait l'air de me jauger. Cherchait-il à tester ma motivation ? la sincérité de ma démarche ?

— Vous savez, il n'existe pas un type de personnalité meilleur qu'un autre…

— Épargnez-moi le discours politiquement correct. Je ne suis pas idiote. Il me suffit de regarder autour de moi pour voir des gens plus décidés, plus charismatiques ou plus positifs, détendus, ou encore plus confiants, plus sereins. Moi, je n'ai rien de tout ça. Rien.

Je me tus et la résonance de mes mots dans le silence des combles m'amena à réaliser la colère qui sous-tendait mes paroles.

Le vieil homme m'observait sans manifester la moindre réaction.

— De mon côté, finit-il par dire, cela représente un travail, et je n'aime guère travailler pour rien.

— Bien sûr. Combien cela me coûterait-il ?

Il sourit.

— Je ne parlais pas financièrement. Sur ce plan, je ne vous demanderai rien, ce serait contraire aux statuts de notre confrérie. Mais à mon âge, je veux utiliser mon temps à bon escient, et non le perdre avec des… curieux, des touristes. Je veux donc être clair : entamer cette démarche de changement de personnalité est un choix qui vous engage.

— Qui m'engage… à quoi ?

— Qui vous engage dans la démarche. Il n'y a pas de retour en arrière possible.

Pas de retour en arrière possible. Je sentis mon ventre se nouer.

Son offre de gratuité aussi était préoccupante. La gratuité n'existe pas, tout a un prix. Quel était le sien ? Qu'avait-il à gagner ? Que voulait-il obtenir de moi ?

— Et... comment ça se passe ? Je veux dire : concrètement, comment vous allez faire ?

— Vous me décrivez la personnalité que vous aimeriez avoir et j'induirai en vous la plus proche possible. L'induction se fait sous hypnose : vous mettre en transe me permet d'installer au plus profond de votre inconscient les fondements de la nouvelle personnalité.

— Mais... comment faites-vous ? Comment est-ce possible ?

Il me fixa en silence quelques instants avant de botter en touche.

— Nous sommes les seuls à savoir opérer un tel changement.

Je brûlai d'envie de le bombarder de questions sur la confrérie, ses origines, sa vocation à mener ce genre d'actions, mais Rémi m'avait mise en garde et je me retins.

Je me sentais déchirée entre mon envie de m'en remettre à lui et la peur qui me tenaillait l'estomac.

Il ne me quittait pas des yeux, et son regard bleu semblait plongé au plus profond de mon âme.

— Je préfère réfléchir avant de m'engager.

— Vous faites bien.

5

Charles raccrocha le combiné et se laissa aller en arrière dans le fauteuil de capitaine en acajou. Comme souvent, il avait emprunté le bureau de la directrice, le seul équipé d'un téléphone. À travers le hublot de cuivre, on voyait passer une longue péniche chargée de sable.

Le Crédit lyonnais lui opposait un refus définitif. Dont acte.

— Je me passerai de vous, banquiers arrogants de l'Ancien Monde ! se dit-il dans sa barbe. Mais votre taille et votre puissance ne vous empêcheront pas de sombrer ! Juste avant leur extinction, les dinosaures n'étaient-ils pas les animaux les plus grands et les plus puissants sur Terre ?

Charles avait encore une carte à jouer pour financer son projet de rénovation du bateau. Ça allait marcher, c'est sûr ! Comme après chaque écueil, son optimisme restait intact.

Les fonds d'investissement américains, très actifs outre-Atlantique depuis la fin de la guerre, débarquaient en France. Nos vieux banquiers en costumes trois-pièces et double menton ne voyaient rien venir, mais la révolution financière était en marche !

— Bonjour, Charles !

Il leva les yeux sur la silhouette de Katell, comme toujours sexy en diable. Son pantalon d'un élégant tissu noir très près du corps soulignait ses hanches en accentuant la finesse de sa taille. Le petit haut assorti dévoilait le galbe de ses seins.

— Entrez, Katell.

Elle se retourna pour refermer la porte et il admira la cambrure de ses reins.

— Asseyez-vous, lui dit-il. Que me vaut le plaisir de votre visite ?

— Juste vous informer des dernières nouvelles de l'équipe.

— Ah… très bien.

— Je viens de mettre en place des objectifs et ça commence à porter ses fruits.

— Des objectifs ?

— Oui, c'est important que chacun sache dans quelle direction porter ses efforts. Par exemple, j'ai fixé un objectif de temps pour le dressage des tables, le matin. Et j'ai réussi à obtenir un gain global de presque quinze minutes. Ça libère du temps pour autre chose.

— Oui, très bien.

— Je vais prochainement leur donner des objectifs sur le montant de l'addition. Comme ça, à eux de faire en sorte que les clients commandent plus de desserts ou de boissons, par exemple. Dans la situation financière du bateau, ça me semble essentiel de développer le chiffre d'affaires.

— Ah oui, excellent !

Elle reçut le compliment avec un sourire de satisfaction.

— J'ai juste un problème avec un serveur, Nathan, et là, c'est un peu compliqué.

— Que se passe-t-il ?

— Disons qu'il n'est pas à sa place, pas du tout efficace. Ce garçon est manifestement une erreur de recrutement, et il faudrait se dépêcher de s'en séparer avant que sa période d'essai ne prenne fin.

— Si c'est nécessaire, vous pouvez le faire.

Katell fit la grimace.

— Pas si simple.

— Pourquoi ?

— Sybille ne semble pas ravie à l'idée de s'en séparer. C'est vrai que la prise de décisions n'est pas son fort, mais là, elle a peut-être une autre raison de ne pas trancher...

— Que voulez-vous dire ?

Katell eut l'air d'hésiter, comme si elle était gênée à l'idée de révéler quelque chose. Charles attendit patiemment.

— En fait, c'est elle qui a recruté Nathan. Alors, vous voyez... le licencier, ce serait reconnaître son erreur. Ce n'est facile pour personne, je la comprends.

— Peu importe ! S'il ne fait pas l'affaire, il faut trancher ! Dans notre situation, on ne peut pas se permettre de payer des gens inefficaces.

— Évidemment. L'intérêt du bateau doit passer avant les considérations individuelles.

Charles acquiesça. Cette fille était lucide.

— De toute façon, ajouta-t-elle, même si elle ne l'avait pas embauché, je ne sais pas si elle oserait s'en séparer...

— Pourquoi vous dites ça ?

— Elle est gentille, Sybille, mais...

— Vous pensez qu'elle est trop gentille, qu'elle trouve des excuses à tout le monde ?

— C'est pas uniquement ça.

Elle eut l'air d'hésiter, comme si elle cherchait ses mots, avant de reprendre.

— En fait, je crois qu'elle a une nature peureuse, qu'elle craint les autres et que ça la paralyse dans son action.

— Vous croyez vraiment ?

Katell acquiesça.

— Elle connaît les problèmes, elle voit très bien les fautes commises par les uns et les autres, mais elle n'ose rien dire à personne.

— Si ce que vous dites est vrai, c'est très problématique...

— Vous avez remarqué qu'elle n'organisait jamais de réunion ? Je crois qu'elle a peur de parler en public… Et si tant de choses vont mal sur le bateau, c'est qu'elle ne dit jamais rien aux fautifs par peur de leur réaction.

— Vous exagérez sans doute.

— Vous ne me croyez pas ? dit-elle en fixant Charles de son regard irrésistible. Eh bien, demandez-lui d'organiser une réunion. Je suis prête à parier qu'elle bottera en touche.

*
* *

Je quittai l'immeuble de la rue de la Loge ne sachant que faire. J'avais l'impression que le maître avait essayé de me décourager. Pourquoi ? D'après Rémi, cette confrérie opérait depuis des lustres. Pourquoi diable seraient-ils récalcitrants envers moi ?

M'étais-je montrée trop curieuse avec mes questions ? Rémi avait insisté sur leur obsession du secret…

Oscar Firmin avait évoqué son âge pour justifier ses interrogations. Était-il, à la fin de sa vie, atteint par des scrupules concernant une démarche qui comportait des risques ?

Ou alors, à l'inverse, me décourager pouvait faire partie d'un procédé d'influence : fermer la porte donne à l'autre envie de l'ouvrir.

Rien de tout cela ne me rassurait. Seule la transparence de mes interlocuteurs me permettait en général d'accorder ma confiance. Là, je restais perplexe, bien que confusément attirée par la démarche qui pouvait représenter l'ultime solution à mes problèmes, à mes souffrances…

Je traversai le Vieux Lyon en parcourant les petites rues pavées bordées d'immeubles Renaissance, allant parfois de l'une à l'autre par des traboules, ces passages cachés dans les vieux bâtiments révélant des merveilles architecturales que les austères façades ne laissent aucunement présager. Quand j'étais enfant, ces couloirs secrets débouchant sur une succession de minuscules cours intérieures me fascinaient ; j'imaginais toutes sortes de complots s'y tramant et m'attendais à voir surgir d'un instant à l'autre des duellistes croisant le fer en tenue de gentilshommes, le tintement métallique des épées résonnant sous les voûtes d'ogives.

Je franchis la Saône par la passerelle du palais de justice, éblouie par le soleil matinal qui réveillait les façades colorées à l'italienne des immeubles sur les flancs de la Croix-Rousse.

En passant sur le quai, la vue d'une cabine téléphonique me rappela que je devais appeler ma mère. Mais il était un peu trop tôt, avec le décalage horaire de Djibouti. Je l'appelais régulièrement, plus par devoir que par réelle envie tellement notre relation était difficile. Elle n'avait jamais su s'adapter à mon passage à l'âge adulte, et sa tendance à donner des conseils au forceps m'était horriblement pénible. Elle guettait ensuite les occasions de me rappeler à quel point j'avais eu tort de ne pas les avoir suivis, et me faisait culpabiliser pour mon ingratitude si je ne la remerciais pas suffisamment pour ce que je ne lui avais jamais demandé.

J'arrivai au bateau en fin de matinée, juste avant le départ de la croisière déjeuner, bien décidée à faire avancer les choses, à assumer mon rôle de chef et à me comporter comme tel. Il me restait seulement dix jours pour faire mes preuves, inverser la tendance. J'avais les cartes en main, je jouais mon avenir. Chaque heure, chaque minute comptait.

Je fis au pas de charge le tour de l'équipe pour saluer tout le monde, puis poussai vivement la porte de ma cabine en entrant d'un pas décidé. Je tombai sur Charles et Katell assis face à face à mon bureau.

— Désolée, dis-je mécaniquement, confuse de débouler aussi brusquement.

Katell se retourna immédiatement vers moi.

— Nous sommes en réunion, tu peux nous laisser s'il te plaît ?

— Bien sûr.

Je ressortis et rejoignis le pont, déconfite.

— Ça va, Sybille ?

C'était Bobby, qui me regardait bizarrement en passant une serpillière sur le plancher.

— Ça va, merci…

La vérité était que je me sentais très mal. J'étais dégoûtée de ce qui venait de se passer. Katell s'était adressée à moi d'un ton glacial, impératif… Mais j'étais sa directrice ! C'était moi, la directrice, pas le contraire ! Elle inversait les rôles et je me laissais faire ! Et puis… c'était *mon* bureau ! Ils étaient dans *mon* bureau. C'était à eux de s'excuser, pas à moi ! Pourquoi m'étais-je éclipsée ? Pourquoi avoir obéi sans rien dire ? Je me laissais piétiner, devant mon propre patron. Du sabordage, voilà ce que c'était. Je me sabordais.

Je pris une profonde inspiration, et me forçai à prendre sur moi : il fallait que je m'accroche, que je continue malgré tout. J'avais mal commencé ma journée, mais je pouvais encore me ressaisir. Je me répétai ma résolution : faire avancer les choses, assumer mon rôle de chef.

— Attention au départ ! Écartez-vous de la passerelle ! Attention au départ !

Marco venait de hurler dans le micro. Encore plus fort que d'habitude. Il avait dû mettre le son à fond.

La carcasse du bateau se mit à vibrer et il s'éloigna lentement du quai.

Je montai dans sa cabine, décidée, gravissant deux à deux les étroites marches en bois rouge en tenant la grosse corde faisant office de rampe. Cette fois, je ne devais pas laisser passer ! Il était temps de reprendre les choses en main.

Il dut sentir ma détermination car il leva un sourcil quand j'entrai, alors qu'habituellement il prenait un malin plaisir à ne pas réagir, ne pas bouger d'un iota.

— Marco, je t'ai demandé hier d'arrêter de faire sursauter les clients au départ du quai. Pourquoi as-tu recommencé ? Tu peux m'expliquer ?

60

C'était la première fois que je me lâchais, affirmant clairement mon autorité. J'avais enfin surmonté ma peur pour agir et je ressentis une pointe de fierté.

— Dans un bateau, c'est au capitaine de décider ce genre de choses, et le capitaine, c'est moi.

— T'es peut-être capitaine, mais moi je suis directrice.

Comme il ne réagissait pas, j'en remis une couche.

— Le chef, c'est moi.

Je n'en revenais pas moi-même de mon aplomb.

Il me fusilla de son regard noir, ses épais sourcils froncés.

— Ah ouais ? T'es le chef ? Un chef, ça sait faire ce que font les employés, en mieux. Alors vas-y, montre-nous c'que tu sais faire.

Sur ce, il se leva et quitta la cabine, m'abandonnant la barre en pleine navigation.

— Marco, reviens immédiatement !

Mais il était déjà parti.

— Marco ! Reviens ! Reviens ! C'est un ordre !

Je me retournai vers la rivière, paniquée.

Le bateau fendait l'eau, droit devant.

Je saisis la barre pour la première fois de ma vie, scrutant le cours d'eau à travers les vitres rayées de la cabine.

Continuer droit, tout droit.

Mais comment s'arrêter ? Comment freiner au premier obstacle ?

— Marco !!!!!

Aucune réponse.

Salopard. Il me le paiera.

— Bobby ! Bobby !

Je hurlai de toutes mes forces.

— Bobby !

Je me concentrai sur la rivière, m'arrangeant pour me placer bien au centre, le plus loin possible des deux quais. Mais comment arrêter cet engin de malheur ?

— Booooobbyyyyyyyy !

— Ça vient, ça vient...

Je poussai un ouf de soulagement en entendant sa voix mollassonne.

— Prends ma place ! Arrête ce bateau !

— Pourquoi, y a un problème ? dit-il avec le niveau d'énergie d'un Bob Marley après trois joints d'affilée.

— Arrête-le !

— J'sais pas vraiment piloter ça, moi...

— Arrête-le, je te dis !

— Bon, bon... Mais je le gare où ?

— N'importe où... le long de la berge... mais qu'on ne la heurte pas !

Je m'enfuis de la cabine, à la recherche de Marco.

Comment le faire revenir sans me déjuger, sans perdre la face ?

Y aller au rapport de force ? L'obliger à reprendre son poste immédiatement, sous peine d'une mise à pied immédiate ? L'abandon de poste était un motif légal de licenciement. J'étais couverte, dans mon droit et, en en faisant un exemple pour tous, j'assiérais mon autorité sur le reste de l'équipe. J'étais tentée de le faire, de vivre mon rôle de directrice jusque dans ses aspects coercitifs, d'assumer enfin mon pouvoir.

Mais en même temps... j'avais en moi plein de petites lumières rouges clignotantes qui s'allumaient dans mon esprit, comme toujours en présence d'un danger immédiat.

Ne fais pas ça..., me disait ma petite voix. *Imagine les conséquences...*

Je n'avais plus que dix jours pour relancer l'activité : comment le faire sans pilote ? On n'en trouve pas d'un claquement de doigts. D'ici là, fini les déjeuners et les dîners croisières... Comment faire le plein de clients en restant à quai ? Impossible. Le chiffre d'affaires allait plonger, et moi avec. Je devais me rendre à l'évidence : mon intérêt était malheureusement de réintégrer Marco au plus vite.

Je pris sur moi, inspirai profondément, ravalai mon amour-propre et allai retrouver Marco qui fumait sur le pont, accoudé au bastingage.

Je calmai le jeu, regrettai de m'être emportée, et lui expliquai qu'un chef n'était pas tenu de savoir faire tout ce que font les collaborateurs, que son rôle était d'encadrer, d'animer l'équipe...

Il me laissa parler tout en fumant tranquillement, savourant visiblement mes justifications. Puis il me lança un regard méprisant et retourna à son poste.

J'étais à la fois humiliée et soulagée, drôle de combinaison.

Pour être tout à fait lucide, ma situation globale s'enlisait. Soit je me laissais dominer par mes peurs et étais alors trop gentille, trop précautionneuse, et personne ne m'écoutait. Soit je surmontais mes peurs pour affirmer mon autorité et ça menait au clash, je perdais le contrôle. Je me sentais prise en étau entre deux options perdantes.

Le reste de la journée se passa sans que je trouve de solution à ce dilemme. J'étais consciente des améliorations à apporter à bord, mais incapable de les mettre en œuvre auprès des personnes concernées. J'essayai de trouver un juste milieu en affirmant mon autorité sans aller jusqu'à déraper comme je l'avais fait avec Marco. Mais cela ne produisit guère d'effet. En fin d'après-midi, le stress des petits échecs répétés s'accumulant, ce fut Jeff, le barman qui m'était directement rattaché, qui me fit de nouveau sortir de mes gonds.

Il était posté derrière le vieux bar en cuivre, sur lequel il avait aligné des coupelles remplies de cacahuètes.

— Jeff, lui dis-je, demande en cuisine à Rodrigue de te fournir des légumes crus en allumettes pour accompagner les apéritifs au bar. Quand les clients se bourrent de cacahuètes, ils n'ont plus assez faim pour commander ensuite entrée-plat-dessert au restaurant. Je veux qu'on arrête ça.

— Ah non, dit-il, Katell veut qu'on distribue des cacahuètes. Elle dit au contraire que le sel stimule l'appétit.

La colère monta en moi à l'évocation du nom de ma rivale. Qu'il se plie à son autorité plutôt qu'à la mienne m'était insupportable. Je fis un effort surhumain pour rester calme.

— Et moi, je te demande de les remplacer par des légumes.

— Non, mais Katell n'en veut pas, elle a été claire là-dessus.

— Qui est ta supérieure hiérarchique, Jeff ? Je te rappelle que c'est moi, d'accord ? Alors, tu fais ce que je te dis, s'il te plaît.

— Je ne sais pas, moi, accordez vos violons. On ne peut pas me demander une chose et son contraire. Mettez-vous d'accord.

Et il laissa les coupelles de cacahuètes alignées sur le bar.

J'eus une violente envie de les faire toutes valser en les balayant du bras. Je me retins de justesse et m'enfuis dans ma cabine en contrôlant mon envie de pleurer. Je m'enfermai à clé et m'affalai sur mon bureau, la tête entre mes bras.

Je n'y arriverai pas.

Mes efforts étaient peine perdue. Les neuf jours restants ne changeraient rien. C'était plié. J'aurais beau prendre sur moi, changer mon attitude, parler différemment, rien n'y ferait. Le problème était plus profond.

On ne peut pas être écoutée et suivie quand on n'a pas confiance en soi.

Les gens se tournent spontanément vers ceux qui ont une forte estime d'eux-mêmes et ne doutent pas. C'est presque animal.

On ne peut rien y faire.

C'est sans rapport avec le fait d'avoir raison ou pas, d'être juste ou pas, d'être ou non quelqu'un de bien.

Mes efforts n'étaient que des simagrées sans effet. Ils n'avaient aucune influence sur personne et n'en auraient jamais.

Je me servis un verre d'eau et le bus. Je m'efforçai de me calmer, de respirer profondément.

Puis je décrochai mon téléphone, appelai Oscar Firmin et lui donnai mon feu vert. Il me donna rendez-vous le lendemain matin.

Je raccrochai et regardai autour de moi. Le silence de ma cabine était à peine perturbé par quelques grincements de la vieille coque qui tanguait doucement.

L'ancienne Sybille avait vécu. Une nouvelle existence allait commencer pour moi.

6

Je passai la fin d'après-midi enfermée dans ma cabine.

Ma décision prise, je me sentais en partie soulagée, sans être sereine pour autant.

Je me fis monter un plateau-repas et ce fut Nathan qui me l'apporta. Je refermai soigneusement la porte derrière lui.

— J'en ai marre qu'on vive cachés, lui dis-je. On ne fait rien, on ne sort jamais.

— C'est toi qui as peur qu'on soit vus ensemble...

— Oui, et j'en ai assez. Tant pis, prenons le risque.

— C'est toi qui vois.

— Tu termines à quelle heure ?

— Vingt-trois heures.

— Si tard ?

— Oui, je suis aussi de service pendant le concert, ce soir.

— Ah oui, c'est vrai. Bon, écoute, retrouvons-nous après, au Grand Café des Négociants. Ça nous fera du bien d'être ensemble en dehors de la maison et du bateau.

— D'accord.

Je dînai seule, dans le calme, en étudiant les comptes d'exploitation du mois de mai.

J'attendis la fin du service et les premières notes du piano pour me glisser dans la pénombre de la salle pendant le concert. Paloma, notre chanteuse habituelle, se produisait accompagnée par Jeremy Flanagan, le pianiste.

Bien que jeune trentenaire comme moi, elle se comportait un peu comme notre mère à tous, prêtant une oreille attentive et bienveillante à chacun, et toujours disponible pour nous aider et nous conseiller quand nous avions des soucis.

Je m'assis sur une chaise libre dans un coin au fond de la salle.

Des lumières tamisées jaunes et rouges illuminaient la scène en diffusant une atmosphère chaleureuse. Un verre rempli de glaçons et une bouteille de whisky irlandais posés sur le piano, Jeremy laissait filer ses doigts sur le clavier avec une telle aisance que jouer comme un virtuose pouvait sembler facile aux auditeurs non avertis.

Paloma commença à chanter de sa voix suave un air jazzy de Nina Simone. Toutes les conversations s'arrêtèrent dans l'instant et les regards se posèrent sur elle.

Très élégante, robe noire sur sa peau mordorée, assez courte mais très chic, talons hauts, maquillée avec distinction et coiffée avec soin, elle savait être sexy sans jamais être vulgaire. Son impact sur le public était considérable : elle électrisait les gens.

La musique avait toujours eu sur moi un effet particulier, à la fois calmant et envoûtant. Elle avait le pouvoir de me libérer de mon fardeau, de mes problèmes, comme si elle parvenait à débrancher mon cerveau, me libérant du même coup de toutes les préoccupations de mon esprit compliqué, de toutes mes prises de tête. Toutes mes difficultés s'évanouissaient comme par enchantement.

Notre piano avait une sonorité unique, particulièrement belle, douce et chaude, que je n'avais entendue sur aucun autre. Peut-être s'était-elle imprégnée de son histoire, bien à lui : c'était un vieux Blüthner de 1932, fabriqué en Allemagne, qui avait rejoint à Londres son acquéreur anglais puis, quelques années plus tard, l'avait suivi lorsque celui-ci s'était installé en Inde, du temps de Gandhi. Après la chute de l'Empire britannique, il avait été rapatrié en Europe et s'était retrouvé en Suisse, à Lausanne, avant de rejoindre plus tard la France et d'être racheté par le *PygmaLyon*.

En écoutant la voix mélodieuse de Paloma, je fermai les yeux et me projetai à sa place, ressentant ce qu'elle devait ressentir, vibrant comme elle devait vibrer. Je m'imaginai sur scène, portée par le son du vieux Blüthner et celui de ma propre voix, m'autorisant à exprimer en public ce qui venait du plus profond de moi. C'était un rêve, un rêve irréalisable, certes, mais parce qu'ils transgressent nos limites, les rêves aident à vivre…

Nathan me retrouva comme prévu en fin de soirée aux Négociants, cette institution lyonnaise qui célébrait ses cent ans cette année-là.

C'était bon de se retrouver tous les deux loin de notre deux-pièces tristounet, au milieu des tentures chatoyantes de ce décor Second Empire aux hauts plafonds moulurés. C'est dans ce café que nous avions partagé notre premier repas ensemble, le soir de notre rencontre.

Nathan prit une flûte de crémant de Bourgogne et je fis de même. Après quelques gorgées, nous nous détendîmes et parlâmes de tout sauf du boulot. Je lui demandai de me raconter ses recherches de doctorat. C'était l'une des rares choses qui le passionnaient et il s'animait en en parlant. De petites lueurs brillaient dans ses yeux ; il était charmant. J'eus l'impression de revivre notre relation à ses débuts, et retrouvai confiance en nous.

Je le regardais et avais envie de lui… lui qui ignorait être en train de vivre sa dernière soirée avec la Sybille qu'il connaissait. Je me demandai comment il me percevrait le lendemain, une fois dans ma nouvelle peau. Verrait-il une différence ? Et si je lui plaisais moins ? Était-ce possible ?

Je posai ma main sur la sienne.

— Viens, rentrons.

Je réglai l'addition, nous nous levâmes et, en traversant l'allée centrale du café, je me blottis contre lui.

Soudain, je me raidis et instinctivement le repoussai.

Assise près d'une vitre, jambes croisées et un léger sourire aux lèvres, fumant délicatement une cigarette en écoutant le jeune homme qui lui faisait face, Katell posait tranquillement sur nous son regard acide.

7

Je me réveillai le lendemain de bonne heure, me disant que j'étais folle de m'en remettre à un inconnu.

Une nouvelle peur hantait mon esprit : et si cet individu m'hypnotisait pour obtenir de moi quelque chose ? Je me souvenais vaguement d'un film, un Hitchcock je crois, où le criminel amenait ainsi un homme à commettre un meurtre pour qu'il soit accusé à sa place... Après tout, que savais-je d'Oscar Firmin, de sa confrérie ? Rien que ce que Rémi m'en avait dit. Mais Rémi n'avait jamais été un vrai camarade de fac et je ne savais rien de lui non plus. Pourquoi lui faire confiance ? Et s'il faisait partie de leur organisation et leur servait d'agent recruteur ?

Il fallait absolument que j'en sache plus sur cette confrérie. Je pris le bottin et tournai vivement les pages dans tous les sens.

Rien à « Confrérie des Kellia ».

Rien à « Kellia » tout court.

J'essayai différentes orthographes. Rien.

Il y avait des « Firmin », mais pas à cette adresse, et aucun ne se prénommait Oscar.

Ni dans les pages jaunes ni dans les pages blanches...

Il était 8 h 10. Nathan dormait encore. La bibliothèque Saint-Jean n'était guère éloignée de la rue de la Loge où Oscar Firmin m'attendait à 10 h 30. J'avais le temps !

Je m'habillai en hâte, attrapai une pomme dans le frigidaire et me précipitai dans la rue. L'air était encore frais. Je traversai le quartier au pas de charge, rejoignis le Vieux Lyon et me précipitai à la bibliothèque, dans l'ancien palais épiscopal. Je n'escomptais rien trouver sur la confrérie, que Rémi avait qualifiée de secrète, mais fondais mes espoirs sur le nom de Kellia, qui pouvait être une piste pour en savoir plus.

Le nom n'évoqua rien à la jeune bibliothécaire, qui me suggéra quand même deux ou trois axes de recherche. Je courus le long des hauts rayonnages imprégnés de l'odeur des livres, parcourus en diagonale des ouvrages qui s'avérèrent être tous de mauvaises pioches, mais j'ignorais dans quelle direction précise chercher. Le temps filait et je ne trouvais rien.

Il était 9 h 25. Que faire ?

Soudain, l'idée que j'avais eue en parlant avec Rémi me traversa l'esprit : enregistrer. Il fallait enregistrer l'induction de transe. Rémi avait dit que la réécouter serait néfaste. Peut-être. Mais je pouvais enregistrer sans écouter. Et en cas de manipulation, ça ferait au moins une preuve que je pourrais remettre à la police.

Je m'adressai à tout hasard à la bibliothécaire.

— Vous connaissez dans le quartier une boutique qui vend des magnétophones ?

— Des magnétophones ?

— Oui. En fait, je cherche un magnétophone miniature...

Elle fit la grimace.

— Je ne sais pas... Essayez peut-être chez Roland, rue de Brest.

La Saône à retraverser. Je filai.

Une heure plus tard, l'un des tout premiers dictaphones à microcassette en poche, je traversai au pas de charge la vieille ville. J'avais harcelé le vendeur de questions sur le silence de son fonctionnement dans tous les cas de figure : quand la bande s'arrête en bout de course, quand les piles sont vidées, etc. Il m'avait rassurée sur ce point. La seule difficulté était liée à la faible durée des microcassettes, qui allait m'obliger à déclencher l'enregistrement au tout dernier moment.

J'étais morte de trouille à la perspective de l'épreuve qui m'attendait, et je me forçais à focaliser son attention sur le nom des rues et les numéros des immeubles pour canaliser mes pensées et m'empêcher de reconsidérer mon choix. Ma décision était prise, j'étais équipée pour me protéger ; il ne fallait plus que je revienne en arrière.

Quand je parvins au bout de la rue de Gadagne, à l'angle de la rue de la Loge, ma gorge se noua à la vue de l'austère immeuble qui se dressait dans le clair-obscur de l'étroite ruelle.

Il n'y avait pas un chat. Je parcourus les derniers mètres d'un pas hésitant, une boule au ventre.

Je poussai la lourde porte le cœur serré et retrouvai l'odeur de la pierre froide et humide dans la pénombre du hall. Je gravis une à une les marches grinçantes du vieil escalier.

Parvenue à l'avant-dernier étage, je fis une pause et me forçai à prendre une inspiration profonde pour retrouver mon calme.

Quelques instants plus tard, j'étais assise face au maître.

Il me sembla plus souriant que la dernière fois et fit des efforts pour me mettre à l'aise. Mais j'avais un trac de folie qui avait du mal à se dissiper.

Il me demanda de lui décrire la personnalité que j'aimerais avoir.

Je pris tout mon temps pour peser mes mots, exprimer le plus précisément possible mes attentes. L'enjeu était énorme.

— Je souhaite devenir une femme qui sait ce qu'elle veut. Une femme qui n'est pas influençable et surtout qui n'a pas peur, sans pour autant passer en force. Je ne veux surtout pas devenir dure ni autoritaire. Juste affirmée en douceur...

Je continuai de décrire toutes les subtilités de la personnalité que je désirais, et plus j'en parlais, plus je me projetais mentalement dans cette nouvelle peau que j'appelais de mes vœux, et mieux je me sentais. Au fond de moi, j'étais prête, j'étais prête et, en vérité, je n'attendais que ça.

Quand je me tus, il m'invita une nouvelle fois à me détendre.

Je glissai négligemment la main dans la poche extérieure de ma petite veste et déclenchai le dictaphone. Puis je me laissai aller à ne plus penser à rien, à me décontracter comme il me le suggérait.

Lui-même semblait se relaxer de plus en plus, il s'exprimait très lentement, d'une voix de plus en plus grave, une voix dont les vibrations semblaient résonner dans les abîmes de mon âme, m'entraînant dans les profondeurs du lâcher-prise et de l'abandon.

8

Côme, le 7 janvier 2018

Sam était assis en terrasse du Giorgio Café, au bord du lac.

Il résidait depuis deux jours à l'hôtel Leonarduzzi, un petit hôtel simple mais confortable, dans une chambre aux murs blancs comme la craie, avec des carreaux de terre cuite rose au sol.

Il avait loué un scooter pour faire les allers-retours à la villa sans dépendre d'un taxi. C'était moins coûteux et plus agréable de parcourir les petites routes sinueuses les cheveux au vent, en humant le parfum de la nature environnante.

Il passait chaque jour une heure ou deux avec Sybille Shirdoon, puis rentrait à l'hôtel pour retranscrire l'interview par écrit. Il s'attablait à la terrasse du café et tapait ses textes sur l'ordinateur portable, un Martini à portée de main.

Il avait connu pire comme conditions de travail, se dit-il en faisant tinter avec sa cuillère les glaçons dans le verre d'alcool.

Sa série d'articles prenait forme, mais les photos allaient manquer cruellement. Comment illustrer la vie de Sybille Shirdoon sans photos ? La vieille dame n'en avait aucune de sa vie à l'époque des faits.

Il décrocha son portable et appela l'assistante de la rédaction.

— Jennifer, je peux te demander un service ?

— Il faut bien que je justifie mon salaire.

— J'aimerais que tu lances une recherche sur un homme qui a vécu à Lyon en 1964. Il semblerait qu'il soit ensuite passé par New York.

— Laisse-moi deviner : tu ne connais pas son nom, mais juste la couleur de ses cheveux et sa taille approximative.

— Ha, ha ! Avoue que tu t'en étais bien tirée la dernière fois, avec guère plus d'éléments.

— La chance des débutants n'est pas censée se renouveler par la suite.

— Ne sois pas modeste.

— Bon, alors, que sais-tu sur ce type ?

— Son nom est Jeremy Flanagan et il était pianiste à l'époque. Il travaillait la nuit dans les pianos-bars. J'ignore s'il est toujours vivant mais, si c'est le cas et s'il n'est pas à l'autre bout de la planète, je voudrais le faire venir à Côme. Autre chose : t'as pu me trouver quelqu'un pour remettre en selle le piano ?

— Oui, à une heure de Lyon. Joël Jobé. Une sommité dans le milieu, qui navigue entre la France, la Suisse et la Turquie. C'est lui qui a restauré tous les Steinway du conservatoire d'Ankara. S'il ne réussit pas à réparer ton Blüthner, personne n'y parviendra. J'ai eu un mal de chien à l'avoir au téléphone.

— Ouh là... Il ne sera jamais disponible pour nous. Si c'est deux ans d'attente, ça ne sert à rien...

— J'ai bon espoir. C'est un homme de cœur, je lui ai raconté l'histoire d'une vieille dame en fin de vie dont on venait de retrouver le piano de sa jeunesse. Il a été touché.

— Tu ne lui as pas dit que c'était Shirdoon ?

— Il côtoie suffisamment de célébrités pour ne pas se laisser impressionner par ça. J'ai senti qu'il valait mieux ne même pas l'évoquer.

— T'es trop douée.

— Ne te réjouis pas si vite. Il n'a pas encore donné son accord.

— File-moi son numéro.

— C'est fait.

Sam entendit le bip du SMS qui arrivait.

— T'es un ange.

Deux minutes plus tard, Sam avait miraculeusement pu joindre Joël Jobé.

— Sam Brennan, de *Newsweek*, vous avez parlé à Jennifer Cooper, mon assistante.

— Bonjour, monsieur Brennan.

— Appelez-moi Sam.

— Alors de quoi s'agit-il exactement, Sam ?

— D'un vieux piano qu'on vient de retrouver. Mais il n'a pas servi depuis plus de cinquante ans. Vous pensez pouvoir le restaurer ?

— Oui, s'il a été conservé dans de bonnes conditions.

— Euh... c'est quoi, de bonnes conditions ?

— À l'abri du soleil...

— Je peux vous certifier qu'il n'a pas reçu le moindre rayon de soleil en cinquante ans.

— ... et de l'humidité.

Silence.

— Allô ? dit Joël Jobé. Vous êtes toujours là ?

— Disons qu'il est resté dans un environnement... un peu humide.

— Bon, on verra.

— Et... comment dire... il n'a plus de cordes.

— Ça, ce n'est pas grave. Le propriétaire les a retirées ?

— Non, non...

— Je vous trouve un peu mystérieux, Sam. C'est quoi, cette histoire de cordes ? Elles sont passées où, les cordes ?

— Eh bien... en fait, elles ont disparu... enfin... elles se sont dissoutes...

Un moment de flottement.

— J'ai comme l'impression que vous ne me dites pas tout ce que vous savez. Il était où, exactement, cet instrument ?

Silence.

— Il est resté cinquante ans au fond du Rhône, à cinq mètres sous l'eau.

— Je vois.

Sam avala sa salive.

— Vous croyez être en mesure de restaurer ce piano ?

Sam entendit Joël soupirer.

— Ce dont vous me parlez n'est plus un piano, Sam. C'est un casier de pêche ou un aquarium à pédales, mais certainement pas un piano.

— Non, mais… il n'était pas immergé. Il est resté à l'abri d'une poche d'air, dans une salle étanche. Il a juste subi un peu l'humidité, rien de grave… Vous… pourriez le remettre d'aplomb pour quand ?

— J'attends de voir, jeune homme. Ne vous emballez pas…

9

Lyon, le 16 juin 1964

Nathan rentra à l'appartement avec une baguette bien fraîche et un fromage de chèvre de chez Janier. La petite folie du jour. Quelques tomates en rondelles, un filet d'huile d'olive et ça ferait l'affaire pour un bon déjeuner en solo. Ce jour-là, il ne rejoindrait le bateau que pour le service du soir et avait donc tout l'après-midi pour avancer sa thèse.

En poussant la porte d'entrée, il remarqua la petite veste de sa compagne sur le guéridon.

— Sybille ? T'es là ?

Pas de réponse. Elle avait dû revenir prendre quelque chose et laisser sa veste.

Il fila dans la cuisine, alluma la radio et, accompagné par la voix inimitable de Pierre Bellemare, lava ses tomates.

Mince, où est le torchon ?

Les mains mouillées, il ouvrit un à un les tiroirs de la cuisine. Rien.

Pourquoi Sybille ne remettait-elle jamais les affaires à une place logique ?

Agacé, il entreprit de fouiller l'appartement à la recherche de la réserve de torchons propres, ce qui devait être assez rapide compte tenu de la dimension réduite de leur logement.

Pas dans le placard de l'entrée, pas dans le meuble sous la télévision, pas dans le placard du salon.

Bon sang ! Où sont-ils, ces fichus torchons ?

Il restait bien un endroit, et y ranger les torchons serait tellement irrationnel qu'il était en effet possible qu'ils y soient : l'armoire de Sybille dans la chambre. Elle n'aimerait pas du tout qu'il fouille dans ses affaires, mais bon, elle ne le saurait pas.

Il monta sur la mezzanine, ouvrit les portes de l'armoire ayant appartenu à la grand-mère bretonne de Sybille.

Ben voilà !

Ils étaient là, bien pliés et superposés sous une pile de tee-shirts !

Il glissa sa main dessous pour en retirer le premier, tout en bas, sans défaire le reste de la pile, et sa main heurta quelque chose. Un petit objet froid qu'il tâta sans reconnaître. Il l'attrapa et le sortit.

Un enregistreur miniature.

C'était la première fois qu'il en voyait un.

Que diable Sybille pouvait-elle faire avec ce genre d'engin ?

Il l'observa un instant. L'appareil contenait manifestement une cassette.

Et si je l'écoutais ?

Mais un sentiment de culpabilité s'ajouta à la curiosité. Sybille détesterait qu'on viole son jardin secret. En fait, elle ne le supporterait pas, ne lui pardonnerait jamais.

Il reposa délicatement l'appareil là où il était, sous la pile, après avoir pris un torchon, et referma soigneusement l'armoire.

De retour en cuisine, il entreprit de couper le fromage de chèvre en petits dés. À la radio, Pierre Bellemare continuait de narrer son histoire d'un ton plein d'emphase. Mais Nathan ne l'écoutait pas. Le magnétophone caché par Sybille occupait son esprit.

Bon sang ! Mais que peut-elle enregistrer ? Un engin miniature comme ça, c'est fait pour enregistrer en cachette. Mais pourquoi ferait-elle ça ? Et surtout... qui enregistrerait-elle à son insu ? Qui ?

Il disposa les dés de fromage sur les rondelles de tomate, et sortit l'huile d'olive.

Non. Inutile de tergiverser. Il fallait qu'il sache. On ne peut pas vivre avec quelqu'un qui fait des enregistrements en secret sans savoir de quoi il retourne. Il allait écouter la cassette, puis tout remettre à sa place. Sybille n'en saurait rien et lui n'y penserait plus.

Il se lava les mains dans l'évier, les essuya avec le torchon de lin rêche, puis monta sur la mezzanine. Il ressortit le petit appareil de l'armoire, appuya sur la touche *Play* et attendit.

Rien. On voyait bien par le petit volet transparent l'axe de la cassette tourner sur lui-même, mais aucun son n'en sortait.

Il trouva le bouton qui rembobina la cassette jusqu'au début, puis en relança la lecture.

De nouveau du silence puis, après quelques secondes, une voix d'homme surgit du néant, une voix totalement inconnue et surtout étrange par sa résonance caverneuse, presque sépulcrale, qui contrastait avec celle, jeune et mélodieuse, de Pierre Bellemare en provenance de la cuisine.

Cet homme s'exprimait anormalement lentement, chaque mot espacé des autres par un temps de silence étrangement long, si bien qu'il était difficile de capter la signification globale de ses paroles. Nathan se concentra pour en capter le sens, mais les propos étaient pour le moins déconcertants. Il était question du corps de son interlocuteur, qu'il lui demandait de ressentir point par point en commençant par les pieds. Il nommait progressivement chaque partie du corps, glissait çà et là des encouragements, des invitations à se détendre et des compliments. Ses phrases avaient par moments une syntaxe bizarre, comme s'il manquait un verbe ou un complément pour en saisir le sens, certaines propositions paraissaient même incohérentes, illogiques, et il ressortait de l'ensemble une impression de confusion qui contrastait fortement avec le ton grave, lent et posé qui semblait au contraire indiquer une certaine maîtrise du langage. Cela dura ainsi plusieurs minutes qui laissèrent Nathan totalement perplexe. Il y eut ensuite un silence, comme une pause dans ce monologue, puis, bizarrement, les paroles semblèrent décrire le tempérament ou le caractère de l'interlocuteur, mais en fait c'était moins une description qu'une injonction, comme s'il lui ordonnait ce qu'il devait ressentir ou penser. C'était inexplicable, presque dérangeant. Il y eut un nouveau silence, puis ce que Nathan entendit lui glaça le sang.

— Au fond de vous, disait la voix d'une gravité abyssale, tout au fond, se niche maintenant une peur immense, une angoisse profonde...

Silence.

— L'angoisse d'être une personne mauvaise et immorale.

Nathan retenait son souffle, abasourdi par ce qu'il entendait. La voix reprit :

— Quand vous reviendrez à vous, vous l'aurez totalement oubliée, mais cette angoisse guidera pourtant la plupart de vos actes dans la vie, en restant enfouie au plus profond de votre inconscient.

10

Quand j'ouvris les yeux, ma première impression fut que je n'avais pas changé. Peut-être l'induction avait-elle échoué ? Je me sentais la même. J'étais moi, comme d'habitude. Il me traversa l'esprit que j'étais chanceuse de n'avoir pas dû payer cette intervention, sinon je me serais sentie flouée.

Je m'efforçai de remercier M. Firmin, par politesse. Cet homme courtois m'avait donné de son temps et, même si cela n'avait abouti à rien, il était important d'être correcte envers lui.

Je pris congé et sortis dans la rue.

Mes espoirs avaient été déçus, mais je n'avais que ce que je méritais et ne devais m'en prendre qu'à moi-même : il n'était finalement pas très sérieux de s'en remettre à quelqu'un d'autre pour résoudre ses problèmes. C'était à moi, rien qu'à moi, de me prendre en main et de faire les efforts nécessaires pour redresser la situation.

D'ailleurs, tandis que je traversais d'un pas décidé les rues du Vieux Lyon encombrées de touristes indolents, plein d'idées me venaient sur tout ce que l'on pouvait améliorer sur le bateau, tout ce que je pouvais entreprendre pour faire évoluer les choses. Je pris soin de toutes les mémoriser et j'arrivai en vue du *PygmaLyon* avec à l'esprit une longue liste de tâches à accomplir.

— Z'avez bien une p'tite pièce pour moi !

Un clochard en guenilles interpellait de sa voix rauque un petit groupe de badauds qui prenaient des photos de la basilique de Fourvière depuis le quai. Il passait de l'un à l'autre en tendant sa casquette.

Ma première réaction fut un agacement envers la société qui ne parvenait pas à intégrer tout le monde et laissait des gens sur la touche, obligés de dormir sous les ponts et de vivre de la mendicité. Si chacun y mettait du sien, on pourrait faire en sorte que ces gens-là puissent s'en sortir.

— Z'avez bien quelque chose, putain, y a pas qu'des radins, hein ?

Sa vulgarité me choqua. Il ne fallait pas s'adresser aux gens comme ça.

Je me devais de le lui dire.

Comme il se tournait justement vers moi, je fis un pas dans sa direction.

— Vous devriez faire un effort pour parler aux gens convenablement.

Comme il ne réagissait pas, j'ajoutai :

— Tout le monde y gagnerait, vous le premier.

La tête inclinée en biais, il me lança un regard noir.

— Qu'est-ce ça peut t'foutre ?

Son agressivité verbale heurtait mes valeurs, mais je fis un effort pour passer outre et tenter de le raisonner. Je m'efforçai même de m'exprimer avec douceur.

— Vous auriez plus de succès si vous parliez avec plus de respect pour les autres, vous comprenez. On aurait plus de sympathie pour vous et même envie de vous aider.

Il haussa les épaules, saisit le litron de rouge dont le goulot dépassait de sa poche et entreprit de boire à la bouteille.

— L'alcool ne vous aidera pas non plus, monsieur. Vous devriez plutôt...

— Dégage ou j'ten colle une, d'accord ?

Je ressentis une vraie déception, puis fis demi-tour, mais j'étais contrariée de renoncer.

Tandis que je rejoignais le bateau, je réalisai subitement quelque chose d'incroyable et m'arrêtai net, stupéfiée.

Je n'avais pas eu peur.

Je n'avais ressenti aucune peur.

Rien, malgré l'agressivité de cet ivrogne. Ni avant ni pendant. À aucun moment, je ne m'étais sentie en danger ni même n'avais entrevu la possibilité d'un danger potentiel.

Me concernant, c'était sidérant... Et ça signifiait clairement une chose, sans l'ombre d'un doute ; c'était même une certitude, qui me tombait dessus comme une pluie d'orage inattendue : ma personnalité avait changé... ma personnalité avait changé... L'induction avait réussi...

Je n'en revenais pas.

Je me sentis enthousiaste à cette idée, et mon enthousiasme s'accentua encore quand je réalisai une chose incroyable : j'étais par ailleurs toujours la même ! J'étais et je restais moi-même tout en étant libérée du fardeau de la peur, mon boulet depuis trente-deux ans.

Un sentiment de liberté m'envahit. Je franchis la passerelle le cœur léger, je me sentais portée. Ma vie était en train de changer. J'allais même sauver mon emploi, réussir, et surtout m'épanouir, savourer une existence jusque-là entravée par le carcan de mes doutes et de mes craintes.

D'ailleurs, j'allais passer à l'action tout de suite, sans attendre, et prendre les choses en main, améliorer tout ce qui devait l'être, corriger les défauts de l'organisation, faire progresser toute l'équipe, et moi-même travailler avec courage pour redresser la situation au plus vite. Il me restait neuf petits jours : en faisant de gros efforts, c'était jouable !

Je m'appliquai à faire tout de même le tour de l'équipe – question d'éducation – et cela me donna l'occasion de repérer une multitude de petits problèmes à corriger, des problèmes que, bizarrement, je n'avais jamais remarqués jusque-là. De petites choses peut-être pas fondamentales, mais qui, bout à bout, s'accumulaient pour donner aux clients une impression désagréable d'amateurisme et conduire aux déboires du restaurant. Tout allait changer !

Je me mis au travail très vite, avec du cœur à l'ouvrage. Pour la première fois de ma carrière, j'agissais sans que mon action soit entravée par les mille et une questions que je me posais d'ordinaire sur toutes les conséquences envisageables de mes décisions, sur les réactions éventuelles de toutes les personnes concernées, sur les risques encourus et les dangers qui planaient.

Ma seule préoccupation devenait désormais : comment faire en sorte que les choses soient *bien* faites, par moi et mon équipe ? Beaucoup plus simple, bien moins « prise de tête » ! J'agissais et, chaque petite tâche menée à bien, j'en ressentais la satisfaction du travail accompli.

Je mis ainsi tous mes dossiers au carré, réalisant avoir jusqu'ici toujours affectionné l'ordre tout en produisant malgré moi du désordre.

Je cessai aussi de reporter sans cesse les choses au lendemain et découvris la joie libératrice du passage à l'acte immédiat : l'action délivre la pensée quand ce qui est fait n'est plus à faire.

La seule exception à cet état de grâce arriva en milieu de matinée quand Charles vint me voir.

— Sybille, ce serait bien d'organiser une réunion avec toute l'équipe. Vous n'en faites jamais, pourtant ça permet de faire le point et de passer des messages.

— C'est exact.

J'étais contrariée, mais le reproche était mérité. Il fallait que je fasse une réunion au plus vite. *Il le fallait.* Pourtant, quelque chose me retenait, et ce n'était pas la peur. En fait, n'ayant jamais animé de réunion, je ne savais pas comment m'y prendre pour le faire *vraiment bien*, or je me devais de le faire comme il faut, c'était important. Une nécessité.

Je tardais donc à prévenir l'équipe, consacrant un temps certain à préparer mon intervention. Je finis par la programmer pour 18 heures, ce qui nous laissait du temps avant le service du soir, et rédigeai une affichette pour l'annoncer à tout le monde.

Je me rendis en salle de pause pour la placarder.

La vision de l'évier débordant de tasses sales m'irrita profondément. Jeff me regarda, son café à la main, punaiser l'affichette au tableau d'informations, puis eut le culot de déposer tranquillement sous mes yeux sa propre tasse sur la pile, sans aucune gêne.

Je parvins à contenir l'agacement qui monta d'un coup en moi pour rester calme et courtoise.

— Tu devrais laver ta tasse après usage, sinon regarde : elles s'accumulent et on ne peut même plus accéder à l'évier.

— C'est bien pour ça que je ne la lave pas !

Je tentai d'être pédagogue.

— Si chacun lave sa tasse chaque fois, on n'aura plus ce problème et ce sera plus simple pour tout le monde, tu comprends ?

— Peut-être, mais là, je peux pas accéder. Je vais quand même pas laver toute la pile…

— Il faut bien que quelqu'un prenne l'initiative, sinon le problème ne sera jamais résolu.

— Ça va, te mets pas en colère…

— Je ne suis pas en colère, Jeff.

— Ben si, ça se voit bien.

— Je veux juste que les choses s'améliorent.

— Tu veux quand même pas que je lave tout ça ? dit-il d'un air effaré.

— Je pense que ce serait bien que tu en laves au moins une partie, et je vais faire passer le message que, dorénavant, on ne doit jamais rien laisser dans l'évier.

Je quittai la salle de pause assez satisfaite de voir Jeff passer à l'action. Je tombai sur Bobby, un paquet de chips à la main, et la vision de ses vêtements tachés m'horripila. Son laisser-aller était un mauvais exemple pour tout le monde.

— Tu penseras à mettre une chemise propre si tu dois traverser la salle de restaurant pendant le service, Bobby.

Il me lança un regard aussi ahuri que si je lui avais parlé dans un dialecte somali.

— Pour quoi faire ?

— Pour la bonne tenue de l'établissement.

— Ben... elle est pas belle... ma chemise ? dit-il de sa voix traînante.

— Elle est toute tachée.

— Ah ouais...

— Puisque je te tiens, prends ta boîte à outils et viens avec moi : on va en finir avec cette porte des toilettes qui ferme mal.

— Ah zut, j'avais encore oublié...

Je le précédai et en profitai pour lui montrer au passage quelques tables bancales du restaurant qui avaient besoin d'être calées autrement que par les petits bouts de cartons pliés que les serveurs glissaient çà et là en réponse aux plaintes de clients.

Tandis que nous passions devant le vieux piano, je lui montrai aussi le couvercle du clavier, sur lequel les marques de doigts témoignait de trente ans de manipulation par les pianistes successifs.

— Vois si tu trouves une peinture identique et repeins ce couvercle, s'il te plaît.

— Ouais, ouais, d'accord...

Quelques minutes plus tard, Bobby s'attelait à la porte des toilettes pour ma plus grande satisfaction.

Je croisai Jeff derrière son bar.

— Il ferait bien aussi de sécher son pantalon, dit-il à voix mi-basse en jetant son menton dans la direction de Bobby.

— Pourquoi dis-tu ça ?

— T'as pas vu ? L'entrejambe est trempé.

— Ah bon.

J'étais surprise de ne pas m'en être rendu compte.

— Dès qu'il voit une jolie fille parmi les clients, il vient me piquer un glaçon pour se le mettre dans le slip, histoire de se calmer.

Et il se mit à pouffer de rire comme un ado stupide.

— N'importe quoi.

Jeff avait souvent un humour douteux mais, là, je n'avais jamais entendu pareille stupidité.

Je lui rendis son sérieux en lui montrant de vilaines traces opaques à nettoyer sur le magnifique bar en cuivre. Il protesta qu'elles ne partaient pas et je dus lui emprunter son chiffon et le Mirror pour lui montrer comment, avec un peu de volonté et d'huile de coude, on pouvait faire briller tout ça. Je fis couiner le cuivre en l'astiquant avec le produit à l'odeur piquante.

Katell qui passait par là me regarda, mon chiffon à la main, et me lança un de ces regards condescendants dont elle avait le secret. Dans le passé, j'en aurais ressenti de la honte. Ce jour-là, sa suffisance ne m'atteignit pas : j'étais convaincue d'être dans le bien ; un manager doit savoir mettre la main à la pâte.

Un quart d'heure plus tard, je retrouvai Katell entourée de tous ses serveurs. Elle les avait comme chaque semaine réunis pour une séance éclair de formation. Elle avait raison de faire ça, et je me devais de reconnaître son professionnalisme.

— Donc, poursuivit-elle sans prêter attention à ma présence, rappelez-moi comment vous pouvez vous y prendre pour faire monter l'addition.

Son regard balayait l'assistance des serveurs.

On sentait des effluves de rôtis en provenance de la cuisine.

— Faut les pousser à prendre un dessert, dit Vanessa, une jeune serveuse.

— OK, dit Katell. Mais comment tu fais s'ils n'ont plus assez faim ?

— Je leur donne envie en leur décrivant les desserts de manière appétissante, dit Corentin.

Corentin était le serveur obsédé par l'emplacement des couverts.

— S'ils n'ont plus faim, ça ne suffira pas, dit Katell. Une autre idée ?

— Je leur dis que les autres clients ont adoré, dit Martin, un étudiant à temps partiel.

— C'est mieux, mais pas suffisant. Autre chose ?

Je souris en voyant Nathan assis dans un coin, qui se gardait bien de prendre la parole. Sa posture favorite était celle de l'observateur.

Comme personne ne trouvait, Katell leur dit :

— Prenez les commandes de desserts en début de repas, quand ils sont affamés et ont les yeux plus gros que le ventre.

— Ah ouais, pas con ! dit Martin.

— Donnez-moi d'autres idées pour accroître le chiffre.

— Faut éviter qu'ils se contentent d'une carafe d'eau, dit une serveuse expérimentée.

— OK. Comment faites-vous ?

— Je leur propose tout de suite une eau minérale.

— Oui, mais ils peuvent dire non, rétorqua Katell.

— De toute façon, ils peuvent toujours dire non, objecta Corentin.

— Il existe un moyen de leur compliquer la tâche, déclara Katell avec un sourire légèrement pervers. Ça s'appelle la technique du choix illusoire.

Les serveurs froncèrent les sourcils.

— Les gens, reprit Katell, aiment se sentir libres de choisir. Alors donnez-leur la liberté de choisir... entre deux choses payantes : *Vous préférez Evian ou Vittel ? Vin rouge ou vin blanc ?* Vous verrez, c'est très efficace.

Il y eut un moment de silence, tandis que les serveurs notaient la technique.

— C'est pas honnête, dit subitement Corentin.

J'étais d'accord avec lui. On pouvait donner envie au client de consommer plus. Le manipuler était une tout autre affaire. J'en toucherais un mot à Katell, mais plus tard, pour ne pas lui faire perdre la face devant l'équipe. En fait, elle formait ses serveurs à pratiquer, comme elle, l'entourloupe avec le sourire.

— Quand le client prend une carafe, répondit-elle à Corentin, il ne paye rien alors qu'on doit la lui servir, puis laver les verres, laver la carafe, payer la facture d'eau. Tu trouves ça plus honnête ?

Elle avait une telle assurance que tout le monde se laissa convaincre.

Je rejoignis mon bureau et entrepris de lister tous les couples reçus au mois de mai en vue de l'organisation de leur mariage. Tous avaient promis une réponse avant la fin du mois ; aucun n'avait tenu parole, ce qui était pour le moins incorrect. Je les appelai tous un par un pour leur remémorer leurs engagements. En vain. Les gens manquent de rigueur et ensuite, incapables de reconnaître leurs manquements, ils n'apprécient pas qu'on les rappelle à l'ordre. Étrange époque de laisser-aller généralisé.

Je pris un rapide déjeuner sur un plateau devant mes dossiers, léger en graisses pour ne pas m'assoupir en digérant, et sans dessert pour éviter l'hypoglycémie ultérieure avec la baisse d'énergie associée.

Ce jour-là, il y eut pendant le service un incident que Katell me demanda de résoudre.

— Rodrigue dépend de toi. À toi de jouer, dit-elle d'un ton suffisant.

Je me rendis en salle pour recueillir la protestation d'un client.

— Mon assiette est quasiment vide, faut pas exagérer, quand même…

Un filet de poisson très fin semblait en effet perdu au milieu de l'assiette, flottant dans la sauce. Aucun accompagnement.

Je jetai un coup d'œil furtif à l'ardoise.

« Sole esseulée. »

Rodrigue avait encore frappé.

— Notre chef est adepte de nouvelle cuisine, dis-je.

— Alors, pourquoi mon collègue, lui, c'est copieux ? dit-il en désignant le convive qui lui faisait face.

Au pied d'une montagne de pommes rissolées gisait un pavé de bœuf saignant noyé dans une flaque de sang. « Crime parfait », disait l'ardoise.

— Je vais voir avec le chef.

Avec patience et pédagogie, j'obtins de Rodrigue une nouvelle assiette plus consistante.

Je passai tout l'après-midi à continuer d'améliorer les choses sur le bateau et, au fur et à mesure, ma vision de ce qu'il convenait de faire et de ne pas faire se précisait, puis se cristallisait dans mon esprit, devenant une sorte de norme à atteindre, une norme à respecter. Cette norme s'imposait à moi, et par moi elle devait s'imposer aux autres : c'était mon devoir, ma mission. Et plus elle revêtait de l'importance à mes yeux, plus ma conscience des anomalies s'aiguisait, tout écart me sautant aux yeux.

Les défauts du bateau, de l'organisation, de chaque collaborateur, et même des clients attiraient mon attention. Je me jugeais moi-même sévèrement, me reprochant mes propres insuffisances.

Je tirais certes satisfaction de l'amélioration des choses, mais cette satisfaction était bien vite obérée par la perception de *tout le reste* qui devait aussi être amélioré. C'était comme dans un jeu vidéo : dès qu'on a dégommé un assaillant, d'autres apparaissent instantanément, sans fin.

Tout était sujet à agacement : le serveur qui accueillait les couples d'un « Bonsoir m'sieur-dame » des plus ordinaires ; celui qui portait sa chemise ouverte sur sa toison de poils ; la serveuse qui répondait aux remerciements des clients en lâchant « De rien » d'un ton vulgaire au lieu d'un élégant « Je vous en prie » ; les tableaux qui se mettaient de travers sur les cloisons quand Marco manœuvrait le bateau avec trop de nervosité ; les clients qui, en laissant leur veste sur le dossier de leur fauteuil au lieu de les confier au vestiaire, gâchaient l'unité visuelle du mobilier de la salle ; la cliente au décolleté inconvenant ; le regard lubrique de son voisin de table et celui, bêtement fier, de son compagnon ; le monsieur qui, d'un revers de main, poussait les miettes de la table par terre, et celui qui renversait le contenu de son verre dans le pot de fleurs ; la vieille dame qui s'adressait à moi en saisissant mon bras d'une main tremblotante alors qu'elle était en train de décortiquer ses crevettes, déposant sur ma veste blanche des taches odorantes...

Le monde entier me semblait imparfait, et mon impuissance à corriger les imperfections du monde me plongeait progressivement dans l'amertume de l'insatisfaction.

À 18 heures, j'animai comme prévu la réunion de toute l'équipe, et cela me sembla pesant : manquant d'expérience dans ce domaine, je n'avais pas d'idée arrêtée de ce qu'il convenait de faire, de ce qu'était une bonne réunion, et la confiance en moi que j'avais pu ressentir dans la journée me faisait subitement défaut. J'avais envie de m'effacer, non par peur des autres, comme je l'avais connu dans le passé, mais par peur de faire des erreurs, de mal m'y prendre : un sentiment diffus d'illégitimité.

Le service du soir se déroula sans encombre, mais je restai très présente, m'efforçant de formuler des conseils plutôt que des reproches dès que le manque de professionnalisme d'un collaborateur me donnait une bouffée d'agacement.

Dans la soirée, Charles passa me voir dans mon bureau.

— Tout va bien ? demanda-t-il.

— Les choses commencent à s'améliorer, mais il y a encore beaucoup de travail.

Il acquiesça en faisant la moue.

— Je crois que tu devrais aller de l'avant dans une dynamique plus positive, pour entraîner l'équipe avec toi.

— Il me semble que c'est ce que j'ai passé la journée à faire.

Il fit une grimace.

— Je crois que tu as surtout passé beaucoup de temps à régler des détails.

Ce reproche me blessa profondément. Cela me semblait caricatural et injuste. Et je me jugeais déjà tellement durement qu'en rajouter dépassait la limite du supportable.

J'accusai le coup, puis décidai de passer en salle de pause récolter les messages de la boîte à paroles. L'équipe serait peut-être plus juste dans sa perception de mon action.

Les petits papiers étaient plus nombreux qu'à l'accoutumée, signe que mes collaborateurs avaient perçu un changement. Je m'en félicitai.

T'es trop rigide. Décrispe-toi !

Enfin un peu de rigueur dans ce restaurant...

Tu vires intolérante.

Arrête de pinailler sur tout !

Un peu coincée, non ?

Arrête de croire qu'il n'y a qu'une seule façon de faire les choses bien : la tienne...

Je me sentis blessée devant tant d'injustice : je m'efforçais d'être sérieuse, et on interprétait mon sérieux en me voyant critique, chicaneuse et intolérante.

J'avais envie de pleurer.

Dans l'évier, les tasses sales empilées semblaient désolées pour moi, des larmes de café séché sur les bords.

Je pris une profonde inspiration, mis les papiers à la corbeille, et m'efforçai de me ressaisir.

Songeuse, je traversai la grande salle où Jeremy égrenait ses dernières notes sur le clavier du Blüthner devant une poignée de clients sur le départ.

Jeff nettoyait ses verres et les rangeait.

— Je t'offre quelque chose, Sybille ? Un petit verre pour te détendre avant de partir ?

— Non, merci.

Comment aurais-je pu me détendre alors qu'il restait tant à faire ? L'idée de me laisser aller ainsi me répugna.

Pourtant, Jeremy entamait un morceau de sa composition, comme il s'y autorisait en fin de soirée. Celui qu'il commençait à jouer était mon préféré, un morceau émouvant et mélancolique qui, chaque fois, me troublait au point de me faire venir les larmes aux yeux.

— Quel est son titre ? lui avais-je un jour demandé.

— Je ne lui en ai pas donné, m'avait-il répondu de sa voix grave et profonde avec un irrésistible accent anglais.

— Dommage, tu devrais.

— Tu l'aimes ?

— J'adore !

Il avait souri, avant d'ajouter :

— Eh bien, je vais le baptiser « Sybille's reflections ».

J'avais été émue qu'il me dédie cette musique que j'aimais. Je n'ignorais pas que *reflections* avait un double sens, « réflexions » et « reflets », mais je n'avais pas osé lui demander le pourquoi de ce choix. Avait-il perçu ma tendance à me perdre dans mes pensées, ou avait-il voulu dire que sa musique était le reflet de mon âme d'artiste refoulée ?

— Tu es sûre que tu ne veux pas un verre ? insista Jeff en me voyant m'attarder.

— Sûre, merci.

Je pris un temps pour me retirer dans mon bureau, attrapant au passage un carnet de notes dans le placard à fournitures. J'avais envie de coucher sur le papier mes impressions, de raconter ma séance avec Oscar Firmin – ou plutôt la partie dont je me souvenais – et aussi de décrire cette journée si particulière de ma nouvelle vie, si différente de tout ce que j'avais vécu jusque-là. J'éprouvais le besoin d'écrire tout ça, peut-être pour m'aider à le verbaliser, à en prendre pleinement conscience.

En écrivant, l'évidence s'imposa progressivement à moi : ma nouvelle personnalité n'était pas idéale. Loin de là. Ce n'était pas comme ça que j'allais réussir ma mission, ni être enfin reconnue.

Malgré la forme que j'y mettais, Rodrigue continuait de prendre la mouche à la moindre remarque, Marco résistait en gueulant, Jeff se dérobait à ses responsabilités, les clients des mariages restaient indécis et, au final, je dépensais un trésor d'énergie sans obtenir suffisamment de changements. J'avais beau me mettre en quatre, je ne tarderais pas à m'épuiser à la tâche sans réussir à sauver mon poste.

Ce soir-là, je rentrai chez moi préoccupée.

À la maison, je fus heureuse de retrouver Nathan, mais la vision du désordre ambiant m'indisposa et je jetai mes dernières forces dans un coup de ménage salutaire. L'appartement enfin propre, j'eus la maigre satisfaction de ce devoir accompli.

Je pris une douche rapide, à moitié froide comme d'habitude. Lors de ma dernière réclamation, l'odieux propriétaire avait encore trouvé le moyen de botter en touche pour ne pas réparer le chauffe-eau. Mais j'étais mal placée pour exiger de lui un respect de la réglementation, n'étant pas moi-même irréprochable : le bail de l'appartement avait été établi au nom de mon ancien copain. C'est moi qui avais gardé le logement après notre séparation, mais je n'avais pas eu la rigueur de faire mettre à jour le bail, me contentant d'en payer le loyer.

Une fois au lit, Nathan se rapprocha de moi, et sa quête d'intimité me rassura un peu sur notre couple. Après cette journée épuisante, je n'avais guère envie de faire l'amour, mais la vie ne pouvait pas être que rigueur et travail, je le savais bien. Il fallait aussi savoir se lâcher un peu. Et c'est important d'avoir une vie sexuelle.

Plus tard, quand Nathan, le visage zébré de la lueur ambrée des réverbères filtrée par les persiennes, fut emporté dans le sommeil, je peinai à trouver le mien.

Ma nouvelle vie ne me satisfaisait pas.

Mes préoccupations tournaient en boucle dans mon esprit. Je passais les événements de ma journée en revue, j'essayais de comprendre ce à quoi j'étais confrontée. Comment pouvait-on tirer son épingle du jeu, s'épanouir, bien vivre et réussir, malgré toutes les imperfections du monde ?

Et d'ailleurs, pourquoi le monde était-il aussi imparfait ?

Mon perfectionnisme déclenchait-il des forces cosmiques multipliant les imperfections autour de moi, ou simplement me donnait-il une conscience aiguë de choses qui passent inaperçues pour la plupart des gens ?

Tandis que mon Jaz électrique égrenait les minutes, les quarts d'heure, puis les heures au rythme de la respiration profonde de Nathan, je me rendis peu à peu à l'évidence : si je m'étais libérée de la peur, un autre esclavage avait pris le relais pour entraver ma liberté.

Je croyais depuis le matin que ma rigueur personnelle et ma quête de perfection allaient m'apporter la reconnaissance et la réussite. Je commençais à réaliser qu'elles m'emmenaient plutôt en enfer, un enfer que je créais de mes propres mains.

11

Les somptueux bureaux de l'avenue George-V, à Paris, étaient assez intimidants, avec de grandes pièces de style haussmannien, hauts plafonds moulurés, beaux parquets et cheminées de marbre blanc. Pas la moindre poussière, tout était impeccable et ça sentait bon le propre. Charles regretta de ne pas avoir investi dans un nouveau costume. Son vieux complet était un peu élimé et sa cravate sans doute démodée. Ce rendez-vous était pourtant celui de la dernière chance.

Heureusement, ses interlocuteurs semblaient attacher plus d'importance au fond du dossier qu'à son apparence.

Le directeur du fonds de placement était un Américain détendu et souriant d'une quarantaine d'années, un grand blond qui parlait français avec un agréable accent d'outre-Atlantique. Costume sable et chemise blanche.

Son acolyte était un Français petit et trapu en costume gris, le cou sanglé d'une cravate bleu nuit, avec une grosse tête parsemée de cheveux bruns dont la nature sans doute frondeuse avait été matée par une coupe en brosse. Son regard éteint semblait traduire une âme dénuée de la moindre émotion, comme si l'habitude de porter une cravate trop serrée en avait coupé le flux.

— Donc, dit l'Américain, si je résume, vous avez besoin de 800 000 francs pour rénover votre outil de production et financer l'embauche de quatre nouveaux collaborateurs de plus, c'est bien ça ?

— Oui, tout à fait.

— Très bien. Et si je vous confie ce capital, quel taux de bénéfice net avant impôt obtiendrez-vous à la deuxième année d'exploitation ?

Quel taux de bénéfice net... Charles n'avait pas raisonné en taux. Il avait juste évalué son besoin d'investissement, et était absolument convaincu que l'activité serait relancée et de nouveau très rentable. Mais de là à fournir un taux...

Que répondre ?

Il sentait bien que c'était impossible de se contenter d'exprimer sa confiance en la relance. Ces gens-là voulaient des chiffres. Un taux.

L'Américain le fixait sans se départir de son sourire.

L'acolyte français le dévisageait de son regard inexpressif.

Vite, un taux. Un taux prometteur mais crédible.

L'inflation tournait à environ 4 %. Pour investir, ils voudraient sans doute le double ou le triple. Mais ne pas donner un chiffre trop rond. Plus c'est précis, plus c'est crédible.

— Je table sur 11,42 % au bout de deux ans.

— 11,42 % ?

L'Américain échangea avec son collaborateur un regard intéressé.

Charles se détendit. Il avait vu juste.

— 11,42 %, répéta-t-il d'un ton assuré.

— Bon, alors, voilà ce qu'on va faire. Yvan Raffot, dit-il en désignant le Français, va venir passer une semaine dans votre entreprise pour l'auditer.

— L'auditer ?

— Oui, il va éplucher vos comptes et surtout faire un rapport sur chacun de vos managers et collaborateurs. Pour nous donner une photo précise de la situation, évaluer le potentiel de l'équipe et de l'outil. Après quoi, je vous donnerai ma réponse définitive. Si elle est positive, on rédigera un contrat sur la base de votre engagement de 11,42 % de rentabilité dès la deuxième année d'exploitation. Si vous tenez ce taux, vous n'entendrez plus guère parler de moi...

Charles acquiesça.

— C'est d'accord. Quand voulez-vous commencer ? dit-il en se tournant vers l'auditeur.

C'est l'Américain qui répondit :

— Il sera demain après-midi à Lyon.

*
* *

Après ma nuit quasi blanche, j'obtins un rendez-vous à la première heure avec Oscar Firmin, que je retrouvai dans son repaire sous les toits de l'austère immeuble de la rue de la Loge.

— Votre personnalité fait de vous quelqu'un de bien, avec des idéaux élevés, dit-il en réponse à mes reproches. Vous êtes d'une intégrité exceptionnelle et d'une volonté sans faille. Vous disposez d'une grande rigueur personnelle et de beaucoup d'énergie pour agir. Que rêver de plus ?

Je ne savais plus quoi répondre. Depuis vingt minutes, il affirmait que ma nouvelle personnalité était conforme à ma demande initiale, et qu'elle revêtait plein d'aspects très avantageux. Notre échange tournait au dialogue de sourds.

Il me fixait de ses yeux bleus perçants, assis face à moi dans son fauteuil de cuir brun, toujours en chemise blanche.

— Je souffre d'insatisfaction permanente. Je m'épuise à vouloir tout corriger, tout améliorer. Et je souffre de mes propres insuffisances que je juge sévèrement.

— Vous jugez aussi sévèrement les autres... En fait, le défi pour vous est de lâcher prise, de garder des idéaux élevés vers lesquels tendre, tout en reconnaissant que vous ne détenez pas forcément la vérité, et apprécier la vie dans ses imperfections : accepter vos propres imperfections et celles des autres, être plus tolérante envers les autres.

— Mais je suis tolérante ! D'ailleurs, je ne supporte pas les intolérants de tous poils.

— Hum... la vraie tolérance, c'est de tolérer ceux qui n'ont pas les mêmes critères que vous, et donc aussi... ceux que vous trouvez intolérants.

Je fulminai intérieurement.

— Si je fais preuve d'intolérance, ça me vient de cette personnalité que vous m'avez donnée, qui m'amène malgré moi à juger ce qui est bon et mauvais.

— Rien en soi n'est mauvais, disait Spinoza, pour qui la vertu consistait à rechercher la joie.

— Rechercher la joie... Facile à dire de l'extérieur. J'aimerais vous y voir, vous. Moi aussi, j'aurais pu dire ça, il y a quelques jours. Mais là, quand on est dedans, quand on a cette personnalité, c'est quasiment insurmontable, car la joie n'est pas précisément ce qu'on cherche alors...

Comme il ne répondait pas, je finis par dévoiler le vrai motif de ma visite.

— Je voudrais changer de personnalité.

Il me regarda droit dans les yeux.

— Je vous avais avertie qu'il n'y avait pas de retour possible.

— Je ne veux pas retrouver ma personnalité d'origine, je veux une nouvelle personnalité.

Avant qu'il n'ait le temps d'objecter, je m'empressai d'ajouter :

— Une personnalité moins exigeante, plus positive, plus tolérante et généreuse. Une personnalité plus tournée vers les autres, plus relationnelle. Et qui rende plus faciles mes négociations commerciales. Je veux être plus à l'aise pour convaincre, influencer... Je sais que c'est possible. Il y a des gens qui font ça naturellement, presque sans effort.

Il ne répondit pas, se contentant de me regarder attentivement. Je me sentis observée de près, passée à la loupe. Je ne me dérobai pas à son regard, le fixant moi aussi sans faiblir.

Après un long moment, c'est lui qui finit par rompre le silence de sa voix profonde.

— Installez-vous confortablement et détendez-vous.

Je glissai la main dans la poche de ma veste et enclenchai le dictaphone.

12

— Je n'ai pas vraiment dit que le problème de Sybille, c'était la peur. Je crois qu'on s'est mal compris. Ou peut-être m'avez-vous mal écoutée, Charles ?

Katell se pencha vers lui imperceptiblement en lui adressant un sourire qu'elle savait capable de convaincre un innocent à signer des aveux de meurtre.

Il bégaya et détourna le regard, et elle savoura l'effet produit. Mais il insista.

— N'empêche qu'elle a animé une réunion d'équipe alors que vous aviez parié qu'elle n'oserait pas.

Botter en touche.

— Le problème est ailleurs, Charles. Après notre conversation, j'ai bien observé Sybille. Ce qui passait à nos yeux pour de la peur est en fait un esprit obsessionnel.

— Un esprit obsessionnel ?

— Elle est obsédée par des broutilles, elle pinaille sur des détails sans intérêt, et c'est sans doute pour ça que les choses n'avancent pas sur ce bateau.

— C'est peut-être pas faux, en effet...

— Je me demande... mais c'est à vous d'en juger... s'il est possible de manager toute une équipe et de gérer des relations commerciales avec un esprit étriqué ?

Nathan acheva son repas avec une tranche de praluline qu'il réchauffa dans le grille-pain une minute. Tandis que se diffusait l'odeur de brioche chaude aux pralines, il repensa à l'enregistrement qu'il avait écouté la veille.

Il ne comprenait toujours pas de quoi il pouvait s'agir.

Bien sûr, il avait exclu d'aborder la question avec Sybille. Comme tous ceux qui marchent à la confiance, elle aurait très mal réagi en apprenant qu'il avait trahi la sienne en fouillant dans sa vie privée.

Le déclic métallique du grille-pain accompagna le saut de la tartine.

Nathan s'assit à table. Le beurre fondit tandis qu'il l'étalait sur la brioche, accentuant l'odeur irrésistible. Il croqua à pleines dents.

Un régal.

Bien sûr, il avait envie de monter dans la mezzanine se saisir du dictaphone et écouter s'il contenait un nouvel enregistrement. Mais il hésitait. Hors de question de fliquer sa compagne en fouillant tous les jours dans ses affaires. Lui-même détesterait qu'elle fouine dans les siennes, même s'il n'avait rien à se reprocher. On ne peut pas construire une relation sans respecter le jardin secret de l'autre.

Et si elle était en danger ?

Ce qu'il avait entendu la veille était à la fois totalement incompréhensible et très inquiétant. Qui pouvait tenir de tels propos ? Et surtout, à qui étaient-ils destinés ? Et pourquoi Sybille en avait-elle l'enregistrement ? Autant de mystères qui restaient en suspens.

Nathan se leva pour couper une deuxième tranche de praluline.

Tandis qu'elle dorait dans le grille-pain, il considéra la possibilité que les paroles étranges de l'enregistrement puissent avoir été destinées à Sybille elle-même. Après tout, il avait bien lu dans la presse qu'aux États-Unis, des gens écoutaient chez eux des cassettes de conseillers célèbres comme Dale Carnegie ou Napoleon Hill pour se motiver afin d'avoir du succès. Peut-être était-ce le secret de Sybille, qui expliquerait comment, de jeune commerciale à peine recrutée sur le bateau, elle avait été promue directrice moins d'un mois plus tard ?

En même temps, il voyait mal comment les sombres propos entendus la veille pouvaient conduire au succès. Ça ressemblait plutôt à une recette du malheur... Et puis la promotion de Sybille n'avait pas vraiment été couronnée de succès. Au contraire, c'est depuis cette date qu'elle allait mal et même que leur couple battait de l'aile.

Le mystère restait entier. Tout comme la possibilité que Sybille soit en danger.

Nathan prit une gorgée de café et se brûla la langue.

Si Sybille était menacée, il se devait de se tenir informé pour pouvoir agir si nécessaire...

Il finit son petit déjeuner, puis monta sur la mezzanine.

Le dictaphone était toujours sous la pile de linge.

Il l'enclencha en mode lecture, puis le rembobina au début. C'était un nouvel enregistrement. La même voix caverneuse.

Nathan s'assit sur le lit.

Il commençait par le même type de propos obscurs, mélange d'invitation à la détente et d'affirmations concernant le caractère de son interlocuteur. Suivit comme la veille un moment de silence, puis, reprenant mot pour mot la même syntaxe, la voix sépulcrale affirmait cette fois :

— Au fond de vous, tout au fond, se niche maintenant une peur immense, une angoisse profonde...

Silence.

— L'angoisse d'être une personne… qui ne mérite pas d'être aimée.

Nathan avala sa salive.

— Quand vous reviendrez à vous, vous l'aurez totalement oubliée, mais cette angoisse guidera pourtant la plupart de vos actes dans la vie, en restant enfouie au plus profond de votre inconscient.

13

Depuis les pentes de la Croix-Rousse, le soleil déjà haut dans le ciel ajoutait un filtre mordoré aux jolies façades ocre et rose du Vieux Lyon en contrebas. J'avais envie d'être un oiseau pour planer au-dessus, l'air sifflant à mes oreilles.

Je marchais d'un pas alerte vers la station de funiculaire. J'avais tenu à repasser en coup de vent à la maison pour y déposer le dictaphone. Simple précaution pour ne pas tenter de me le faire chaparder sur le bateau. Je n'avais pas écouté l'enregistrement de la veille, que j'avais effacé en le remplaçant par celui du jour, m'en tenant à ce que j'avais voulu comme un plan de secours. Mais je n'avais plus du tout peur d'Oscar Firmin. Le mystère autour du personnage faisait partie de son charme. Il n'avait pas rechigné à opérer en moi un nouveau changement de personnalité et cela démontrait sa largesse d'esprit et même sa bienveillance.

Je me sentais beaucoup plus libre que la veille : autant d'énergie, mais nettement plus détendue et positive. Je marchais confiante : j'allais redresser la situation en m'occupant de cette équipe qui en avait grandement besoin. Il m'apparaissait clairement que je m'étais jusque-là empêtrée successivement dans mes peurs, puis dans la rigidité de principes qui avaient régi mes pensées et contraint mon action.

Un mendiant passa parmi nous dans le wagon, un pauvre type qui avait l'air malheureux comme les pierres. Les gens l'ignoraient copieusement, détournant leur regard de sa misère.

— Tenez, mon brave monsieur, l'interpellai-je de vive voix bien avant qu'il ne parvienne à ma hauteur.

Je tenais à ce que les voyageurs, en m'entendant, soient confrontés à leur propre égoïsme.

— Prenez ça et allez vous acheter un bon sandwich ! Ça vous fera du bien.

— Merci beaucoup, m'dame.

— Ne me remerciez pas. Heureusement pour vous que tout le monde n'est pas sans cœur. Vous le méritez, c'est dur de faire ce que vous faites, vous êtes formidable !

En le regardant s'éloigner, je me sentis fière de ma générosité et de mon humilité.

Une fois sortie de la Ficelle, je parcourus d'un pas allègre les ruelles étroites en pensant à tout ce que j'allais faire au restaurant.

Rue Lanterne, je vis un aveugle avec sa canne blanche près d'un passage clouté.

— Venez, mon petit monsieur, je vais vous traverser, dis-je en lui prenant le bras et en l'aidant à s'engager sur la chaussée.

— Vous avez une épée ? dit-il d'un air faussement inquiet.

Je fus agacée qu'il relève mon abus de langage.

— Oui, bon... vous voyez ce que je veux dire.

— Non, mais je l'entends.

Nous traversâmes la rue bras dessus, bras dessous.

— Les gens sont incroyables, dis-je. Tout le monde passait à côté, et personne ne s'occupait de vous... Allez, venez, attention à la marche... Oui, c'est très bien, vous vous débrouillez comme un chef.

— Vous savez, ça fait trente-quatre ans que je traverse les rues tout seul...

— Ça fait donc trente-quatre ans que les gens sont égoïstes envers vous ! Allez, vous y êtes, bonne journée !

— Merci. Également.

Il prit le ton de la confidence pour ajouter :

— Il faut quand même que je vous avoue une chose : je ne voulais pas spécialement traverser cette rue…

— Mais vous serez mieux de ce côté-ci ! D'ailleurs, le trottoir est plus large.

Je m'éloignai sans le saluer. Jamais contents, ces handicapés.

Je rejoignis le bateau d'un pas alerte, en pensant à mon équipe. Je réalisais qu'ils étaient finalement comme des petits oiseaux livrés à eux-mêmes, qu'il faut prendre en charge. J'allais m'occuper d'eux et les aider à monter en compétence. C'est comme ça que je relèverais le défi. J'allais aussi relancer la prospection d'entreprises susceptibles d'organiser des réunions annuelles ou des réceptions. Il me restait huit jours. C'était jouable !

De toute façon, la question de la fin de ma période d'essai ne se poserait même pas si Charles ne se laissait pas manipuler par Katell. Il serait alors plus objectif à mon sujet. Mais le pauvre avait hérité de ce bateau sans rien connaître aux affaires, sans rien savoir du monde de la restauration, et il se laissait influencer. J'allais lui ouvrir les yeux sur les réalités du métier, du bateau et de l'équipe. Quand il réaliserait tout ce que j'avais fait depuis le début et tout ce que je m'apprêtais à faire, il m'en serait reconnaissant et me confirmerait à mon poste. Jusque-là, je ne m'étais jamais mise en avant, n'avais jamais mis en exergue mes actions, et, comme ce pauvre garçon était à côté de la plaque, il ne se rendait compte de rien. Eh bien, j'allais lui faire savoir tout ce que je faisais pour lui, parce qu'après tout, c'était pour lui que je faisais tout ça, c'était pour lui que je travaillais. Sans moi, il serait incapable de mener sa barque. Il aurait déposé le bilan depuis belle lurette et n'aurait plus de quoi vivre.

Je pris la décision de consacrer l'heure du déjeuner à la relance des prospects. Je mangerais en coup de vent pour me libérer. Ce créneau horaire était précieux car, dans les entreprises, les secrétaires partaient déjeuner de bonne heure et c'était souvent les chefs de service qui décrochaient directement le téléphone. Pas de barrage...

En franchissant la passerelle du bateau sous un soleil radieux qui se reflétait sur l'eau calme de la Saône, j'entendis la voix tonitruante de Marco.

— Bobby ! hurlait-il. Je t'ai demandé de mettre de la graisse dans le moteur ! Qu'est-ce que tu fous, bordel ?

Bobby traversa le pont en direction de la salle des machines, la mine défaite.

Manon, une jeune serveuse assez timide, se retourna l'air terrorisé.

— Hou là..., dis-je en montant l'escalier qui menait à la cabine de pilotage, il est en colère, le petit monsieur là-haut.

— Méfie-toi, il est de mauvais poil, me lança Corentin en passant à proximité.

J'entrai dans la cabine et vis mon Marco de dos, crispé sur ses appareils de mesure. Je m'avançai jusqu'à lui et entrepris de lui masser les épaules. Il fut tellement surpris qu'il ne réagit pas.

— Faut se détendre, mon petit gars.

Il ne dit rien.

— Tu vas nous faire un infarctus si tu continues comme ça, faut pas t'énerver comme ça mon petit bonhomme, allez, détends-toi.

Je continuais de masser ses épaules. Il était tellement décontenancé qu'il se laissait infantiliser sans réagir.

— Je sens que tu as besoin d'un petit café pour te détendre, je vais te faire apporter ça.

— Non merci, lâcha-t-il entre ses dents serrées.

— Ça te fera du bien, tu verras.

— Pas besoin.

— Si, si, dis-je en quittant sa cabine. Je sais que t'en as envie et que t'oses pas le dire.

Revenue sur le pont, j'interpellai Corentin :

— Tu veux bien monter un café à Marco ?

— Un... café à Marco ?

— T'es un amour !

Je fis le tour du bateau pour saluer tout le monde.

Je me sentais portée par ma nouvelle personnalité.

J'avais enterré la peur avec ma première vie. Elle m'était devenue totalement étrangère, un non-sujet. Je m'étais aussi libérée de cet état d'agacement et d'insatisfaction qui avait ponctué ma journée de la veille, me poussant à l'action jusqu'à l'épuisement. J'étais délivrée de tout ça et je sentais mon attention désormais portée essentiellement sur les autres. Les autres m'interpellaient, quelque chose me poussait auprès d'eux. C'était même assez étrange : j'avais l'impression de plus exister en présence des autres que toute seule, comme si, en me mirant dans leurs yeux, j'y trouvais le reflet de ma propre valeur.

— Bonjour, Sybille !

Jeff s'affairait derrière son comptoir de cuivre, visiblement d'humeur aussi positive que d'habitude. Ce gars-là marcherait aux amphétamines que ça ne m'étonnerait pas.

— Ben alors, Julie, lança-t-il, arrête de faire la tronche !

Julie, une jeune femme brune avec une queue-de-cheval et un visage aux traits fins, était la plus expérimentée des serveuses. Comme chaque mercredi, jour de repos de Katell, elle remplaçait sa chef dans le rôle de maître d'hôtel pour accueillir les clients, les mener à table et leur présenter le menu.

Je me tournai vers elle.

— C'est vrai que ça n'a pas l'air d'aller, lui dis-je. Tu as un problème ?

— Ça va, ça va…

Mais ses dénégations cachaient mal son air soucieux. Cela me fit un effet étrange, totalement nouveau pour moi : ce que je percevais comme un problème chez l'autre activait en moi une envie irrésistible de m'en occuper. Une priorité devant laquelle mes autres occupations s'effaçaient soudain naturellement, tandis que tous mes sens s'éveillaient pour se focaliser sur le problème vécu par mon interlocuteur.

— Tu peux te confier, tu sais. Je sens bien que ça ne va pas…

C'était comme si je me transformais en une maman protectrice dont l'attitude, la voix et le regard invitaient à avouer ses difficultés et ses souffrances.

Julie capitula, délaissa son masque professionnel d'usage, et adopta, pour me narrer ses mésaventures, un ton tellement doux qu'il en était attendrissant malgré elle.

— C'est juste que mon compagnon et moi, on s'est fâchés ce matin alors qu'il part cet après-midi quinze jours en Allemagne pour son travail. Et c'est vrai que ça me perturbe parce que je déteste l'idée qu'il parte en voyage sans qu'on se soit réconciliés…

En quinze secondes, elle était passée de la jeune femme assurée à l'être vulnérable qui confesse ses faiblesses. Et plus je l'écoutais révéler son problème, plus je me sentais importante.

Plus rien ni personne d'autre ne comptait à mes yeux : elle devenait ma priorité absolue, tandis que mon plan d'action professionnel et toutes mes bonnes résolutions de prospection téléphonique s'évanouissaient dans la seconde sans même que j'y songe un seul instant.

— Il part à quelle heure ? demandai-je.

— Quatorze heures.

Je regardai ma montre. Il était 11 h 55, le service allait commencer dans cinq minutes Ça tombait on ne peut plus mal. Anxieuse, elle ne me quittait pas des yeux. Il fallait que je fasse quelque chose.

— T'habites où, déjà ?

— À Caluires.

Aïe. Le temps d'y aller, de rester une demi-heure sur place et de revenir, le service serait terminé…

On entendit subitement la voix de stentor de Marco qui vociférait du haut de sa cabine de pilotage :

— Mais j'veux pas de café ! J'ai pas envie de café ! Foutez-moi la paix avec vos cafés !

Quel ingrat, ce Marco…

— Vas-y, dis-je à Julie. Va retrouver ton copain, réconciliez-vous et reviens après.

— Mais c'est pas possible, on est mercredi aujourd'hui, c'est moi qui accueille les clients…

— Je vais te remplacer.

— Tu vas me remplacer ?

Les yeux écarquillés, elle n'en revenait pas de ma proposition.

— Oui.

— Mais t'as pas déjeuné, toi. Tu mangeras après ?

— Non, j'ai rendez-vous avec Charles à 14 heures Mais c'est pas grave, je peux très bien m'en passer. Allez vas-y, sauve-toi !

— Oh… t'es incroyable ! Je ne sais pas comment te remercier !

— Ne me remercie pas et file !

Ses yeux se mirent à briller d'émotion et de reconnaissance, et je me sentis la personne la plus importante au monde.

Jeff me regarda surpris, médusé devant autant d'abnégation de ma part.

Je consacrai les deux heures suivantes à jouer au maître d'hôtel, fière que la nouvelle se répande parmi les collaborateurs que j'avais sacrifié mon déjeuner pour venir en aide à l'un d'eux.

Julie revint au bateau en début d'après-midi. Les dernières tables étaient occupées par quelques clients âgés peu pressés qui jouaient les prolongations. Le service tirait à sa fin et j'offrais un café à Manon, la jeune serveuse que j'avais prise sous mon aile. Nous étions toutes deux assises sur les hauts tabourets acajou derrière le bar de cuivre. On entendait en provenance de la cuisine le tintement sonore des assiettes que l'on empile après la plonge.

Julie me fit à peine un signe en passant et fila poser ses affaires dans la cabine du personnel. Trois minutes plus tard, elle rejoignait en salle ses collègues qui dressaient les tables pour le soir.

Je me sentis déçue par son attitude détachée.

— T'as été vraiment sympa avec elle, me dit Manon en lisant dans mes pensées.

J'acquiesçai en faisant la moue.

— Elle aurait quand même pu me rapporter un sandwich ou un petit en-cas.

— Tu lui avais demandé ?

— Certainement pas.

— Ben alors, pourquoi tu dis ça ?

— Elle aurait pu y penser, quand même ! C'est la moindre des choses après ce que j'ai fait pour elle...

— Je vais te chercher un casse-croûte en cuisine, si tu veux ?

— Non, je n'ai besoin de rien. Je peux très bien me passer de déjeuner, tu sais.

Je commençais à trouver les gens décevants. Ils mesurent rarement tout ce que l'on fait pour eux.

Quelques instants plus tard, je me levai et quittai Manon pour aller rejoindre Charles. En passant près de la table que Julie était en train de dresser, je lui dis assez sèchement :

— Tu passeras le balai sous la 15. Il y a plein de miettes par terre.

J'entrai sans frapper dans le bureau de mon patron. C'était mon privilège de directrice d'entrer ainsi, librement, contrairement aux serveuses qui toquaient timidement à sa porte, les rares fois où elles avaient l'occasion de s'adresser directement au propriétaire. Je me sentis subitement flattée d'être proche de Charles, et que ce patron issu d'une lignée aristocratique compte sur moi pour assurer la prise en main de ses affaires.

— Bonjour, Charles ! dis-je en le gratifiant d'un grand sourire. Vous avez vu que les choses avancent : la porte des toilettes est réparée, le bar de Jeff est rutilant, Bobby déambule avec une chemise propre, j'ai relancé hier tous les futurs mariés. On va y arriver !

Il acquiesça mollement.

Ce garçon manquait d'énergie. Vivre seul depuis son divorce ne lui convenait pas. Il lui faudrait une femme dynamique qui le réveille un peu.

— J'ai rencontré ce matin à Paris les dirigeants d'un fonds de placement américain. Ces gens-là ne m'inspirent rien de bon, mais

116

ils sont notre dernier espoir puisque les banques ne nous suivent plus. Ils nous envoient un auditeur qui va passer le restaurant au peigne fin et rédiger un rapport. Son nom est Ivan Raffot. Il sera là demain matin. Je compte sur vous pour l'accueillir au mieux, tout lui expliquer, lui montrer les comptes et répondre à ses questions. Cet homme a notre avenir entre ses mains.

— Je m'en occupe, et vous allez voir : il nous suppliera de le laisser investir !

— Très bien. Je change de sujet. J'ai eu Katell au téléphone ce matin, elle se plaint beaucoup de Nathan. Où en êtes-vous de la décision de le licencier ?

Mon sang ne fit qu'un tour. Cette garce de Katell m'avait vue avec Nathan et voulait me piéger.

— J'ai recruté Nathan en urgence quand l'équipe s'est retrouvée en sous-effectif et on était bien contents qu'il se rende disponible immédiatement. Ce n'est peut-être pas le serveur du siècle, mais ce qu'on lui reproche aujourd'hui vient sans doute d'un mauvais management de sa chef.

— Bon, je vous laisse régler ça…

Je me félicitai de ma repartie, que je n'aurais jamais eue avec mes précédentes personnalités.

L'après-midi se déroula à toute allure, je ne vis pas le temps passer. Je me partageais sans compter entre les différents collaborateurs, apportant conseils, aide et encouragements pour que les choses avancent sur le bateau.

À un moment, en passant dans la grande salle, je tombai sur Corentin en train de disposer méticuleusement les couverts de la table qu'il dressait. Son attitude, en lien avec ce que je savais de lui, me sauta aux yeux comme une évidence : il avait une personnalité du même type que moi la veille !

— Corentin, lui dis-je, suis-moi dans mon bureau, j'aimerais te parler quelques instants.

— On est en pleine mise en place, dit Katell, ça ne peut pas attendre ?

— Non, ça ne peut pas attendre, répondis-je en la toisant d'un certain mépris.

Pour qui se prenait-elle ? C'était moi qui décidais.

Corentin me suivit et je refermai la porte de mon bureau sur nous.

— J'ai compris ce qui se passe en toi et je peux t'aider, lui dis-je.

— De quoi tu parles ?

— Je sais que quelque chose te pousse à être hyperexigeant avec toi-même, que tu aimerais que le monde soit parfait, et que tu veux contribuer à avancer vers cette perfection en te mettant une énorme pression, tout en essayant de corriger les autres...

Il fronça les sourcils sans rien répondre. Je continuai :

— Ce que je veux te dire, c'est que ce n'est pas nécessaire d'en faire autant et puis surtout... ce qui te semble essentiel ne l'est pas forcément en réalité, tu vois... T'as une vision de ce que serait la perfection et tu t'y accroches, mais ce n'est que ta vision personnelle et... en fait, cette perfection est inutile. Tu n'as pas besoin d'en faire autant pour être quelqu'un de bien. Au contraire, détends-toi, lâche prise, apprécie la vie, travaille bien et avance, mais arrête de te mettre de la pression sur des choses qui sont en fait secondaires.

Il fronçait de plus en plus les sourcils, l'air très soucieux.

— Mais... pas du tout. Ce ne sont en rien des choses secondaires et il est important de s'en occuper.

— Corentin, t'as pas besoin d'en faire trois tonnes sur les détails pour qu'on t'aime ! T'es quelqu'un de bien et on t'aimerait, même si une fourchette se retrouvait un peu de travers !

Il me regarda l'air horrifié comme si j'étais une prostituée en train de le pousser à la débauche.

— Tu ne devrais pas dire des choses comme ça, me répondit-il d'un ton pincé qui cachait mal sa colère. Tout irait mieux dans ce restaurant si chacun faisait au contraire plus d'efforts au lieu de se laisser aller.

Je fus très vexée par son attitude odieuse. Ce petit serveur minable dédaignait mon aide dont il avait pourtant bien besoin. Mais pour qui se prenait-il ?

— Bon, allez, retourne en salle. Je n'ai pas de temps à perdre.

Ce petit imbécile indigne s'en alla reprendre ses petites tâches pitoyables, aligner ses petites fourchettes misérables avec son petit esprit étriqué.

Le service du soir se passa sans encombre. À 22 heures, j'étais sur les rotules et rassemblai mes affaires pour enfin rentrer me reposer à la maison. Jeremy commençait d'égrener les premières notes de piano et Paloma se préparait à chanter quand Jeff vint me trouver, l'air très embêté.

— Sybille, j'ai un problème.

— Qu'est-ce qu'il t'arrive ?

— Ma mère est malade, elle est seule chez elle. J'aimerais pouvoir passer la voir avant qu'elle s'endorme, m'assurer que tout va bien. Tu crois que tu pourrais me remplacer pendant le concert ?

— Je m'apprêtais à rentrer chez moi, mais bon, vas-y, je te remplace.

Fou de joie, il ne se le fit pas dire deux fois. Il laissa tout en plan et fila sans même se changer.

Je pris la suite au pied levé. Le bar n'était pas ma spécialité, mais je me débrouillai tant bien que mal, et il n'y avait plus guère d'affluence à cette heure tardive.

— Je croyais que t'étais crevée et que tu voulais rentrer tôt ? me glissa Nathan discrètement en prenant des verres.

— Ça ira. Je n'ai pas besoin de beaucoup de sommeil.

Je commençai par débarrasser tous les verres sales abandonnés par les clients et oubliés par Jeff sur le comptoir. Je souris toute seule en pensant que si c'était arrivé la veille, je ne me serais pas arrêtée en si bon chemin et aurais sans doute briqué le cuivre et les robinets à bière et peut-être même l'évier !

— Bonsoir. Un Cuba libre, *please*.

— Un Cuba libre, répondis-je en souriant à mon client, un homme aux cheveux gris avec une cigarette allumée entre les dents.

Trois autres personnes s'approchèrent du bar au même moment. C'est toujours comme ça dans la restauration : personne, et puis soudain tous les clients débarquent en même temps, comme s'ils se passaient le mot.

Un Cuba libre... Bon sang, comment on fait ça, déjà ? Bon, du rhum, ça, c'est sûr, mais combien ? On va dire un fond... Voilà. Euh... du schweppes sans doute, oui, c'est ça, du schweppes. Bon, où est-ce rangé ? J'ouvris tous les placards sans le trouver. Allez, la limonade fera l'affaire. Une bonne dose, voilà. Et puis quoi d'autre ? Mince... Y a autre chose, mais quoi ? Sans doute un fruit... ou plutôt une écorce... Orange ou citron ? Bon, je vais râper un zeste d'orange et ça fera l'affaire.

— Je vous fais, spécialement pour vous, une recette *maison* de Cuba libre.

Je pris une orange et ouvris une demi-douzaine de tiroirs pour dénicher la râpe. Ne la trouvant pas, j'entrepris de découper de fines lamelles d'écorce avec un couteau.

Tout compte fait, il y avait peut-être aussi un peu de liqueur de cerise. Et hop ! Une giclée de cerise.

Ça commençait à trépigner dans la file d'attente qui s'allongeait.

— C'est possible d'avoir un Manhattan ? s'exclama un type impatient. Le concert a commencé !

Mon sang ne fit qu'un tour.

— Écoutez, je suis là pour vous rendre service, moi ! C'est pas ma place. Je suis directrice du bateau !

Le gars se calma net. Faut pas pousser, quand même...

Je tendis le verre à mon client.

— Et voilà, rien que pour vous ! dis-je en le faisant claquer sur le bar de cuivre.

Le client prit le verre et le toisa un instant, sa cigarette toujours en bouche.

— Mais c'est pas un Cuba libre, ça...

J'évacuai la question d'un geste de la main.

— C'est bien meilleur ! Un Cuba libre ordinaire, c'est pas bon, Et en plus, celui-ci a plus de vitamines, c'est meilleur pour la santé !

Le gars s'éloigna en bougonnant.

Quel con, celui-là… Incapable d'apprécier ce qu'on fait pour lui.

Le flot de clients se résorba progressivement puis se tarit et je finis par avoir un peu de répit. Les serveurs étaient tous partis sauf Manon.

La lumière tamisée du concert me donnait sommeil et, bercée par la voix suave de Paloma, je réprimai un bâillement. Il fallait que je tienne jusqu'au bout.

Je retournai dans mon bureau et en profitai pour reprendre l'écriture de mes impressions dans mon carnet intime.

Puis je fis un tour en salle de pause pour récolter le contenu de la boîte à paroles. Je crois que j'avais besoin d'un peu de réconfort pour me tenir éveillée.

Mais les messages me firent bondir, tellement c'était répugnant.

Je revins au bar furieuse, ressassant les reproches totalement injustes qui m'étaient faits. On m'accusait de me mêler de ce qui ne me regardait pas, d'imposer mon aide sans qu'elle soit désirée, de me mettre en avant avec orgueil…

C'était odieux.

Personne n'avait été capable de voir l'amour qui animait mes actes. Personne n'avait vu combien je m'étais sacrifiée pour les autres tout au long de la journée.

J'en aurais pleuré de rage.

Ils étaient tous minables et ingrats.

Heureusement, Manon eut la délicatesse de venir me saluer avant de s'en aller. Cette petite serveuse était vraiment mignonne. La seule qui valait quelque chose.

— T'es vraiment gentille d'avoir remplacé Jeff, dit-elle avant de me quitter. Il abuse, quand même. Les matchs de foot à la télé, y en a tout le temps, alors un de plus ou de moins…

Je la regardai s'éloigner avec un pincement au cœur.

Jeff m'avait manipulée.

Quand les gens n'étaient pas ingrats, ils abusaient de ma bonté…

Je me sentais abattue, mes dernières forces me lâchaient.

L'écœurement céda la place à l'amertume tandis que je m'abandonnais tristement à la musique. La voix intime de Paloma vibrait sur les notes du Blüthner. En l'écoutant, je me laissai porter, je vibrai avec elle.

J'avais raté ma vocation. J'aurais tellement aimé chanter, moi aussi ; être sur scène et donner des émotions au public.

Après le concert, Paloma et Jeremy se retirèrent et les clients s'évanouirent dans la nuit. Je verrouillai le bateau et me retrouvai seule sur le quai désert.

Nathan était parti sans s'enquérir de la manière dont j'allais rentrer. Les bus et funiculaires étaient fermés, et je n'avais pas les moyens de m'offrir un taxi. Personne ne s'était proposé pour me raccompagner. Je savais que Jeremy partait à moto dans la même direction, mais pour rien au monde je ne me serais humiliée à lui demander de me déposer. Je préférais encore ruminer ma frustration et rentrer à pied. Tant pis. Traverser la ville de nuit ne me faisait pas peur. Je n'étais pas une petite chose.

Je longeai le quai faiblement éclairé par la lueur jaune des réverbères qui se reflétait sur l'eau placide de la Saône. Des clochards erraient çà et là, certains dormaient à la belle étoile. L'un d'eux marchait en titubant et en chantant des insanités, une bouteille de gros rouge à la main. Sa voix résonnait dans le silence de la nuit, son haleine répandant une odeur acide.

Un peu plus loin, sous le pont, un dealer se tenait dans la pénombre, entouré de drogués en manque qui l'interpellaient agressivement.

Je traçai ma route sereinement ; marcher me faisait du bien, me détendait. En passant devant la cabine téléphonique à l'angle du quai de la Pêcherie et de la rue Longue, je me souvins d'avoir promis à ma mère de l'appeler. Le décalage horaire était propice : à Djibouti, la soirée n'était pas encore terminée.

J'entrai dans la cabine et ouvris mon porte-monnaie. J'avais suffisamment de pièces pour tenir trois ou quatre minutes. C'était déjà ça, cela lui ferait plaisir sans me retenir trop longtemps. Nos échanges se résumaient en général à un long monologue de sa part, un monologue assez horripilant puisqu'elle s'adressait à moi comme si j'avais quatre ans et étais incapable de me débrouiller sans elle, occultant le fait que je vivais en parfaite autonomie depuis une bonne dizaine d'années.

Je l'eus en ligne très rapidement et il se passa un phénomène incroyable. Son discours d'une tonalité habituelle me fit l'effet d'un miroir : je reconnaissais pour la première fois dans ses paroles mon propre mode de fonctionnement, de pensée, mon style relationnel et mon vécu émotionnel. Et ce miroir était… insupportable, tellement insupportable que je me sentis vaciller, en proie à une sorte de tournis, presque un malaise, et tandis que ma dernière pièce était avalée par la machine, coupant net la communication, je m'affalai contre la vitre de la cabine et me laissai glisser jusqu'au sol, tandis que l'écouteur répétait à l'infini le bip saccadé de la liaison interrompue.

Quand je repris mes esprits, incapable de dire combien de temps avait duré ce moment, je fus subitement saisie de peur. Il me suffit de quelques instants pour sentir que mon état d'esprit avait complètement changé. J'étais… j'étais… redevenue celle que j'étais auparavant : j'avais retrouvé ma personnalité d'origine… Que s'était-il passé ?

Je sortis de la cabine en luttant contre la porte battante qui se coinçait. Dehors, la nuit me fit frissonner tandis que l'angoisse montait en moi : que faisais-je seule au milieu de la nuit dans la ville endormie livrée aux prédateurs ? C'était pure folie de rentrer à pied. Une femme seule la nuit… Il me fallait un taxi, d'urgence. Tant pis pour le prix. Vite. Où pouvaient être les stations ? Les rues étaient désertes, pas une voiture… pas un taxi. Nulle part. Juste des vagabonds tous plus louches les uns que les autres.

Ne pas rester immobile. Une femme immobile est une proie. Avancer. Marcher. Avoir l'air déterminé.

Je hâtai le pas en direction de la place des Terreaux. Je jetai des coups d'œil furtifs dans tous les sens, sans en avoir l'air, pour repérer les dangers, les inconnus, les malfrats en tout genre qui hantaient les rues sombres.

Derrière les Terreaux, je coupai à travers les ruelles malfamées pour rejoindre les pentes de la Croix-Rousse. Pas le choix.

Un type à la mine patibulaire, cheveux hirsutes et la démarche louche, surgit d'un recoin dix mètres plus loin. Mon cœur fit un bond et je traversai d'un coup la rue pour l'éviter, tenaillée par la peur. Mais je le vis se précipiter à son tour pour me barrer la route. L'angoisse me submergeait, me paralysait, m'empêchait de filer.

— T'as pas dix balles ? dit-il d'une voix complètement éraillée en me fixant de ses yeux de fou.

Mon instinct me dit qu'il n'était pas intéressé par les dix francs. Il cherchait autre chose, guettait ma réaction, pour voir s'il pouvait aller plus loin.

— Non merci, dis-je stupidement en bredouillant d'une voix coincée au fond de la gorge.

Je me sentis devenir liquide en passant devant lui, mais j'accélérai, il le fallait. Je devais m'enfuir.

Par-dessus mon épaule, je le vis me suivre. Je me mis à courir, j'étais tétanisée, mais la peur me poussait. Je courus, je courus, de plus en plus vite. Mais derrière moi, le type gagnait du terrain, il se rapprochait, c'était horrible.

Autour de moi, il n'y avait personne, pas âme qui vive, personne pour me secourir. J'avais envie de crier, de hurler, mais ça ne servirait à rien, et j'étais essoufflée, je n'en avais plus la force.

À l'angle de la rue Burdeau, une violente lumière bleue sur ma droite, clignotante.

Les flics !

Sauvée ! J'étais sauvée ! Je me jetai dans la rue et fonçai sur la voiture de police, arrêtée trente mètres plus loin. À vingt mètres, je lançai un regard par-dessus mon épaule. Le type avait disparu. Il avait vu les flics, forcément. J'étais sauvée. Ils allaient me déposer chez moi. Je ralentis le pas, marchai, repris mon souffle, péniblement. Je manquais d'air. Je manquais d'air...

Je me rapprochai de la voiture. Elle n'était plus qu'à dix mètres, arrêtée devant un bar de nuit. À l'intérieur, des policiers. Trois policiers en uniforme. Je m'apprêtais à leur faire signe... et m'arrêtai net.

C'étaient des hommes.

Trop risqué.

Je n'allais pas monter, moi, une jeune femme, seule dans une voiture avec trois inconnus, fussent-ils de la police, pour me faire raccompagner chez moi. Des flics qui violent une fille, ça s'est déjà vu... Non, il ne fallait pas, c'était trop risqué, trop dangereux.

Je m'apprêtais à passer devant la voiture sans m'arrêter quand une crainte surgit dans mon esprit. Et s'ils m'interpellaient ? C'est louche, une femme en sueur, seule dans une rue sombre à 2 heures du matin... Ils pourraient me prendre pour une prostituée...

Je traversai la rue et, avant d'arriver à leur hauteur, détournai la tête pour ne pas croiser leur regard. Je continuai ma route, en nage, seule à travers la ville toujours menaçante.

Mon immeuble apparut au loin, j'accélérai le pas et me précipitai à l'intérieur. Je gravis deux à deux les marches de l'escalier avec le sentiment angoissant que le danger s'accroissait à mesure que la délivrance se rapprochait. J'ouvris la porte de l'appartement, entrai et la refermai précipitamment. Elle claqua dans un bruit inouï de sécurité qui résonna merveilleusement dans l'appartement et dans mon crâne. Je la verrouillai à double tour sur tous mes poursuivants réels et imaginaires, et ressentis alors un immense soulagement et le sentiment d'être une survivante ayant échappé de peu à une mort atroce. Alors, affalée contre cette porte bénie qui me protégeait, toutes mes forces m'abandonnèrent ; je me laissai glisser au sol, m'effondrai d'épuisement, et m'endormis profondément.

14

— La discussion avec votre mère vous a manifestement sortie de transe.

Debout dans ma cuisine, une tasse de café fumant à la main, j'avais Oscar Firmin au téléphone.

À mon réveil, Nathan avait raconté m'avoir traînée inconsciente jusqu'au canapé au milieu de la nuit. Il n'avait pas pu m'emmener au lit, hors de portée sur la mezzanine.

— Comment est-ce possible ?

— Vous dites avoir du mal à supporter votre mère. S'il se trouve que la personnalité que j'ai induite hier en vous est du même type que la sienne, alors l'effet miroir a pu être intolérable, vous amenant à la rejeter suffisamment violemment pour effectivement en sortir et retrouver votre personnalité d'origine.

J'étais perplexe devant ces explications, mais après tout c'était secondaire.

— Si vous voulez, ajouta-t-il, passez me voir en fin de matinée que je règle le problème.

— Très bien. À tout à l'heure.

Je raccrochai, pensive.

Voulais-je vraiment qu'il réinstalle en moi cette personnalité ?

Certes, j'avais savouré d'être libérée de la peur, et m'y replonger hier soir avait été très douloureux pour moi, mais la nouvelle personnalité m'avait aussi apporté son lot de souffrance. Souffrance d'une autre nature, mais souffrance quand même. Et surtout : allait-elle vraiment me permettre de relever mon défi professionnel ? J'en doutais de plus en plus... Il ne me restait que sept jours, sept petits jours... Que faire ?

Firmin ne m'inspirait plus confiance. Je n'avais pas réussi à obtenir la moindre information sur lui, ni sur sa confrérie. Était-ce vraiment raisonnable de continuer de m'en remettre à un inconnu, un inconnu doté d'un vrai pouvoir ? La question induisait sa réponse : bien sûr que non. Il fallait au minimum que j'en sache plus sur ces gens-là.

Une idée traversa mon esprit : mon copain Alain. Alain travaillait au fisc. Il était contrôleur, inspecteur ou quelque chose dans ce genre. Il avait forcément accès à des informations : en France, toutes les organisations sont répertoriées, fichées. Tout le monde doit montrer patte blanche.

Une minute plus tard, je l'avais en ligne.

— Sybille ! dit-il d'un ton enjoué mais à voix basse. Ça fait une éternité que je n'ai pas de nouvelles !

— Je te dérange ?

— Écoute, je suis au bureau. Tu peux me rappeler ce soir ? Ça me fera super plaisir que tu me racontes ce que tu deviens.

— Juste deux secondes. Je te donnerai les détails plus tard, mais là j'ai besoin d'un service en urgence : je veux avoir des infos sur une confrérie qui s'appelle la Confrérie des Kellia. Je suis en relation avec eux, mais ce sont des gens très secrets, je ne sais rien et ça ne me rassure pas. J'aimerais au moins consulter leurs statuts, tu vois... Tu peux faire quelque chose pour moi ?

Silence.

— Je suis tenu par le secret professionnel. Mais si tu veux juste les statuts, il te suffit d'aller en préfecture : tout est répertorié et consultable par le grand public.

— Et si ceux de la confrérie n'y sont pas ?

— Ils y seront. C'est une obligation légale.

— OK, génial ! Je ne te retiens pas. Merci et à bientôt !

Une demi-heure plus tard, j'étais dans les locaux de la préfecture, rue de Bonnel. J'eus une petite frayeur en arrivant devant la longue file d'attente, mais c'était pour les demandes de passeport avant les vacances. Heureusement, le service qui conservait les statuts d'associations avait moins de succès.

L'employée, une femme d'une cinquantaine d'années aux cheveux gris coupés très court, me fit remplir un formulaire et je dus patienter un long moment derrière le guichet. Je commençais à trouver le temps long quand je la vis réapparaître.

— Les statuts ne sont pas dans le dossier. Je n'ai rien à vous montrer.

— Mais... c'est obligatoire de déposer ses statuts en préfecture, je crois.

— Oui, tout à fait.

— Alors... Pourquoi ce n'est pas le cas, ici ?

— Apparemment, cette organisation contrevient à la réglementation.

— Et... vous ne leur dites rien ? Vous les laissez faire ? On m'a dit que j'avais le droit de consulter leurs statuts !

— Oui, ben, vous pouvez déposer une requête officielle. Ça finira par déclencher une enquête pour non-respect des obligations réglementaires. Au final, cette organisation sera contrainte de s'y plier.

— Et ça aboutira dans combien de temps ?

— Je ne sais pas, le cas ne s'est jamais présenté. Peut-être six mois ou un an...

— Laissez tomber.

Je sortis en courant de la préfecture, bourrée d'inquiétude.

Rien dans les pages jaunes.

Rien dans les pages blanches.

Rien à la bibliothèque.

Rien à la préfecture malgré l'obligation.

Qui étaient ces gens ? Comment pouvaient-ils se permettre d'être au-dessus des lois ? Qui les couvrait ?

Je commençais à me faire des films, à imaginer toutes sortes de scénarios plus inquiétants les uns que les autres, quand je vis trois cabines téléphoniques alignées sur la place.

J'hésitai quelques instants, puis me décidai à entrer dans l'une d'elles. Il y régnait une chaleur de folie, avec de surcroît une odeur nauséabonde. Mais que font les gens dans les cabines pour que ça pue à ce point ?!

Je rappelai Alain au fisc.

— Désolée de te déranger à nouveau, mais je sors de la préfecture : les statuts n'ont pas été déposés. Même l'employée reconnaît qu'ils sont en infraction, tu te rends compte ? Alain, je ne veux pas te causer d'ennuis, mais je suis peut-être en danger. Je t'en supplie, donne-moi tout ce que tu sais sur cette confrérie. Je ne veux pas les éléments financiers, ça ne me regarde pas et je m'en fiche, je veux juste savoir qui sont ces gens. S'il te plaît, vois ce que t'as comme infos et dis-moi.

Silence.

— Il faut que je te laisse, Sybille.

Je raccrochai, dépitée. Ma seule consolation fut de retrouver de l'air respirable en sortant de cette cabine infâme.

Firmin m'avait donné rendez-vous en fin de matinée. Il me restait à peine une heure. Je ne savais plus quoi faire.

L'enregistrement de la dernière séance me traversa l'esprit. Rémi, mon copain de fac, m'avait mise en garde : écouter l'induction pourrait être très fâcheux pour moi. Et si je le faisais quand même ?

Trente minutes plus tard, j'étais à la maison, le dictaphone entre les mains, le doigt posé sur le bouton de lecture, assaillie de doutes. Écouter ou pas ? Retourner chez Firmin ou le fuir à jamais ? Y retourner après avoir écouté la cassette ou sans le faire ?

Je retrouvai mes anciens vices : la peur et le doute, la peur délétère qui vous pourrit la vie au quotidien, le doute mortifère qui vous ronge en vous empêchant de trancher la moindre décision, qui vous condamne à tourner en boucle dans votre esprit toutes les facettes d'un problème, une boucle infernale, sans issue, transformant le moindre choix en séance de torture. Le cauchemar.

Je sentis la sueur perler sur mon front, le sang battre dans mes tempes. Ce n'était plus possible. J'avais trop souffert de ces travers. Je ne voulais pas replonger, retrouver cette personnalité invivable. J'avais déjà donné ; elle devait retourner au passé où j'étais parvenue à l'enfouir ces deux derniers jours, et ne plus réapparaître. Plus jamais.

Je mis le dictaphone dans mon sac à main et quittai l'appartement sans me retourner.

*

* *

Une demi-heure plus tard, je me retrouvai assise dans le grand fauteuil de cuir brun face à Oscar Firmin, grand maître de l'obscure Confrérie des Kellia, sous la charpente en vieilles poutres de sa vaste pièce en soupente.

Pendant le court trajet en funiculaire, j'avais pris soin de rembobiner la microcassette au début, puis de lancer un enregistrement à vide, le doigt bouchant l'orifice du micro, afin d'effacer soigneusement la précédente prise. Je craignais en effet que la superposition ne nuise à la qualité du son. S'il devenait nécessaire d'écouter, il faudrait que celui-ci soit parfaitement audible.

— Je suis mitigée, lui dis-je. Revenir dans mon ancienne peau m'est très pénible mais, en même temps, les deux personnalités que vous m'avez installées ne m'ont pas convaincue non plus. Elles présentaient des avantages, certes, mais n'étaient pas exemptes de souffrances.

— Je veux bien le croire, dit-il sans manifester la moindre surprise.

Il me fit l'effet d'un garagiste qui, après avoir changé le moteur, l'embrayage et la boîte de vitesses de votre voiture, trouverait normal qu'elle soit encore en panne.

— Vous pouvez comprendre, lui dis-je, qu'en changeant de personnalité, j'attends autre chose que de passer d'une souffrance à une autre...

Il prit son inspiration en se calant au fond de son fauteuil.

— Les souffrances sont la conséquence des illusions portées par la personnalité.

— Je ne comprends pas.

— La première personnalité induite vous amenait à croire qu'il faut que tout soit parfait pour que vous soyez bien. C'est une illusion qui permet de développer un certain nombre de qualités, comme l'énergie pour agir et changer les choses. Mais cela vous donne dans le même temps la souffrance inhérente à cette illusion : la perfection n'existe pas, donc plus vous agissez pour rendre le monde parfait, plus vous mesurez le travail qui reste à accomplir... à l'infini. C'est insatisfaisant, déprimant.

— C'est clair...

— La deuxième personnalité vous amenait à croire que vous existiez en fonction du regard positif, plein de reconnaissance et de gratitude, que les autres portent sur vous. C'est une illusion qui permet de développer un certain nombre de qualités précieuses : l'empathie, la compassion, l'altruisme... Mais, dans le même temps, vous vivez la souffrance propre à cette illusion : vous êtes prise dans une course sans fin car la reconnaissance des autres vous semble toujours insuffisante. En effet, si vous vous en remettez aux autres pour avoir le sentiment d'exister et d'avoir de la valeur, alors ce sentiment va fluctuer en fonction de leur attitude, et vous aurez donc l'impression de ne pas exister de manière stable, solide. Cela vous rend inconsciemment dépendante et vous fait souffrir. Évagre disait : « Prends garde, sous prétexte de guérir un autre, de devenir toi-même incurable. »

Ses analyses étaient percutantes, mais il passait sous silence l'essentiel !

— Vous dites que les souffrances viennent des illusions, mais c'est vous qui avez installé en moi ces illusions en même temps que les personnalités !

Il ne répondit pas, et cela me parut un aveu de culpabilité. À quoi jouait cet homme ?

— Je veux une personnalité qui me permette de vivre sans illusions, lui dis-je.

Il me fixa de ses yeux clairs un long moment avant de répondre d'une voix grave :

— Vivre sans illusions, c'est vivre sans personnalité.

Je me répétai ses mots plusieurs fois pour tenter d'en déchiffrer le sens, en vain.

— Cela me paraît totalement abstrait.

— Un jour, vous comprendrez.

J'en doutais.

— En tout cas, vous êtes en train de m'expliquer que toutes les personnalités font souffrir.

— On peut le dire comme ça.

— Pourtant, je me rends bien compte, autour de moi, qu'il y a des gens qui souffrent moins que d'autres, qui sont moins tourmentés, ou moins inquiets, ou moins dépendants du regard de l'autre. Bref, je suis convaincu qu'il y a des personnalités qui font moins souffrir !

Il me fixa quelques instants en silence.

— C'est vrai, finit-il par admettre.

Je jubilai.

— C'est ce que je veux !

— Un peu vague, comme demande, vous avouerez...

— Donnez-moi une personnalité qui m'apporte de l'énergie pour agir et réaliser, comme la première induite, mais sans son côté perfectionniste ; une personnalité positive, et qui ne cherche pas à exister en retour de l'aide qu'elle apporte aux autres.

Il prit une profonde inspiration.

— Je peux vous en donner une autre. Mais que les choses soient claires entre nous : vous ne les essayerez pas toutes.

— Toutes ? Vous dites « toutes » comme s'il y en avait un nombre fini...

— Cela revient à ça.

— Mais il y a... une infinité de personnalités possibles, non ?

— Certes, mais il n'y a pas non plus cinquante mille manières de structurer le chaos.

— Ouh là... qu'est-ce que vous entendez par là ?

— On peut voir votre personnalité comme votre manière de vous adapter au monde. Quand on prend du recul, vous avouerez que cet univers dans lequel vous débarquez en venant au monde est plus qu'impressionnant, non ? Vous vous retrouvez confrontée à quelque chose qui vous dépasse totalement, un monde incompréhensible. Une sorte de chaos. Or l'être humain a besoin de comprendre, et l'absence de compréhension entraîne des peurs insurmontables. Chacun de nous, dès son plus jeune âge, appréhende alors le monde dans lequel il vit et adopte des attitudes et des comportements pour évoluer dans cet univers tel qu'il le perçoit, tel qu'il le comprend ou plutôt tel qu'il le ressent. Tout cela se fait inconsciemment, bien entendu. Notre vision du monde et notre attitude dans la vie se renforcent mutuellement.

Notre vision du monde et notre attitude dans la vie se renforcent mutuellement. Ces mots avaient un écho particulier en moi, sans que je sache pourquoi.

— Au final, dit-il, tous ces éléments forment un tout assez cohérent : la personnalité se tient et permet à l'enfant puis à l'adulte de trouver un certain équilibre dans la vie, même si cet équilibre est imparfait et souvent source de souffrance.

— Je vois.

— La personnalité est donc, tout à fait inconsciemment, ce qui permet de nous rassurer en fournissant une explication de ce milieu inconnu : on se constitue en quelque sorte notre propre décodeur, une vision du monde et de nous-même, et de ce qu'il convient de faire pour vivre. On développe ainsi des filtres, des croyances, des illusions qui nous permettent de mener notre vie tant bien que mal, de tirer notre épingle du jeu.

Je l'écoutai sans l'interrompre, et commençai à comprendre que la personnalité nous éloignait en quelque sorte de la réalité, qu'elle *biaisait les choses*.

— Elle nous permet peut-être de tirer notre épingle du jeu, mais quand je pense aux trois personnalités que j'ai vécues de l'intérieur, il me semble qu'elles engendraient surtout pas mal de souffrances. Quand je vois des dangers partout qui me donnent des peurs irraisonnées, je me dis que je préférerais voir la réalité brute, sans filtre.

— C'est ce que vous croyez… En fait, voir des dangers là où il n'y en a pas vraiment est paradoxalement plus rassurant que de ne rien savoir. Parce que vous développez alors des stratégies pour vous protéger, qui vous tranquillisent et vous permettent de trouver malgré tout un équilibre de vie. Vous pouvez même devenir fière de votre prévoyance !

— Mouais… Permettez-moi d'en douter.

Il sourit.

— Normal : dans votre personnalité, le doute va de pair avec la peur…

— Je ne vois pourtant pas le rapport entre les deux.

— La peur des autres amène à douter de leurs paroles ; la peur de soi conduit à douter de ses choix.

Je mis un certain temps avant de réagir. Il fallait sans doute que ses mots infusent…

— Pourquoi parlez-vous de peur de soi ?

— Le doute est un processus mental qui vise à corriger un élan du cœur. Les meilleures décisions se prennent en écoutant son cœur, ses envies profondes, son instinct ou ses intuitions. Rien de mental là-dedans. Mais quand on n'a pas confiance en soi, on ajoute du mental en doutant de tout ça…

Ses paroles laissèrent la place au silence, tandis que je les méditais, me demandant à quel point je réprimais ce qui venait du plus profond de moi.

La lumière qui tombait de la lucarne du toit réveillait la blancheur des orchidées autour de nous, dont la jeunesse éclatante contrastait avec les milliers de vieux livres poussiéreux peuplant les bibliothèques en périphérie.

— Revenons à nos moutons, repris-je. Vous disiez qu'il n'y a pas cinquante mille manières de structurer le chaos…

— Tout à fait. Quand on se penche sur les différentes visions du monde, les différentes croyances et illusions que nous autres, humains, sommes amenés à développer, on se rend compte qu'on retombe toujours un peu sur les mêmes schémas, les différences étant de l'ordre du détail. D'autant plus que les gens sont cohérents : leurs stratégies d'adaptation au monde tel qu'ils le voient sont compatibles avec la vision qu'ils ont d'eux-mêmes et des autres. Cela les amène à développer des capacités, des qualités et les travers qui vont de pair. Et leurs souffrances en sont la conséquence logique. Tout est lié, vous comprenez.

— Je vois…

— Donc, il y a certes autant de personnalités qu'il existe d'êtres humains sur terre, mais on peut néanmoins dessiner des familles de personnalités, chacune étant caractérisée par des tendances qui s'harmonisent en un tout cohérent.

— D'accord.

— Notre confrérie s'appuie sur un modèle de personnalités qui présente neuf familles, neuf types de personnalité.

— Neuf types de personnalité… Et… c'est quoi exactement, ce modèle ? D'où ça sort ?

Il garda le silence quelques instants, et je crus qu'il ne répondrait pas.

— Notre confrérie détient le plus ancien, le plus méconnu, et pourtant, si j'ose dire, le plus puissant des modèles de personnalité au monde…

Il se tut et sa voix résonna en moi, auréolée d'un doux parfum de mystère. Il commençait à délivrer des fragments du secret... Sans doute avais-je gagné sa confiance.

— Et... qui l'a élaboré, ce modèle ?

Il me regarda fixement, comme s'il jaugeait encore de mon droit à accéder à toute l'information. Je soutins son regard en m'efforçant de paraître sérieuse, sereine et détachée à la fois.

— Qui n'aimerait pas le savoir ?

Je fus déçue de ce manque de confiance, et un peu vexée aussi. Tant pis, ne pas lâcher, grappiller des informations.

— Et chaque type porte un nom pour l'identifier ?

— Simplement un numéro.

— Un numéro... de 1 à 9, c'est ça ?

Il acquiesça en silence.

— Et les deux personnalités que vous aviez installées en moi, elles portaient quels numéros ?

— Il s'agissait du type 1, puis du type 2.

— Vraiment ? C'est un hasard ? Je veux dire, le fait que j'aie commencé par le 1 puis le 2, comme ça, dans l'ordre, c'était voulu ?

— Il se trouve que ces types correspondaient aux traits de personnalité que vous m'aviez tour à tour demandés.

Disait-il la vérité ou cet ordre répondait-il à d'autres critères ?

— N'importe quelle personne est censée se reconnaître dans l'un des neuf types de personnalité ?

— Oui.

— Donc, si je connais le modèle, je peux aussi reconnaître la personnalité de quelqu'un de mon entourage ?

Pas de réaction.

— C'est bien ça, non ? insistai-je.

Il fit la moue et acquiesça comme à regret.

— Mais ça m'intéresse ! Je veux le connaître.

Il secoua la tête.

— C'est un secret réservé aux seuls membres de la confrérie.

Il avait lâché sa réponse d'une voix ferme, sans appel.

Je tentai le tout pour le tout.

— Pourquoi ?

Il ne s'attendait sans doute pas à ce que je brave son autorité car il eut l'air surpris de mon insistance. Il me regarda comme s'il continuait de jauger mon droit d'en savoir un peu plus.

— Quand vous découvrez les types de personnalité, vous comprenez de l'intérieur comment fonctionnent les personnes dotées de telle ou telle personnalité. Et comme inévitablement vous apprenez à les reconnaître, cette connaissance de leur fonctionnement vous donne un certain pouvoir. Si vous connaissiez les neuf types, votre pouvoir serait énorme, car vous disposeriez d'une cartographie complète de la psyché humaine. Beaucoup rêveraient de disposer d'un tel pouvoir... Ce n'est pas à mettre entre toutes les mains.

Je n'avais jamais eu de goût particulier pour le pouvoir, quelle qu'en soit la forme, mais la seule perspective de comprendre les rouages de la personnalité des gens que je côtoyais était très attirante, et même excitante.

— Que faut-il faire pour devenir membre de la confrérie ?

— Il faut déjà être coopté par un membre, puis prêter serment...

— Prêter serment ? Serment... de quoi ?

— Serment de respecter notre charte et de tenir certains engagements.

— Certains engagements... Comme quoi par exemple ?

— Le principal engagement consiste à accompagner des initiés chaque semaine.

— Comme vous le faites avec moi ?

— C'est cela même.

— Et... pendant combien de temps ?

— Jusqu'au jour de vos quatre-vingts ans.

— Jusqu'au jour de mes quatre-vingts ans ?

— Oui.

138

C'est une blague ?

— Non.

— Mais c'est hors de question ! Je ne veux pas prendre un engagement qui courrait toute ma vie !

Devant mon indignation, il me toisa le plus tranquillement du monde.

— Mais personne ne vous le demande, dit-il, un léger sourire aux lèvres. Vous n'avez pas été cooptée pour intégrer la confrérie...

Je me sentis un peu piteuse.

J'aurais rêvé de connaître ce modèle s'il me l'avait proposé et s'il n'y avait pas eu la nécessité de s'engager ainsi.

Nous revînmes sur mon cas personnel, et j'obtins d'Oscar Firmin qu'il induise en moi une nouvelle personnalité, qu'il m'annonça être de type 3.

Je me détendis, maintenant habituée au protocole, et fermai les yeux, parée pour quitter une nouvelle fois mon monde de peur et de doute.

15

Côme, le 10 janvier 2018

Sam Brennan était sur le balcon de sa chambre d'hôtel, dans le peignoir blanc qu'il avait enfilé en sortant de la douche. Il se rasait en admirant le lac, agréablement saisi par la fraîcheur du petit matin. Les premiers rayons du soleil venaient à peine de franchir la montagne sur sa droite et réveillaient les jolies nuances de bleu à la surface de l'eau. Un petit bateau de pêcheur s'éloignait en silence vers le large, dessinant à peine un sillon d'ondes scintillantes à sa traîne.

La veille, Sybille Shirdoon avait fait reporter leur rendez-vous quotidien. « Trop fatiguée, elle a besoin de se reposer aujourd'hui », lui avait dit Giulia, la brune aux yeux très bleus.

Sam espérait pouvoir retourner à la villa aujourd'hui. Il ne pourrait pas rester éternellement à Côme, il serait tôt ou tard appelé ailleurs pour couvrir l'actualité dans d'autres pays européens.

Son téléphone portable sonna dans la chambre. Il éteignit son rasoir et alla le chercher.

C'était Jennifer, l'assistante de rédaction.

— J'ai quelques nouvelles musicales.

— Génial !

— Ne t'emballe pas, bien au contraire. J'ai eu Joël Jobé au téléphone : le piano demande une réparation assez lourde : tous les feutres à changer, le sommier aussi, le vernis de la table d'harmonie, sans parler des touches d'ivoire à repolir et autres détails dont j'ignorais l'importance sur ce genre d'instruments. Bref, ça représente un certain budget.

— T'as eu un feu vert en interne ?

— J'attends d'abord de retrouver le pianiste. Ton Jeremy Flanagan reste aux abonnés absents pour l'instant. Si on ne le retrouve pas, le piano perd un peu de son intérêt, non ?

— C'est vrai, reconnut Sam à regret.

— Voilà, c'est tout ce que je peux te dire à cette heure.

— Continue les recherches sur Flanagan et tiens-moi au courant. Je te laisse, j'ai un double appel.

— Bye.

Un coup d'œil à l'écran. C'était la villa de Sherdoon !

— Allô ?

— Bonjour, monsieur Brennan, Giulia à l'appareil.

Il avait déjà reconnu sa voix et son accent irrésistible.

— Hello Giulia, comment allez-vous ?

— Très bien ! Et Mme Shirdoon aussi : elle se sent reposée et accepte de vous recevoir. Est-ce que 15 heures à la villa, ça vous convient ?

— C'est comme si j'y étais !

*

* *

Lyon, le 18 juin 1964

Ivan Raffot ajusta son nœud de cravate devant le miroir de la salle de bains de l'hôtel lyonnais où il avait passé la nuit. Puis il serra jusqu'à ce que le col de la chemise blanche soit bien plaqué autour de son cou.

Sa mission d'audit du *PygmaLyon* représentait un enjeu de taille, depuis son échec du mois dernier, quand le fonds d'investissement américain avait décidé de placer deux millions de francs dans une entreprise industrielle de moyeux de camions du Maine-et-Loire. Ivan avait préconisé dans le rapport d'audit de conserver toute l'équipe de production. Mais ces maudits ouvriers s'étaient avérés inefficaces dès l'investissement signé et, pire encore, avaient osé faire grève pour protester contre l'entrée au capital de fonds étrangers. Un mois plus tard, la situation était encore bloquée, de gros clients avaient fui et l'entreprise était au plus mal. Le directeur du fonds l'avait convoqué et avait été très clair : un nouvel échec était exclu. Bref, il était sur la sellette. Le moindre faux pas et il était cuit.

S'il en avait eu la possibilité, il aurait pourtant refusé la mission sur le *PygmaLyon*, car elle ne lui inspirait rien de bon. D'abord, sa phobie de l'eau, sa terreur de mourir noyé, remontait à la surface à l'idée de passer huit jours sur un bateau. Évidemment, ça ne se disait pas. Hors de question de passer pour une gonzesse. Cette phobie le hantait depuis son plus jeune âge et surpassait même en intensité son autre angoisse, encore plus difficile à avouer : les cris de femme et, d'une façon générale, l'expression des émotions féminines fortes.

Il se méfiait des femmes et restait autant que possible à distance, ce qui lui convenait par ailleurs très bien. Un énorme gain de temps, comparé à ses idiots de collègues à qui il arrivait de tomber amoureux. *Tomber amoureux...* Totalement irrationnel. Il ne faut pas mettre des sentiments là où il est seulement question de flux d'hormones. Aussi stupide que les soirées que certains passaient à draguer, à alimenter de fausses conversations où chacun perd son temps au lieu d'aller à l'essentiel. Mieux valait s'adresser comme lui à des professionnelles à qui il n'y a guère besoin d'adresser la parole. Le tarif n'était certes pas négligeable mais, si l'on tenait compte du facteur temps, c'était rentable. Cinq minutes, douche comprise. La douche après, bien sûr. Et au moins, quand elles commençaient à gémir, il pouvait leur demander de se taire. Ne pas parler, ne surtout pas crier.

Que le *PygmaLyon* soit dirigé par une femme était donc la deuxième raison pour laquelle cette mission ne l'emballait pas. D'ailleurs, une femme n'avait rien à faire à un poste de direction.

La troisième tenait à l'activité de l'entreprise, et il ne l'aurait pas non plus avouée à son chef : son histoire personnelle ne regardait que lui. Ses parents avaient eu un restaurant quand il était gamin. Un mauvais souvenir. Il restait seul le soir dans l'appartement au-dessus, seul à chercher le sommeil dans le noir, avec ses peurs qu'il avait peu à peu appris à réprimer. Mais cela avait demandé du temps, et ces mauvaises années étaient restées gravées dans sa mémoire. Le restaurant avait mal tourné : ses parents avaient commis l'erreur de mettre des sentiments dans les affaires. Trop gentils avec le personnel, ils trouvaient des excuses aux retardataires, aux erreurs commises… Ils avaient fini par faire faillite et leur couple n'y avait pas résisté. La famille avait volé en éclats, mais la leçon qu'il en avait tirée lui avait depuis servi de ligne de conduite, lui donnant une force et une supériorité sur tous ses collègues : dans la vie, l'intelligence s'oppose aux sentiments.

*
* *

Je sortis de la confrérie gonflée à bloc et pleine d'énergie. Ma personnalité de type 3 me donnait plus que jamais envie de relever le défi et de réussir. Sept jours, c'était court, mais le challenge était d'autant plus excitant.

Je pris le funiculaire en planifiant mentalement mes actions de la journée. J'étais tellement concentrée que je remarquai à peine le mendiant qui passait de voyageur en voyageur, la casquette retournée à la main. J'avais du pain sur la planche au bateau ; la journée promettait d'être bien remplie.

Je repassai en coup de vent à la maison déposer le dictaphone. Alors que j'étais sur le pas de la porte, j'entendis sonner le téléphone et courus répondre. C'était Alain, mon copain du fisc.

— Sybille, je suis dans une cabine dans la rue. Ne m'appelle plus au bureau, s'il te plaît. Tu peux me joindre à la maison le soir, si tu as besoin.

— D'accord.

— C'est important, sinon tu vas m'attirer des ennuis.

— OK, OK…

— Bon, maintenant, donne-moi le nom de ta confrérie.

— Oh ! T'es un ange !

— C'est rare que les contribuables me disent ça…

— La Confrérie des Kellia, rue de la Loge. J'ai oublié le numéro.

— Je vais voir ce que je peux glaner comme infos. Tu me mets dans une position délicate, tu sais… C'est vraiment pour toi que je fais ça.

— Tu me sauves la vie.

— Et surtout, ne m'appelle plus au bureau !

Je raccrochai et filai au bateau. Je descendis à pied toute la colline de la Croix-Rousse. Le funiculaire se faisait trop attendre en milieu de journée.

En bas des pentes, je pris la rue Terme puis la rue d'Algérie pour rejoindre les quais et passai devant un joli salon de thé que je ne connaissais pas. Sans doute fraîchement installé dans le quartier. Mon œil fut attiré par une accroche inscrite au blanc de Meudon sur l'une des vitres :

Le dimanche,
formule thé avec
pâtisseries à volonté

Je m'arrêtai net.

Pâtisseries à volonté.

Première fois que je voyais un truc pareil dans un salon de thé !
C'était franchement révolutionnaire. Je pris le temps d'étudier la
carte, les tarifs et de jeter un coup d'œil à l'intérieur. Plutôt classe,
on sentait du bon goût et du professionnalisme.

Je repris mon chemin en tournant l'idée dans tous les sens. Au
bateau, on n'avait guère d'activité à l'heure du thé. En dehors
du déjeuner et du dîner, on parvenait certes à attirer un peu
de monde pour l'apéritif mais, l'après-midi, le bateau restait la
plupart du temps désert.

Et si je faisais pareil ? Si j'offrais des pâtisseries à volonté à
l'heure du thé ? Un concept totalement novateur… Plus je visua-
lisais sa réalisation et le succès attendu, plus je m'appropriais
cette idée. Au bout d'un moment, c'était devenu *mon idée*, mon
idée à moi, et j'en étais fière. Au fur et à mesure qu'elle prenait
forme, des idées complémentaires germaient dans mon esprit sur
la façon de la promouvoir.

J'arrivai au bateau enthousiaste. Je filai droit sur Bobby et lui
assignai la réalisation en urgence d'un grand calicot à accrocher
sur le bastingage : *16 heures – 17 heures : Pâtisseries à volonté !* Et
je lui demandai d'ajouter en travers la mention « Unique à Lyon ».

— On a tout ce qu'il te faut dans le coffre à l'entrée de la
salle des machines. Je compte sur toi pour que ce soit en place
à 14 heures.

— Ouais, ouais…

Je savais trop ce que signifiait cette acceptation de façade.

— Bobby, je sais que t'en es capable. T'es débrouillard et
quand tu veux, t'as beaucoup d'énergie.

— Ouais… faut juste que je finisse de huiler toutes les char-
nières des coffres à gilets de sauvetage. Ça grince dès qu'on les
ouvre.

— Bobby.

— Quoi ?

— On s'en fiche que les coffres à gilets de sauvetage grincent ou pas. Alors, tu vas laisser ça en plan et t'attaquer dare-dare à mon calicot, tu m'entends ?

— Ouais, ouais...

— Quatorze heures, Bobby. Il faut qu'il soit en place à 14 heures. Tu vas y arriver, je le sais. Allez, action, mon vieux !

Et je le gratifiai d'une bonne tape sur l'épaule.

Ce type était une calamité, un loser fini. On n'en ferait jamais rien.

Je me rendis dans mon bureau et appelai le cabinet de recrutement auquel on s'adressait de temps en temps.

— Je voudrais voir ce que vous avez comme candidats à un poste d'homme à tout faire, profil mécanicien généraliste. Jeune, dynamique, disponible de suite. Une expérience en milieu maritime ou fluvial serait un plus.

Dans la foulée, j'allai retrouver Manon dans la grande salle. C'est elle qui, chaque midi, écrivait le menu du jour à l'ardoise et j'avais repéré sa belle écriture. Je lui donnai pour consigne de réaliser des petits flyers à distribuer avec l'addition à la fin des repas, pour inciter les clients à revenir pour le thé.

Puis je filai en cuisine.

— Rodrigue ! Tu sais que les clients raffolent de tes pâtisseries, n'est-ce pas ? Alors, ça m'a donné l'idée d'en proposer un buffet à l'heure du thé. On va faire le plein avec les touristes de passage sur le quai. On lance ça dès aujourd'hui.

— Dès aujourd'hui ? Mais tu ne te rends pas compte du travail !

— Je vais prolonger d'une heure ou deux le contrat du gars de la plonge pour qu'il t'aide après le déjeuner.

— Michel ? Mais il n'est pas pâtissier !

— C'est sans importance : je ne veux pas de pâtisseries fines. C'est pour les touristes, on ne fidélisera pas, on s'en fiche. Au contraire, faites des gâteaux bourratifs, ça coûtera moins cher et ils en prendront moins.

— Des gâteaux bourratifs ? Mais je ne vais pas dévaloriser mon art ! Je ne suis pas ouvrier à la chaîne, moi...

Je mis la main sur son épaule.

— Rodrigue, t'es le meilleur des cuisiniers, tu fais des plats et des desserts d'une grande finesse. Mais, sur ce coup-là, j'ai besoin de toi pour qu'on vise plutôt la quantité, tu vois. C'est pour la bonne cause, pour relancer la machine et redresser les finances du bateau. On en a tous besoin, notre avenir est en jeu, et je sais que je peux compter sur toi.

Je dis ça en le regardant dans les yeux avec confiance et gratitude tout en pressant affectueusement son épaule. Je sentis qu'il était sensible à mon attitude chaleureuse.

Il acquiesça.

J'avais gagné.

Dans la foulée, je pris une autre décision : rebaptiser tous les plats de Rodrigue. Fini les assiettes aux noms déprimants.

Après le service de midi, je convoquai Katell dans mon bureau. Cette jeune arriviste avait les dents aussi longues que ses jambes, tant mieux ! J'allais m'en servir à mon profit. D'ailleurs, accessoirement, si je la mobilisais plus sur son travail, elle chercherait moins à me piquer le mien.

— J'ai vu, lui dis-je quand elle entra, que tu formes régulièrement tes serveurs aux techniques de vente.

— Bien sûr.

— C'est très bien. Je voudrais qu'au-delà de ça, tu leur donnes des objectifs de chiffre d'affaires et notamment de chiffre moyen par couvert.

Elle sembla un peu surprise de ma demande.

— Un objectif mensuel ?

Le chiffre mensuel m'apparut secondaire puisque ma période d'essai prenait fin dans moins de sept jours.

— Un objectif quotidien sera plus stimulant, car ils verront le résultat chaque jour et ça les motivera pour le lendemain.

— OK. Donc un objectif quotidien sur le chiffre d'affaires du restaurant et un objectif de panier moyen.

— Pas sur le chiffre du restaurant : sur le chiffre de chaque serveur. Je veux qu'ils puissent se comparer les uns aux autres. Il n'y a rien de plus motivant que d'essayer de faire mieux que son collègue.

Elle ne nia point. J'enchaînai :

— L'objectif quotidien sur le chiffre global du restaurant, il sera pour toi. Je te transmettrai les détails dans l'après-midi.

Quand elle quitta le bureau, je pris une seconde pour me rejeter tranquillement en arrière dans mon fauteuil.

Pour la première fois depuis ma nomination, Katell ne m'avait pas prise de haut, et je savais que cela tenait plus de ma posture, de mon attitude, de ma vision de moi-même, que du contenu de notre conversation et de mes demandes. J'aurais pu lui dire mot pour mot la même chose trois jours plus tôt sans jamais avoir le même effet.

Pour la première fois de ma vie, je me sentais l'âme d'un leader.

Je me fis monter un plateau-repas par Corentin et déjeunai en calculant les objectifs à assigner. Ce qui est fait n'est plus à faire.

En début d'après-midi, j'accueillis l'auditeur dont Charles m'avait parlé avec appréhension. J'avais moi aussi conscience de l'enjeu pour nous tous, mais j'étais confiante : nous saurions démontrer le potentiel de l'activité.

Il arriva à 14 heures précises, tandis qu'on entendait sonner les cloches de la cathédrale Saint-Jean-Baptiste. Engoncé dans un austère costume gris, le regard morne et les cheveux en brosse, il me serra la main poliment, mais sans le moindre sourire. Il me sembla à la fois affirmé et distant, déterminé et malheureux. Dans ses yeux un peu globuleux, aucune étincelle qui révélerait sa motivation à agir et réussir. Le genre de gars qui rit quand il se brûle.

Mais mon intérêt consistait malgré tout à lui plaire, à être bien évaluée dans son rapport d'audit, et à obtenir de lui un feu vert pour l'investissement du fonds américain.

Je l'invitai à me suivre dans mon bureau et lui demandai ce qu'il attendait de moi pour mener à bien son audit.

Malgré son attitude fermée qui le rendait difficile à cerner, je sentis progressivement le personnage, un homme pour qui la rationalité était érigée en mode de vie. Je sentis aussi le type de directrice qu'il valoriserait, qu'il reconnaîtrait comme compétente. Et plus cette image se formait dans mon esprit, plus je devenais moi-même cette personne dont je sentais qu'elle serait appréciée, jusqu'à en être l'incarnation. Je me mis à m'exprimer de manière factuelle, sans aucune expression émotionnelle. Mes propos étaient concrets, précis, logiques. Rationnels.

Je fis une présentation très factuelle de notre activité, des comptes d'exploitation et de chacun des membres de l'équipe. Il déclina ma proposition de faire le tour du bateau pour les rencontrer.

— Pas nécessaire pour l'instant, dit-il froidement.

Mais il me posa sur chacun des questions ayant trait à la mission et aux résultats.

Il me demanda un bureau pour étudier les dossiers en paix. N'en ayant pas de vacant, je lui donnai le choix entre partager un coin du mien ou s'installer dans une cabine libre dans la cale, où nous rangions la boîte à pharmacie et des accessoires de premier secours. Une sorte d'infirmerie qui ne servait guère. Il opta pour cette dernière.

Je lui fis visiter et quand il vit le hublot, positionné sous la ligne de flottaison, à travers lequel on voyait sous l'eau, il eut une grimace indéchiffrable.

Il s'y installa malgré tout avec mes livres de comptes et on ne le vit plus de l'après-midi.

En remontant, je décidai de passer saluer Charles. Je m'apprêtais à frapper à la porte de son bureau quand je reconnus la voix de Katell à l'intérieur, pourtant atténuée comme pour ne pas être entendue. Naturellement, je tendis l'oreille.

— Nathan, disait-elle, a rejeté la demande d'un client qui voulait changer de plat après l'avoir commandé. Il lui a dit que c'était trop tard, que la cuisson était en route. Le client, furieux, est parti en laissant tout en plan.

— Tout dépend, dit la voix de Charles, au bout de combien de temps le client a changé d'avis...

— Mais on ne peut pas rembarrer un client comme ça ! Je vais vous dire, ce Nathan est un boulet qui plombe le restaurant, c'est un mauvais exemple pour tout le monde.

— Écoutez, à vous de voir. Si vraiment vous pensez qu'il faut vous en séparer...

— Le problème, c'est que Sybille le couvre.

— Pourquoi dites-vous ça ?

— Ils sortent ensemble.

Mon sang ne fit qu'un tour.

— Comment ça ? dit Charles.

— Ils sont en couple.

— Qu'est-ce qui vous fait croire une chose pareille ?

À cet instant, j'entendis quelqu'un approcher et je m'éclipsai.

Je me rendis directement dans la grande salle et fis un signe à Manon, qui s'approcha.

— Tu es au courant de ce qui s'est passé avec Nathan ?

Elle confirma la version de Katell.

Nathan abusait. Je lui avais dit cent fois d'avoir plus d'empathie avec les clients, de ne pas leur tenir tête, même quand ils avaient tort.

Katell me tenait.

Lors de notre entrevue, ce matin, mon professionnalisme nouveau avait dû la surprendre et l'alarmer. Elle passait à la vitesse supérieure pour m'éliminer.

Il fallait agir vite.

Je convoquai Nathan dans mon bureau. Il m'y rejoignit quelques minutes plus tard. Je laissai volontairement la porte ouverte pour que Charles puisse nous entendre.

Je repris le fait qui lui était reproché, écoutai sa version, puis fus très claire avec lui : ce qu'il avait fait était un manquement à ses obligations de service et d'accueil du client, élément constitutif d'une faute grave.

Il me regarda d'un air incrédule, mais je tins mon cap sans ciller. D'ailleurs, dans l'instant, je ne ressentis rien, absolument aucune émotion. Mon intérêt profond était en jeu et les sentiments qui auraient pu nuire à mon objectif étaient aux abonnés absents.

J'avais toute ma vie été embarrassée par ces sentiments mal placés qui entravaient mon action et m'empêchaient de réussir : difficile d'affirmer sa position quand on sent qu'elle peut faire souffrir l'autre, difficile de défendre son intérêt quand on veut aussi préserver celui de l'autre. Je m'étais souvent retrouvée empêtrée dans des émotions contradictoires et des décisions impossibles.

Et là, soudain, je me coupais de mes sentiments de façon tout à fait naturelle, sans aucun effort. C'était comme si je ne ressentais rien pour Nathan, comme si nous n'étions pas en couple. Je n'avais qu'une seule chose à l'esprit, et elle mobilisait toute mon attention, toute ma volonté, toute mon énergie : obtenir d'être confirmée à mon poste dans sept jours. Tout le reste était secondaire s'il ne servait pas cet objectif.

J'informai Nathan de son licenciement avec mise à pied immédiate.

Une demi-heure plus tard, il quittait le navire.

*
* *

L'opération « Pâtisseries à volonté » fut une vraie réussite.

Les clients affluèrent, des touristes pour la plupart, qui firent une razzia sur les gâteaux de Rodrigues et de son plongeur. Gros chiffre, bonne marge.

Je vis dans les yeux de Charles qu'il était impressionné, et j'en profitai pour vanter les autres décisions de la journée : mise en place d'objectifs pour Katell et les serveurs et, bien sûr, le licenciement de Nathan. Je savourais, sur ce dernier point, d'avoir coupé l'herbe sous le pied de ma rivale.

— Licencier ce serveur un mois à peine après son embauche, c'était donc une erreur de recrutement ? demanda Charles.

— Pas du tout ! Je l'avais recruté en planifiant de le licencier au bout d'un mois : ça m'évitait d'embaucher un intérimaire pour gérer le surcroît d'activité. C'est beaucoup moins coûteux de recruter en CDI et de licencier dans la période d'essai : on n'a pas à payer la prime de précarité.

Il acquiesça, manifestement admiratif de mon calcul.

En une pirouette, j'avais réussi à transformer un acte de népotisme devenu un échec en réussite totale.

J'avais en effet décidé dans la foulée du départ de Nathan de capitaliser doublement sur l'événement : auprès de Charles bien sûr, pour afficher ma détermination et démentir les affirmations de Katell ; auprès de l'équipe aussi, pour les mobiliser : j'avais brièvement rassemblé tout le monde pour annoncer le licenciement en expliquant qu'on ne pouvait tolérer que les insuffisances d'un équipier nuisent aux résultats du restaurant, au détriment de toute l'équipe. La situation financière étant ce qu'elle était, chacun devait donner le meilleur de lui-même pour contribuer à redresser la barre. Je comptais sur eux et, j'en étais convaincue, la réussite serait bientôt au rendez-vous et ce serait une victoire pour tous.

M'appuyer sur l'émotion de l'autre était pour moi irrésistible parce qu'efficace. « Vous serez fiers de vous, leur avais-je dit, je serai fière de vous, et l'entreprise saura exprimer sa reconnaissance en se montrant généreuse pour chacun. »

En formulant cette promesse, je croyais sur le moment sincèrement à ce que je disais. Il n'y avait pas de calcul de ma part, non, j'étais sincère, mais cette sincérité était la vérité de l'instant : j'étais portée par l'impact de mes paroles sur l'assistance, portée par la volonté de gagner et, dans cette spirale de réussite, j'aurais promis n'importe quoi en y croyant dur comme fer... dans l'instant.

*
* *

En milieu d'après-midi, je reçus un appel du responsable du service communication de la mairie de Lyon.

— Nous avions, me dit-il, planifié un cocktail dînatoire pour quatre-vingts personnes dans un restaurant pour samedi prochain, or cet établissement vient d'être condamné à huit jours de fermeture par les services d'hygiène. Nous devons en urgence trouver un autre lieu.

Toujours afficher complet. Le succès appelle le succès.

— Notre salle est réservée tous les week-ends pour les six mois qui viennent, mais vous avez beaucoup de chance, je viens juste d'avoir un désistement pour ce samedi. Un mariage annulé... les pauvres !

— Ah... en effet, c'est de la chance... J'ai entendu parler de votre bateau par un ami de ma femme qui est client, mais je ne vous connais pas personnellement. Vu les délais, je n'aurai absolument pas le temps de venir. Nous avons besoin d'un lieu chic, positionné haut de gamme. Nous avons des invités de prestige et monsieur le maire sera présent. Est-ce que le *PigmaLyon* répond à ces critères ?

— Oui, totalement. C'est un bateau ancien, parfaitement restauré, version luxe. Nous louons régulièrement la salle à des diplomates, des chefs d'entreprise...

— Ah... très bien.

— On a même organisé récemment la soirée d'anniversaire de Charles Aznavour.

Un petit mensonge ne fait de mal à personne, surtout quand c'est invérifiable.

— Mais, ajoutai-je en prenant un ton soupçonneux, quel est votre budget ?

En l'entendant bafouiller, je devinai être parvenue à mes fins : je le forçais à revoir son prix à la hausse pour ne pas se ridiculiser.

— Disons… environ dix francs par convive… enfin… à peu près…

Habituellement, j'en demandais sept. Dix était un budget royal. Mais dans sa situation, le gars était coincé, sans alternative. Je le tenais.

— Je regrette, ça ne va pas aller, monsieur. Mon tarif est de treize francs par personne. Parce que c'est la mairie de Lyon et que le maire nous honorera de sa présence, je veux bien vous offrir un prix spécial de douze francs par convive, mais vous comprenez que je ne descendrai pas au-delà.

— Euh… oui… bien sûr… je comprends. Bon, je vais voir, je mets une option et je m'en occupe…

— Non, monsieur. À ce tarif-là, je ne peux pas vous accorder une option. Nous avons trop de demandes, les listes d'attente sont longues. Si vous êtes intéressé, il me faut un feu vert tout de suite.

— Euh… oui, bien sûr, en effet… je comprends. Eh bien, disons… oui, c'est d'accord. Je prends sur moi d'avoir un accord en interne. J'en fais mon affaire.

— Très bien. Félicitations, le *PygmaLyon* est à vous pour samedi soir !

En fin de journée, je pris un peu de temps pour faire quelques calculs. Les chiffres parlaient d'eux-mêmes : à ce rythme-là, les résultats de la semaine allaient faire exploser tous les compteurs. Je serais confirmée à mon poste et, surtout, enfin reconnue de tous.

Je fis un tour par la salle de pause pour récupérer les commentaires. Ce retour d'image pouvait être utile pour me permettre d'améliorer ma communication et gagner en impact.

L'évier débordait de tasses sales empilées ; aucune importance : les clients n'y avaient pas accès, et cela ne nuisait en rien à l'efficacité des équipes.

Je pris les bouts de papier et retournai m'enfermer dans mon bureau pour les lire.

Les quelques messages laissés se voulaient critiques, sauf un qui me décrivait « trop belle ». Sous couvert d'anonymat, certains se dédouanaient sans doute de leur incompétence en me reprochant pêle-mêle mensonges, hypocrisie ou encore vantardise. Sans doute la signature de quelques fainéants pétris de jalousie. Ce qui avait animé mes paroles tout au long de la journée, c'était la volonté de motiver les gens, leur donner un élan positif, l'envie de se bouger pour aller de l'avant et réussir tous ensemble ; transmettre cette formidable motivation qui m'animait moi-même depuis le matin et que je voulais partager.

Heureusement, ce n'étaient pas quelques jaloux qui allaient saper mon nouveau moral de battante. Au contraire, cela me donnait encore plus envie d'avancer. Réussir et oublier les envieux. La jalousie est l'apanage des médiocres.

*

* *

En début de soirée, je surpris Jeff en train d'essayer de manipuler Paloma pour qu'elle le remplace au bar avant le début du concert. Paloma était tellement généreuse qu'elle était capable de céder, au risque de désacraliser son image de chanteuse auprès de nos clients. Surtout pas !

— Jeff ! l'interpellai-je.

Il leva vers moi un regard coupable.

— Laisse Paloma tranquille, s'il te plaît.

Paloma se tourna vers moi.

— Il ne m'embête pas ; il a un souci, c'est normal que quelqu'un se dévoue pour lui venir en aide.

Jeff restait silencieux.

— Qu'est-ce qu'il y a comme match, ce soir ? lui demandai-je.

Il réprima un sourire et j'ajoutai dans la foulée :

156

— Retourne au bar, s'il te plaît.

Il s'exécuta.

— Jeff s'arrange régulièrement pour que d'autres fassent le travail à sa place. Et toi, tu as besoin du temps qui précède le concert pour te mettre en condition. Tu le sais bien.

— Je suis capable de m'en passer, dit-elle avec une pointe de fierté.

Je n'en revenais pas de voir en elle les schémas de pensée qui avaient été les miens la veille quand j'avais une personnalité de type 2.

Combien de fois l'avais-je vue, épuisée par la succession des concerts, sacrifier son repos mérité en fin de soirée pour prolonger un récital jusqu'à une heure indue, juste parce que le public l'espérait... Sa capacité à donner beaucoup d'elle-même pour les autres, associée à un certain dédain pour ceux qui ne se montraient pas dignes d'apprécier ses sacrifices, me rappelait l'état d'esprit dans lequel je me trouvais la veille, quand je cherchais inconsciemment la gratitude des autres pour me construire une bonne image de moi-même.

— Paloma, je sais exactement ce que tu ressens. Tu crois que ta valeur dépend de ce que tu fais pour les autres et de la gratitude qu'ils t'expriment en retour mais...

— Pas du tout ! Je n'attends rien en retour, j'aide les autres par altruisme, je n'ai besoin de rien !

Naturellement, elle niait... La veille, je n'aurais pas supporté que l'on me dise dépendante du regard de l'autre pour construire mon identité. J'étais bien trop fière pour le reconnaître.

— Paloma... tu n'as pas besoin de ça pour avoir de la valeur, tu...

— Mais qu'est-ce que tu me chantes ?! Je n'ai besoin de personne, moi, je me suis faite toute seule, je n'ai jamais rien demandé à qui que ce soit !

Retirer ses illusions était mission impossible. Nul n'aurait réussi à ma place.

*
* *

Ce soir-là, je quittai le bateau avec une idée en tête : reconquérir Nathan. J'avais viré le pauvre comme un malpropre et je lui devais naturellement des explications. Il était suffisamment intelligent pour comprendre. Après tout, c'était aussi pour lui que je travaillais : mon salaire étant supérieur au sien, c'était moi qui faisais vivre le couple. Ma réussite serait la sienne.

Mais, au-delà de sa compréhension de la situation, je voulais qu'il retrouve pour moi l'élan du premier jour, je voulais revoir dans ses yeux la lueur de désir qui s'était étiolée au fil du temps.

Je fis un détour par les boutiques chic de la Presqu'île, et ne tardai pas à trouver ce que je cherchai : la parure de sous-vêtements la plus raffinée et surtout la plus sexy que j'aie jamais osé porter.

Puis je filai à la maison, et nous eûmes un tête-à-tête, une explication qui, comme prévu, se passa bien : je lui vendis la situation en arguant qu'il disposerait désormais de plus de temps pour se consacrer à sa thèse de doctorat. Je réussis à cibler le cœur de ses préoccupations ; il se laissa convaincre.

Je m'éclipsai ensuite dans la salle de bains pour une douche rapide qui s'avéra horriblement glacée. Je décidai d'appeler le propriétaire le lendemain sans faute. Puis j'enfilai mes nouveaux dessous et déposai trois gouttes de Chanel n° 19 dans mon cou.

Quand je rejoignis ainsi parée Nathan dans la chambre, les lumières de la ville filtrées par les persiennes dessinèrent des motifs chatoyants sur ma peau nue, et je me sentis comme une danseuse sur la scène d'un cabaret, éclairée par le feu tamisé de projecteurs colorés. J'étais celle que l'on admire. J'étais la plus belle et la plus sexy des femmes.

*

* *

Nathan sentit le sommeil fondre sur lui, comme chaque fois après l'amour. Il était encore abasourdi par la scène de sexe torride qu'il venait de vivre. Jamais Sybille ne lui avait fait un truc pareil.

Comment aurait-il pu imaginer ça, quelques heures auparavant, quand il écoutait ce matin les paroles sordides enregistrées sur le dictaphone ? Tout ça était totalement incompréhensible. Jamais il n'oserait avouer l'espionner ainsi, et pourtant il brûlait de savoir ce qu'il se passait. Ces derniers temps, les événements lui échappaient complètement. Pourquoi Sybille changeait-elle à ce point d'un jour à l'autre ? Le licenciement, elle avait sans doute eu raison de le faire, mais sur le moment son attitude l'avait glacé. Non seulement elle ne lui avait jamais parlé aussi froidement, mais il ne l'aurait jamais imaginée être capable de le faire.

Tandis qu'il glissait dans les bras de Morphée, la voix sépulcrale de l'homme résonnait encore dans son esprit.

Au fond de vous, tout au fond, se niche maintenant une peur immense, une angoisse profonde...

L'angoisse d'être une personne... qui ne vaut rien.

Quand vous reviendrez à vous, vous l'aurez totalement oubliée, mais cette angoisse guidera pourtant la plupart de vos actes dans la vie, en restant enfouie au plus profond de votre inconscient.

*

* *

Au même instant...

Installé dans un fauteuil club au bar de l'hôtel du Liyon d'Or où il résidait, Ivan Raffot relisait ses notes du jour en buvant un whisky. Dehors, au loin, une église sonna minuit.

Quelque chose clochait dans cette entreprise. Comment pouvait-il y avoir un tel décalage entre la personne responsable du management, Sybille Shirdoon, manifestement volontaire, pro et organisée bien qu'étant une femme, et le reste de l'équipe, essentiellement constituée de toquards incompétents ? Son expérience dans les autres structures avait toujours montré un lien, une tendance : un patron désorganisé avait une équipe désorganisée ; un patron structuré parvenait à cadrer le travail de l'équipe. Un chef fantasque avait une équipe à son image ; un chef raisonnable transmettait son sérieux aux collaborateurs. La hiérarchie jouait un rôle de modèle, en positif comme en négatif...

Pensif, Ivan Raffot prit une gorgée de whisky.

Ce décalage compliquait sérieusement son analyse. L'absence d'explication logique n'indiquait jamais rien de bon. Quand c'est fumeux, c'est foireux.

*
* *

J'eus du mal à m'endormir. Ma performance sexuelle me laissait une drôle d'impression, comme si la fierté y avait remplacé toute autre émotion.

Ma nuit fut animée d'un drôle de rêve. J'étais de l'eau, un cours d'eau, et je me déformais au gré du paysage ; j'étais lisse et calme dans les vallées, tumultueuse dans les descentes, violente dans les cascades. J'avançais, et cela seul comptait, cela seul avait de l'importance, jusqu'à ce que trois grands oiseaux me survolent en me regardant.

— Je suis rapide, n'est-ce pas ? dis-je fièrement. Capable de dévaler une montagne en moins de trois minutes.

— Certes, répondirent-ils en chœur.

Mais je ne vis point d'admiration dans leurs yeux.

— Regardez comme je suis transparente, ajoutai-je.

— C'est exact, dirent-ils d'un ton détaché.

160

— Et je suis capable de porter à moi seule des milliers de poissons…

— En effet.

— … et de tous les conduire vers la mer.

— C'est bien.

Mais leur compliment me sembla plus poli que ressenti.

— Je suis capable d'irriguer sur mon chemin des centaines de champs de blé, d'orge et de maïs.

— Très bien, dirent-ils sans avoir l'air impressionnés pour autant.

Cela me donnait envie d'en faire encore plus, d'être encore plus rapide, de porter encore plus de poissons, d'irriguer encore plus de champs, de battre tous les cours d'eau de la Terre entière et là, enfin, ces trois oiseaux seraient forcés de reconnaître ma valeur.

— Et vous, que réussissez-vous à faire ? leur lançai-je, agacée par leur indifférence à mes succès.

Ils se regardèrent un instant, puis répondirent en chœur :

— Nous réussissons à être nous-mêmes.

Si vous croyez qu'on va vous admirer pour ça, pensai-je sans le formuler. Mais ils durent lire dans mes pensées, car ils ajoutèrent aussitôt :

— Rares sont ceux qui nous aimeront vraiment pour nos succès, mais nombreux sont ceux qui peuvent nous aimer pour qui nous sommes véritablement.

Encore une pensée de fainéant, me dis-je.

— D'ailleurs, reprirent-ils, tu nous as dit tout ce que tu fais, mais pas qui tu es…

Je m'apprêtais à leur répondre quand je pris conscience que j'allais me définir par mes actions et mes résultats. Mais comment faire autrement ?

Soudain l'image du majestueux cours d'eau à laquelle je cherchais à coller se détacha de moi : sa splendeur et ses prouesses s'éloignaient et je me retrouvai mise à nu, privée de ce grâce à quoi j'existais aux yeux de tous depuis des années. Et tandis que cette image du cours d'eau s'évanouissait, ma propre image se refléta à sa surface et je découvris ce que j'étais véritablement : une petite fille, rien qu'une petite fille, ne sachant pas faire grand-chose, n'ayant aucune grande réussite à son actif : une petite fille sans intérêt. Désespérée, je levai les yeux vers les trois oiseaux et découvris, stupéfaite, de l'amour dans leurs yeux. C'était incompréhensible et, en même temps, il n'y avait rien à comprendre. Ils me lancèrent des filins que j'attrapai sans réfléchir, et je m'élevai alors dans la vérité de mon cœur.

16

Oscar Firmin prit un air contrarié.

— Vous voulez encore changer ? s'exclama-t-il.

— Oui.

J'étais convaincue d'avoir réussi à le convaincre, que ses protestations n'étaient que de façade.

Je m'étais réveillée décontenancée par le rêve sans queue ni tête de la nuit. Je ne savais plus trop qui j'étais. Cet état m'avait rappelé l'adolescence, où j'avais traversé une période de flottement pendant laquelle je me demandais si j'étais noire ou blanche, et si je devais sortir avec des garçons noirs ou des garçons blancs, comme s'il s'agissait de choisir un camp, une appartenance pour exister à travers elle. Après des années d'hésitations, j'avais fini par trancher : j'étais noire *et* blanche. Cette sortie du dilemme avait été libératrice.

— Depuis vingt-quatre heures, j'ai un problème avec les émotions, avec le ressenti des émotions. Comme si je me coupais d'une partie de moi...

— L'accès à nos émotions peut parfois entrer en conflit avec des objectifs de réussite. Quand on a une personnalité de type 3, réussir est tellement crucial que votre personnalité vous pousse à vous couper par moments de vos émotions pour vous permettre de rester centrée sur vos objectifs.

— À vous entendre, ça semble très bien, très efficace, sauf qu'à force d'en être coupée, je ne sais plus très bien qui je suis.

— La personnalité de type 3 utilise ses émotions pour l'informer de ce qui est valorisé par ceux dont elle veut être reconnue. Vous allez par exemple sentir que tel interlocuteur ou tel milieu professionnel valorise une posture intellectuelle réfléchie ou au contraire une attitude spontanée et chaleureuse, ou autre chose encore, et vous allez vous faire une représentation de la personne qui serait le plus admirée par cet interlocuteur ou ce milieu, puis... vous allez devenir cette personne, vous allez totalement l'incarner, devenant l'archétype de l'intellectuelle réfléchie ou de la femme spontanée et chaleureuse ou de je ne sais quoi encore.

— Vous décrivez un fonctionnement d'acteur ou de comédien...

— Sauf qu'à la différence d'un acteur, vous ne le faites pas sciemment, vous le faites sans vous en rendre compte. Donc, ce n'est pas de la comédie, vous êtes sincère... en tout cas vis-à-vis de l'autre.

— Qu'est-ce que vous insinuez ?

Il me regarda en souriant.

— C'est à vous que vous mentez.

— Je ne comprends pas...

— En incarnant celle qui va être admirée, vous n'êtes plus vous-même, vous devenez quelqu'un d'autre en collant inconsciemment à une image ou à un rôle. C'est très efficace pour réussir...

— Mais cela m'éloigne de qui je suis réellement.

— Oui.

Je restai songeuse quelques instants avant de réaliser le paradoxe incroyable de cette situation.

— Cela signifie que les gens qui m'admirent aiment ce que j'ai choisi d'incarner, donc... ils ne m'aiment pas moi...

164

— En effet.

— Ou ils vont m'aimer pour mes prouesses, mes succès, bref, m'aimer pour ce que je fais, mais pas pour qui je suis, que j'ai moi-même oublié.

Il acquiesça lentement puis, au bout d'un moment de silence, il ajouta :

— Il y a un prix à payer pour tout, dans la vie...

C'était dur à avaler.

Je me remémorai le prix payé pour mes personnalités précédentes : le fonctionnement de type 1 m'amenait à vouloir tout améliorer autour de moi pour tendre vers des normes de perfection tout droit sorties de mon esprit. Le fonctionnement de type 2 m'amenait à me construire sur la gratitude des autres en retour de mes actes altruistes, me poussant à oublier mes propres besoins et à me sacrifier pour les autres. Et le type 3 m'obligeait maintenant à réussir pour être admirée, quitte à sacrifier ma vérité intérieure et à mon intégrité émotionnelle jusqu'à ne plus savoir qui j'étais réellement au fond de moi. Cette personnalité me faisait certes moins souffrir au quotidien, mais posait un vrai problème de fond.

— Montaigne invitait à rester soi, Sénèque à découvrir nos aspirations. Tous les deux conseillaient de n'imiter personne.

— Au fait... est-ce que ma personnalité d'origine est présente dans votre modèle ? Je veux dire : correspond-elle à un type particulier ?

— Bien sûr.

— Et quel est son... numéro ?

— Peu importe, dit-il sur un ton sans appel.

J'étais plus que jamais décidée à connaître tout le modèle. Non seulement pour arrêter ensuite mon choix sur la meilleure personnalité, celle qui me ferait le moins souffrir tout en m'offrant le plus d'atouts ; mais aussi pour une autre raison aussi nouvelle qu'irrésistible : posséder le modèle me donnerait un pouvoir illimité, un pouvoir qu'Oscar Firmin avait lui-même évoqué la dernière fois. Le pouvoir de comprendre les rouages de la personnalité de n'importe quel individu, les arcanes de sa psyché, et donc ses motivations intimes, ce qui le fait avancer sans même qu'il en ait conscience.

On a tous besoin, chaque jour, de savoir convaincre les autres, soit pour les gagner à notre cause et accomplir nos projets, soit pour obtenir d'eux ce que l'on en attend.

Le modèle de la Confrérie des Kellia allait me permettre d'accéder au secret de l'influence. Et le secret de l'influence, c'est le secret de la réussite.

Depuis mon échange avec Firmin, j'avais quelque part conscience que cette quête de réussite était induite par ma nouvelle personnalité et qu'elle était... vaine. Mais c'était plus fort que moi : la compréhension intellectuelle de ma motivation n'altérait pas mon besoin de l'assouvir.

Oscar Firmin ne me faisait plus du tout peur. Je voyais surtout en lui ce qu'il pouvait m'apporter. Et je me sentais capable d'obtenir de lui qu'il me transmette l'intégralité du modèle sans m'embarrasser avec les engagements intenables habituellement exigés par la confrérie à ses membres.

Firmin valorisait le sérieux, l'intégrité intellectuelle, le respect. Je devins soudain la personne la plus sérieuse, la plus intègre et respectueuse qui puisse exister. Je me sentis me redresser dans mon fauteuil pour adopter une posture plus droite tout en étant moins arrogante, plus humble.

— J'aimerais essayer une personnalité de type 4.

Il me regarda en silence pendant quelques instants.

— Vous ne savez même pas à quoi elle correspond...

— Mais j'ai bien compris que chacune apporte son lot de souffrances. C'est le prix à payer et je l'accepte. J'aimerais juste pouvoir choisir celle avec laquelle je pourrais le mieux vivre.

Mon argument me sembla imparable.

— Mais vous vous souvenez que vous ne les essayerez pas toutes...

— Je m'en souviens, en effet.

166

Quelques minutes plus tard, j'enclenchai le dictaphone.

La vie est un vaste champ d'opportunités pour qui sait les repérer et les saisir.

*
* *

Je repassai à la maison comme chaque fois avant de me rendre au bateau. En entrant dans l'immeuble, je tombai sur le propriétaire, un vieux radin très froid qui possédait plusieurs immeubles dans le quartier.

— Vous tombez bien, lui dis-je. Je n'en peux plus de prendre des douches glacées. Ça a assez duré, il faut réparer le chauffe-eau en urgence.

— Si vous croyez qu'on trouve un plombier disponible comme ça...

— Ça fait des semaines que je vous en parle !

— Maintenant, on est en été, les artisans vont partir en vacances, n'y comptez pas avant la rentrée.

— Jusqu'en septembre ? Vous vous fichez de moi ? Vous me prenez pour qui ? Vous voulez me faire prendre des douches froides pendant encore deux mois, c'est ça ?!

— Ça va, vous êtes jeune, et les douches froides en plein été, c'est pas le bagne.

Et ce grossier personnage tourna les talons et s'éclipsa sans même me saluer. C'est bien parce que j'étais jeune qu'il se permettait de se comporter comme ça. Et peut-être aussi parce que j'étais métisse. Si j'avais été une bourgeoise lyonnaise de cinquante ans, il n'aurait jamais osé.

À la maison, je trouvai mon chéri concentré sur sa thèse. Il ne leva même pas les yeux sur moi, m'ignorant comme si j'étais une inconnue, comme si je ne comptais pas pour lui, que je n'existais pas. Je me sentis délaissée.

Il ne m'aime plus.

Cette sensation s'insinua en moi et prit corps. Un sentiment d'abandon m'enveloppa puis se mua en tristesse, une tristesse lancinante et douloureuse.

Je montai dans la mezzanine et ouvris l'armoire de ma grand-mère pour y déposer le dictaphone. Je vis la parure de sous-vêtements de la veille et en ressentis une pointe de honte : comment avais-je pu me laisser aller à ce folklore ? Ce n'était pas *moi*. J'avais fait un show, un show déplacé. Quelle valeur avait l'excitation de Nathan si elle n'était que la conséquence d'une mise en scène et d'artifices ? S'il lui fallait ça pour me désirer, c'est qu'il ne m'aimait pas, qu'il n'aimait pas mon corps. Voilà la vérité. J'étais moche et insipide et il me fallait faire tout un cinéma pour être désirée.

Je redescendis et il ne me regarda même pas. Je quittai l'appartement meurtrie par mon amour en perdition.

Une fois dans la rue, je me retournai après quelques pas, mais non, il n'avait même pas cherché à me rattraper.

Je marchai vers la station de funiculaire. Le soleil n'était pas encore à son zénith, mais il faisait déjà très chaud. La journée promettait d'être caniculaire. Je croisai toutes sortes de passants. Certains avançaient d'un pas alerte et je les imaginai se rendre comme moi au travail avec des horaires décalés. Mais eux avaient l'air heureux, ils devaient s'épanouir et être reconnus dans leur métier, sans être obligés de relever un défi impossible en moins de six jours. Leur situation me sembla désirable ; non seulement je les enviais, mais j'avais aussi le sentiment que ce genre d'équilibre m'était interdit, comme s'il me manquait quelque chose pour avoir droit à cette satisfaction, ou qu'au contraire je traînais une tare, un handicap qui m'empêcherait à jamais d'être heureuse comme les autres.

Je vis aussi quelques couples, certains se tenant par la main, d'autres par la taille, d'autres encore marchant côte à côte, mais avec une complicité tellement évidente que le contact physique devait leur être superflu. Connaîtrais-je moi-même un jour ce genre d'idylle ? Trouverais-je l'être qui saurait me comprendre et m'aimer pour qui je suis, et peut-être même réparer mes blessures et me rendre à moi-même ?

Je rejoignis la station de la Ficelle et m'assis dans un wagon. Les vieux sièges en bois vernis portaient en eux la douce nostalgie d'une époque révolue. Je me sentis portée par leur histoire, par les rencontres dont ils avaient dû être les témoins muets, les discussions légères entre copains de fac, le regard troublé d'un jeune homme amoureux, la mélancolie d'une âme esseulée... Un jour, c'était certain, un gérant indélicat les remplacerait par d'affreuses banquettes en plastique orange ou vert...

Un vagabond entra pour faire la manche. Vêtu de vêtements trop amples pour lui, il me fit penser à un grand clown triste qui entre en scène au milieu d'artistes pailletés jouant l'indifférence et le mépris. Il déambula de rangée en rangée, la main tendue et le regard empreint d'une sincérité touchante et non suppliante. La vie avait sculpté sur son visage de belles rides, mémoire des épreuves traversées, des espoirs perdus, des amours impossibles, des déceptions et des rejets. Ces rides racontaient son histoire et je me mis à rêver à tout ce que cet homme avait pu vivre, tout ce qui avait pu le conduire jusqu'à ce wagon du funiculaire, et je me laissai glisser dans un rêve éveillé, un rêve plein d'images, de sons et d'émotions qui me transportèrent dans un univers intérieur aussi secret que foisonnant.

Quand la Ficelle me secoua doucement en s'arrêtant à la station dans un crissement métallique, je vis le vagabond descendre et je réalisai, un peu honteuse, que je ne lui avais rien donné sur son passage.

Je rejoignis le bateau par un chemin différent du trajet habituel, pour fuir l'insupportable relent de routine. Je traversai le pont des Feuillées et m'immergeai dans la chaleur moite du Vieux Lyon plutôt que d'endurer la monotonie sans fin des quais de la Presqu'île.

J'aimais ce quartier délabré mais plein de charme, quoi qu'en disent les élus dénués de sensibilité.

Si les associations de riverains n'obtenaient pas gain de cause, la mairie raserait bientôt ce quartier historique pour y planter des immeubles modernes. *Modernes.* Ils n'avaient que ce mot-là en bouche pour compenser leur âge non assumé en se donnant une image jeune dans l'air du temps. Détruire l'œuvre des anciens pour semer leurs ignobles pustules était l'obsession des élus pour imprégner le paysage urbain de leur passage, comme les chiens qui pissent les uns après les autres sur un coin de trottoir.

Après mon détour, je rejoignis la Saône et pris la passerelle du palais de justice. Baigné de soleil, le *PygmaLyon* m'attendait en contrebas, de l'autre côté de la rivière. Dans sa grosse coque vert bouteille par endroits écaillée, il semblait à la fois puissant et fragile, imposant et touchant. J'aimais ce bateau, je l'aimais, mais lui, voulait-il vraiment de moi à sa tête ? Je n'avais pas envie de lutter pour m'y maintenir à tout prix, même si je brûlais de prouver ma valeur. Je me sentais en fait écartelée entre l'envie de la démontrer aux yeux de tous, et mon désir profond d'être acceptée telle que j'étais, donc sans faire d'effort particulier qui m'éloignerait de la seule expression de ma manière d'être.

*
* *

J'étais encore imprégnée de ce sentiment lorsque je montai à bord, et je vis tous les collaborateurs qui s'activaient dans la bonne humeur à préparer le service de midi. Chacun avait son rôle, sa place dans les rouages de l'organisation, et je fus saisie du sentiment de leur appartenance à quelque chose qui les reliait. Ils formaient un groupe soudé, une équipe, et ce que je ressentis alors fortement, c'était de ne pas en faire moi-même partie, comme si j'étais exclue, à part...

170

Le paradoxe était que je souffrais de cette non-appartenance alors que j'aurais pourtant détesté vivre la vie banale d'une serveuse parmi d'autres.

Je me rendis directement à ma cabine pour m'y réfugier.

J'étais à peine assise que le téléphone sonna agressivement. Je le fusillai du regard, meurtrie par la sonnerie stridente, et décrochai à regret.

— Allô ?

— La Confrérie des Kellia n'existe pas.

C'était Alain, mon copain du fisc. Le son de sa voix amicale me réchauffa le cœur.

— Comment ça ?

— Elle n'a pas d'existence fiscale, n'est répertoriée nulle part dans nos fichiers. Si elle avait la moindre activité économique, on l'aurait forcément su d'une manière ou d'une autre. On ne peut pas agir incognito pendant des années…

— Je ne comprends pas… Je m'y rends tous les jours… J'y rencontre son grand maître…

— Donne-moi son nom et son prénom.

— Oscar Firmin.

— Drôle de prénom, Firmin !

— Non, c'est son nom. Son prénom, c'est Oscar.

— Je te l'avais demandé dans l'autre ordre, dit-il d'un ton qui me sembla agacé.

Je me sentis bête et ne répondis rien.

— As-tu autre chose à son sujet ? Sa date de naissance ? Son adresse personnelle ?

— Non, avouai-je. Mais l'immeuble, peut-être que l'immeuble leur appartient ? Ou à lui ? Ou peut-être ont-ils un bail ?

— Je vais creuser cette piste aussi.

— Merci, Alain.

— De rien. Et surtout rappelle-toi : ne m'appelle jamais au bureau.

— C'est bon, j'ai compris, je ne suis pas idiote.

Je raccrochai vexée.

Une vedette passa à proximité dans un vrombissement irrespectueux, mais, une fois le calme revenu, le roulis fit doucement tanguer mes pensées.

Aucune existence officielle.

Mon camarade de fac m'avait prévenue, ces gens vivaient dans le secret. J'ignorais que l'on pouvait pousser le secret jusqu'à disparaître aux yeux du fisc...

Peut-être étaient-ils beaucoup plus puissants et dangereux que Firmin ne le laissait paraître derrière ses apparences humanistes... Peut-être avais-je donné mon âme au diable ? Ce vieillard affable était-il le plus pervers des manipulateurs ?... Peut-être m'étais-je embarquée dans un piège inextricable où je continuerais à être ballottée de souffrance en souffrance au gré des personnalités invivables que l'on me ferait tour à tour endosser...

Je commençai à réaliser que je ne retrouverais jamais ma vraie nature. Mon âme était condamnée à errer, colonisée par des pensées, des émotions et des réactions induites par un étranger. Je demeurerais à jamais incomprise des autres et de moi-même, perdue à...

— C'est laquelle la porte des toilettes qui grince ?

Je ressentis violemment l'interruption.

Je levai les yeux sur un Bobby au regard bovin qui avait osé faire irruption dans mon monde intérieur sans aucun égard pour le respect de mon intimité émotionnelle.

C'est laquelle la porte des toilettes qui grince ?

La vulgarité de son interpellation me ramenait à l'insoutenable condition de ma tragédie professionnelle, faite d'une succession de contingences matérielles totalement dénuées de sens.

— Hein ? C'est laquelle ?

— Bobby, dis-je exaspérée, huile toutes les portes que tu veux...

— Bon, bon...

Bobby était le petit soldat de ce monde utilitariste, un monde d'une vacuité affligeante. Un monde dans lequel je n'étais pas faite pour vivre.

— Ah, au fait, ajouta-t-il, Katell m'a aussi demandé de voir comment supprimer les bruits, tu sais, les craquements, les chuintements qu'on entend un peu partout quand on reçoit les vagues des autres bateaux, et je voulais savoir si...

— Ne touche pas à ça, malheureux ! Ces bruits font tout le charme de notre vieux navire. Les supprimer serait un sacrilège !

Il s'éloigna, cette fois sans se retourner, à mon grand soulagement.

Les bruits, comme Bobby les appelait vulgairement, étaient le chant de notre bateau, le chant le plus touchant qui soit. Aucun autre bateau au monde ne devait gémir de la même façon. C'était comme une douce complainte, un brame romantique, et en l'entendant mon esprit s'évadait chaque fois par-delà les océans... Je m'imaginais en pleine mer seule à bord avec mon amoureux... Nous serions sur le pont, le bateau roulerait et tanguerait sur les vagues. Nathan serait à la barre, les cheveux malmenés par le vent, une barbe de quelques jours... Ses yeux rieurs se poseraient sur moi. Je m'avancerais vers lui en luttant pour maintenir mon équilibre et me blottirais contre lui, la joue contre la laine épaisse de son gros pull marin. Je sentirais le parfum de l'air iodé, les embruns qui par moments nous fouetteraient le visage. Je resterais ainsi un long moment, puis il bloquerait la barre, me prendrait dans ses bras et nous descendrions dans notre cabine aux murs d'acajou et aux accessoires en laiton. D'un geste, nous nous retrouverions nus et ferions l'amour tandis que le navire fendrait les flots, fétu de paille qui trace sa route au milieu de l'océan...

Soudain, le téléphone rugit de nouveau, odieux intrus mal dégrossi.

On ne me sonne pas comme une domestique !

Je le laissai s'épuiser tandis que mon esprit retournait à Nathan. Il me manquait cruellement.

Jamais je n'aurais dû le licencier. C'était pour ça qu'il m'ignorait ce matin. Il avait dû se sentir affreusement rejeté. Moi-même, je ne l'aurais jamais supporté…

Sans lui, le bateau me semblait vide, orphelin, démuni. Je me sentais séparée, coupée, amputée du lien qui, sans que je le comprenne jusque-là, m'avait permis de tenir dans cet univers professionnel hostile.

Je pris sur moi pour m'extirper de mon bureau. J'avais besoin d'un café et me rendis en salle de pause. La cafetière libérait ses effluves d'Amérique du Sud avec un sifflotement qui me rappelait le son produit par ma petite sœur quand elle débutait la flûte traversière.

Dans l'évier, la pile de vaisselle sale n'avait *jamais* été aussi haute ; de toute évidence un signe de mépris à mon égard.

Je pris ma tasse et retournai la boire dans mon bureau, puis fis l'effort d'aller faire un tour en cuisine pour m'assurer que tout allait bien. L'ardoise affichait encore les plats de la veille. J'eus honte des noms que je leur avais donnés : *Régal de crabe, Délice de chocolat…* C'était banal, convenu, commercial. Tout ce que je méprisais.

Je pris l'éponge et effaçai tout d'un geste vif.

En cuisine, les parfums de volailles rôties rivalisaient avec les senteurs de curry, d'oignons frits et de sauce au vin jaune.

— Rodrigue, je te laisse le soin de baptiser les plats comme tu le sens.

Il eut l'air vaguement surpris, mais satisfait de mon revirement.

À côté, son plongeur s'activait déjà à la préparation de quatre-quarts pour le buffet à volonté de l'après-midi.

L'opération de la veille me laissait un arrière-goût mitigé. Le succès était réel, mais quelle valeur avait une réussite fondée sur la duperie de clients à qui l'on refourguait des produits bas de gamme ?

Le robot du plongeur, malmené par le pétrissage à la chaîne, gémissait lamentablement, prêt à rendre l'âme l'hélice engluée dans les œufs et la farine.

Des quatre-quarts… Pourquoi pas des gâteaux au yaourt ?

J'étais bonne à diriger un self-service d'autoroute.

— Et si…, dis-je en m'adressant à Rodrigue, et si on faisait le contraire ?

— De quoi tu parles ?

— Au lieu d'attirer les clients avec un buffet à bas prix et leur servir de la cochonnerie, proposons-leur du haut de gamme et attirons-les par la qualité…

— C'est sûr que c'est plus gratifiant pour moi, mais ça va coûter cher, on attirera moins de monde…

— Mieux vaut avoir une petite clientèle de fins gourmets que des hordes de touristes boulimiques.

— C'est toi qui vois…

— C'est tout vu. Mais alors lâche-toi : fais-nous des pâtisseries à faire blêmir Paul Bocuse !

Je partis à la recherche de Bobby pour lui demander de retirer le calicot vulgaire qui déclassait notre restaurant.

— Il était là il y a dix minutes, me dit Rodrigue, mais il est parti en courant chercher des chips : le bateau tanguait et il avait la nausée.

Dans la salle, les serveurs commençaient à accueillir les premiers clients. Partout où je posais le regard, le fantôme de Nathan imprégnait les lieux. Par son absence, il était omniprésent.

Je trouvai Bobby près du piano, un pot de peinture à la main.

— Que fais-tu ?

— J'vais repeindre le couvercle du clavier.

— Ne touche pas à ça !

— Mais tu m'avais dit…

— J'ai changé d'avis !

— Bon, bon… dit-il en s'éloignant.

Il ne pouvait pas comprendre…

L'usure du vieux piano témoignait de son histoire. Au milieu du couvercle, la laque noire s'était lentement effacée, là où les pianistes successifs avaient posé leurs doigts pour ouvrir le clavier. Dire que ce piano avait connu Londres, puis l'Inde, la Suisse…

J'imaginais un musicien dans les années 1930 à Londres dont une jeune femme aurait été amoureuse. La vue de sa main de pianiste délicatement posée sur ce couvercle aurait éveillé chez elle une émotion trouble, une émotion que je ressentis dans l'instant, comme si elle était mienne. Puis mon esprit s'évada vers une scène de *Casablanca,* ce vieux film en noir et blanc dans lequel Ingrid Bergman s'adresse au pianiste noir pour lui dire d'un air mélancolique « *Play it, Sam* », l'invitant à rejouer la chanson qui lui rappelle ses souvenirs.

La mélancolie du personnage se distilla en moi…

Ces anciennes traces sur le couvercle du clavier étaient d'une grande valeur.

La beauté n'est pas là où le commun des mortels croit la voir. Seules les âmes sensibles peuvent la déceler où elle se dissimule et l'apprécier en secret…

*
* *

J'en avais oublié le calicot à retirer et dus repartir à la recherche de Bobby.

Le service de midi se déroula normalement. *Banalement* serait plus juste, tant je m'ennuyais dans la monotonie de cet événement routinier.

Je m'étais toujours donné comme consigne d'assurer une certaine présence pendant le service pour montrer aux équipes mon implication. Mais, ce jour-là, je ne me sentais pas à ma place, comme un imposteur mal à l'aise dans le rôle qu'il a usurpé. Et d'ailleurs, j'en étais convaincue, personne ne me voyait comme une vraie directrice…

Katell s'activait devant moi, parfaitement à l'aise au milieu des serveurs qu'elle dirigeait. Elle incarnait totalement la fonction, cela sautait aux yeux. Elle était chef de salle du bout des orteils jusqu'à la pointe des cheveux. Et plus je la voyais à l'œuvre, plus je reconnaissais chez elle la personnalité de type 3 que j'avais revêtue la veille, quand j'étais soumise à un impératif de réussite et me mentais à moi-même pour incarner le rôle qui m'assurerait l'admiration des autres.

Au bout d'un moment, elle dut sentir que je l'observais en détail, car elle vint vers moi de sa démarche assurée.

— Il y a quelque chose ? lança-t-elle.

— Arrête de jouer un rôle.

— Pardon ? dit-elle en affichant un sourire jaune.

— Tu n'as pas besoin de te mettre en scène, ni de vanter tes résultats, ni d'être meilleure qu'une autre, pour avoir de la valeur.

— Mais…

— Tu n'as pas besoin de jouer la chef de salle pour bien faire ton métier.

— Mais *je suis* chef de salle…

Bon, comment lui expliquer qu'elle était autre chose que son métier ? Autre chose que ses actions, ses résultats ? Et comment lui faire comprendre que la réussite des autres ne changeait strictement rien à sa valeur ?

— Sois toi-même et tu seras plus heureuse.

Elle me toisa d'un air supérieur.

— Mais je suis très heureuse.

— Laisse tomber.

De toute façon, elle ne pouvait pas comprendre. Elle voulait tellement se croire la huitième merveille du monde que rien ne lui retirerait ses illusions.

Continue d'y croire et passe à côté de ta vie !

Je tournai les talons.

Du coup, je partis sans faire le point sur les objectifs quotidiens que je lui avais demandé de fixer aux serveurs. De toute façon, avec le recul, j'étais moins emballée par cette idée. Obtient-on vraiment de meilleurs résultats des gens que l'on contraint à ce point ? Et puis, il y a des jours avec et des jours sans. L'être humain n'est pas une machine, ce qu'il produit ne peut pas être régulier puisque son humeur ne l'est pas. Il vaut mieux encourager chacun à exprimer son art, qu'il soit commercial ou culinaire, et c'est en se réalisant à travers lui qu'il donnera le meilleur de lui-même. Les résultats suivront.

Dans l'après-midi, l'auditeur vint me trouver sur le pont, emmailloté dans un costume-cravate gris malgré la chaleur, carnet de notes et stylo Dupont à la main. Il me cherchait des noises autour du thé de l'après-midi.

— Vous avez changé de stratégie.

Ses yeux globuleux étaient pleins de reproches.

— J'ai changé de pâtisseries.

— Mais je vois bien, dit-il d'un ton inquisiteur, que votre stratégie est passée du bas de gamme à prix cassés au haut de gamme élitiste. Quel impact prévoyez-vous sur le compte d'exploitation prévisionnel ?

J'eus peine à maîtriser l'agacement prodigieux qui explosa en moi.

— Je ne suis ni stratège ni comptable. Je m'occupe d'un restaurant, monsieur Raffot.

— Mais vous devez bien calculer où vous allez, quand même ?

Cette petite flicaille n'allait quand même pas m'expliquer mon métier sans l'avoir jamais pratiqué ? Il me prenait pour une cruche, et j'en ressentis une bouffée de haine.

— Un bon restaurateur sent ce qu'attendent ses clients. Je laisse les calculs à ceux qui sont coupés de leurs perceptions.

Il s'éloigna en haussant les épaules et sa disparition me libéra de l'exaspération que je n'avais pas cherché à cacher, trop attachée que j'étais à l'authenticité de mes sentiments.

J'avais juste oublié que ce petit emmerdeur avait l'avenir du restaurant, et donc le mien, entre ses mains.

Accablée par ma bévue, je me retirai dans ma cabine et m'y enfermai à clé.

La chaleur étouffante me poussa à ouvrir mon hublot positionné au ras de l'eau, que je maintenais habituellement fermé pour éviter les effluves vaseux de la rivière. J'aperçus la colline de Fourvière coiffée de sa basilique qui scintillait au soleil.

Je sortis mon carnet intime de la cachette où je l'avais mis pour éviter que Katell ne le trouve, puis je m'assis à mon bureau dans la pénombre et me mis à décrire tout ce que je vivais. J'avais l'impression que personne ne pouvait comprendre tout ce que je ressentais depuis le matin. Était-ce vraiment induit par ma personnalité de type 4 ? À quel point notre personnalité influe-t-elle sur notre vécu intérieur et rejaillit-elle sur le déroulement de notre vie ? Ma journée ne ressemblait en rien à celle de la veille...

Je commençais progressivement à réaliser quelque chose d'énorme : mes changements de personnalité ne modifiaient pas seulement ma vision du monde ou certains traits de caractère, non, ils chamboulaient complètement mon existence ; d'un jour à l'autre, je ne vivais plus du tout la même vie.

*
* *

Oscar Firmin remplit le petit arrosoir en cuivre et rejoignit la grande pièce. Il entreprit de verser quelques gouttes d'eau au pied de chaque orchidée. Quelques gouttes seulement.

Les orchidées sont comme les initiés, se dit-il. Il faut donner juste un peu, pas trop... Juste ce qu'il faut pour garder intacte l'envie d'en avoir plus. Alors, la plante vous offre des fleurs pour vous charmer, et l'initié trouve mille raisons de réclamer un nouveau changement...

Il fit le tour de la grande pièce, d'orchidée en orchidée, ce qui lui prit un long moment, tant elles étaient nombreuses.

Sybille, elle, était unique.

Et il en était convaincu : elle ne lui échapperait pas...

Ivan Raffot rassembla ses notes.

Il lui restait six jours pour rédiger son rapport et transmettre ses conclusions et sa recommandation d'investissement.

Les premiers éléments d'étude de marché semblaient démontrer l'existence d'un potentiel de développement pour un restaurant-salle de concert sur un bateau amarré dans le deuxième arrondissement de Lyon, apparemment le plus prisé de la ville. Dont acte.

Le bateau, dans un état désastreux, serait rénové par l'investissement envisagé.

Restait l'équipe.

Ivan Raffot étala ses feuillets sur la table de sa cabine d'infirmerie. Il avait pris soin d'occulter le hublot avec du papier scotché sur la vitre pour ne surtout pas avoir sous les yeux la vision angoissante des profondeurs de la Saône.

Sa table était éclairée par la lumière d'une ampoule à incandescence qui pendouillait du plafond au bout d'un fil électrique aux extrémités dénudées.

Pas aux normes, se dit-il machinalement.

Restait l'équipe.

Il allait l'étudier en détail, mais ses premières constatations n'étaient pas folichonnes :

Un cuisinier plutôt doué mais inconstant et surtout incapable de gérer le flux de clients ; un pilote n'ayant pas compris qu'il transportait des voyageurs et non des sacs de patates ; un homme à tout faire alcoolique et à moitié demeuré. Des serveurs manquant d'expérience et sans doute aussi de formation. Seule la chef de salle semblait sortir du lot par un certain professionnalisme, anormal chez une femme. Et tout ce petit monde se tirait dans les pattes dans une ambiance pourrie.

Climat délétère, investissement déficitaire.

Restait ensuite le cas de la directrice.

Il relut sa grille d'analyse en détail. Le diagramme de la veille la positionnait comme volontaire à 65 %, dynamique à 70 %, extravertie à 60 %, avec un tempérament de leader (72 %), capable de prendre des décisions (88 %), adaptable (85 %). Comment se pouvait-il qu'elle ait manifesté une attitude aussi différente aujourd'hui ? Comment avait-il pu se tromper à ce point ?

*
* *

Nathan rangea le dictaphone, perplexe, et referma les portes grinçantes de la vieille armoire.

Les mots de l'homme enregistré étaient complètement aberrants :

Au fond de vous se niche l'angoisse d'être une personne sans identité propre et sans importance.

Que diable pouvait signifier un tel message, une telle affirmation ?

On ne connaît jamais les gens, se dit-il. Il vivait avec Sybille depuis plusieurs années et n'aurait jamais pu imaginer qu'elle avait un jardin secret aussi mystérieux et impénétrable.

*
* *

Bobby me sortit de mes pensées en frappant à la porte de ma cabine.

— Y a un coursier qu'a un truc pour toi, dit-il en se tournant vers un jeune homme qui avait gardé son casque de mobylette sur la tête.

— C'est de la part de la mairie. Il faut me signer le reçu là, déclara-t-il en me tendant un petit carnet à souche en même temps qu'un document.

C'était le contrat mirobolant négocié la veille, dont j'avais fait porter un exemplaire en mairie. Je signai son carnet et le coursier repartit aussi vite qu'il était venu, escorté par Bobby.

Je posai le contrat sur un coin de bureau, remplie de honte d'avoir survendu le bateau. Comment oserai-je recevoir tout ce beau linge dans cinq jours à bord de mon vieux rafiot ?

Le téléphone sonna. C'était Alain.

— L'immeuble de ta confrérie appartient à un certain Moemen Malouf.

— Cela ne me dit rien.

— Et si Oscar Firmin était un nom d'emprunt ? Ça expliquerait qu'on n'ait aucun dossier à son nom au fisc ? Moemen Malouf est peut-être son vrai nom ?

— Un Arabe blond aux yeux bleus ? Plutôt rare... Et si Firmin était son locataire ?

— Non, j'ai vérifié. L'immeuble n'a pas de locataire. En tout cas, Malouf ne déclare aucun loyer perçu. Et c'est lui qui paie la taxe d'habitation.

Dans quel imbroglio m'étais-je fourrée ?

— Que sais-tu sur ce Moemen Malouf ? demandai-je.

— Allô ? Allô ? On va être coupés, je suis dans une cabine et je n'ai plus de pièces. Malouf est... Bip. Bip. Bip...

À court de pièces... Bon sang...

Je me fis apporter un plateau-repas par Manon et dînai seule dans ma cabine. Puis je me rendis dans la salle de pause pour me faire un café.

Une odeur de tabac froid imprégnait les lieux. La pile de tasses sales s'était encore élevée, mépris délibéré, affront à ma crédibilité de manager.

Je pris les papiers dans la boîte à paroles, assurée d'y trouver des critiques de toutes sortes et des reproches blessants.

Je ne fus pas déçue.

On m'accusait pêle-mêle de théâtraliser mes sentiments, de dramatiser les problèmes, d'être hyper-susceptible, de prendre les gens de haut...

Chaque insanité proférée était un coup de poignard dans mon cœur. Mais personne ne pouvait le comprendre, tout comme

182

personne n'avait su comprendre qu'à l'inverse de leurs interprétations calomnieuses, une seule chose comptait pour moi : exprimer qui j'étais et ce que je ressentais de la façon la plus authentique qui soit.

De toute façon, j'en avais assez de diriger les autres. Ce que je désirais au plus profond de moi, c'était me réaliser à travers mes actions, pas contrôler celles des autres. Sans doute n'étais-je pas à ma place. Lorsque j'aurai trouvé ma voie, je serai capable de m'investir à mille pour cent dans mon métier, de donner le meilleur de moi-même, et de réaliser ce qu'aucun autre ne ferait mieux que moi.

Je finis mon café d'un trait et abandonnai ma tasse au sommet de la pile pour retourner dans mon bureau.

Partout dans le bateau, le spectre de Nathan était présent, comme une réponse au sentiment de rejet que les autres me faisaient vivre intérieurement. Plus le temps se déroulait, plus son absence devenait obsédante.

Je finis par décrocher mon téléphone et l'appeler à la maison.

— Nathan...

— Oui.

— Nathan, c'est moi... Je veux que tu reviennes, Nathan...

— Comment ça ?

— J'annule ton licenciement. J'arrête la procédure, reviens...

— Je ne comprends pas. Tu m'as expliqué que c'était important pour ton positionnement, mieux pour nous deux...

— C'est secondaire, Nathan. Reviens, mon chéri...

Nous convînmes qu'il reprendrait le service le lendemain midi.

Le silence retomba dans la cabine, avant que les premières notes de piano ne me parviennent, à peine étouffées par la distance et ma porte fermée. Le concert du soir commençait, et j'attendis le dernier morceau avant de me glisser dans la pénombre pour prendre place au fond de la salle.

Tandis que la musique s'infiltrait en moi, résonnant dans mon cœur et au plus profond de mes entrailles, m'apparut la nécessité de quitter cette personnalité qui n'était pas mienne. Au-delà de la souffrance présente, dont je n'aurais su dire si elle était réellement plus intense que celle vécue dans mon ancienne peau, j'éprouvais l'envie de retrouver ma vraie nature.

L'interdiction de faire marche arrière avait été proclamée par Firmin. Mais il avait reconnu que ma personnalité d'origine figurait dans sa typologie. Si je continuais d'en changer, je retomberais forcément sur la mienne.

La veille, je m'étais promis d'essayer tous les types de personnalité du modèle de la confrérie afin de le maîtriser et de pouvoir l'utiliser à mon profit. Je n'en avais plus du tout envie. Que valent la réussite et la reconnaissance si elles sont le fruit d'une tactique d'adaptation ou d'influence ? On ne m'aimerait pas pour moi, mais pour la stratégie mise en œuvre. Aucun intérêt...

La voix suave de Paloma vibrait merveilleusement et tout mon corps semblait entrer en résonance, porté par la beauté de la musique. J'enviais Paloma, je l'enviais de tout mon cœur. Un jour, c'était sûr, je chanterais à mon tour.

Après le récital, la moitié de la salle se retira. Jeremy resta jouer en solo quelques airs d'Errol Gardner pendant que les derniers clients, un verre d'alcool à la main, reprenaient leurs conversations, faiblement éclairés par les rayons de lumière tamisée rouge et jaune, dans une atmosphère très cosy.

Jeremy levait régulièrement les yeux sur moi. Sans que je lui aie jamais rien confié, il savait ; il savait que je rêvais d'être à ses côtés sur scène, et il savait aussi que jamais je n'oserais franchir le pas toute seule. Son regard disait tout ça, et en même temps il m'invitait à le rejoindre, sans formuler un seul mot, parce que Jeremy savait que l'essentiel des dialogues ne passe pas par les mots.

Et lorsqu'il entama « Sybille's reflections », les larmes me montèrent comme chaque fois aux yeux. Non parce que cette musique portait désormais mon nom, mais parce qu'elle avait le pouvoir de me toucher au plus profond de mon être.

184

Je rentrai à la maison très tard, ce soir-là, et Nathan était déjà couché. Quand je me mis au lit à mon tour, il se rapprocha de moi et commença à me caresser avec une intention manifeste. Je me raidis, mais il ne le perçut pas et continua ses avances.

Ses mains se promenèrent sur mon corps et se dirigèrent très vite sur mes seins. J'eus tout de suite le sentiment qu'il avait juste envie de sexe et pas spécialement de moi.

— Pas ce soir, chéri. Je suis fatiguée.

— Allez…

Il glissa la main entre mes jambes ; je basculai sur le côté, lui tournant le dos.

Pas envie. Et puis, ce soir, j'étais trop grosse : j'avais craqué dans l'après-midi pour une part de gâteau au chocolat du buffet de pâtisseries. Résultat, je ressemblais à un hippopotame.

17

Côme, le 13 janvier 2018

Accompagné sous un soleil radieux par le piaillement des oiseaux cachés dans la végétation touffue, Sam Brennan s'apprêtait à presser le bouton du visiophone de la villa de Shirdoon quand son téléphone portable vibra. Son assistante.

— Oui, Jennifer !

— J'ai retrouvé la trace d'Oscar Firmin.

— T'es la meilleure.

— Ne te réjouis pas trop vite, les nouvelles ne sont pas si bonnes.

— Que se passe-t-il ?

— Oscar Firmin est mort...

— Sans blague ? Je suis effondré qu'il ne soit pas toujours debout à 133 ans...

— Laisse-moi finir : il est mort depuis longtemps, sans laisser d'héritier direct.

— Pas d'enfants, rien ?

— Aucun.

— Et les indirects ? Il avait bien un frère, un neveu ou une cousine éloignée ?

— Je l'ignore pour l'instant.

— Il avait sans doute un notaire. Tout le monde a un notaire en France !

— Peut-être.

— Trouve quelque chose, s'il te plaît.

— Je cherche et te tiens au courant.

— T'es un ange.

*
* *

Lyon, le 20 juin 1964

Nathan reposa le dictaphone à sa place dans l'armoire.

Sybille venait de repasser à la maison avant de filer au bateau plus tôt que d'habitude.

L'enregistrement du jour, qu'il venait d'écouter, laissait un écho particulier en lui, sans aucune raison objective. Parmi les phrases prononcées, l'une d'elles résonnait étrangement, déclenchant un malaise inexplicable. Pas du tout logique.

Au plus profond de vous se terre l'angoisse que le monde et les gens sont incompréhensibles et que vous n'êtes pas capable de faire face.

Nathan referma l'armoire et descendit se préparer.

Les gens sont mystérieux, même nos proches, et ce mystère insondable est angoissant.

Jamais il n'oserait avouer à Sybille qu'il fouillait dans sa vie intime. Il n'avait aucun moyen de savoir comment elle réagirait et serait donc incapable de gérer la situation. Et pourtant, ces messages perturbants commençaient à l'inquiéter au plus haut point.

*
* *

188

Je me rendis de bonne heure au bateau ce matin-là, vêtue d'une personnalité n° 5, comme d'autres porteraient un parfum. Oscar Firmin m'avait accordé un rendez-vous très tôt et je n'avais ensuite fait que passer à la maison en coup de vent. Inutile de perdre un temps précieux. Nathan ne tarderait pas à me rejoindre sur place. La décision de le réintégrer dans l'équipe était totalement irrationnelle, mais elle était prise et je n'allais pas faire à nouveau volte-face.

Cinq jours. Il me restait cinq jours pour redresser la barre. Il était urgent de faire un point sur la situation, sur les résultats obtenus avec les décisions prises ces derniers jours. Avec le recul, tout cela me semblait bien chaotique, avec des errements et des revirements. Il était temps de clarifier tout ça avec logique et méthode afin de statuer sur les meilleures options à retenir. On ne gère pas une entreprise à l'instinct ni aux sentiments, il était temps de remettre tout cela d'aplomb selon une approche rationnelle.

Dans la Ficelle, un mendiant fit son entrée pour quémander de l'argent. Je me méfiais beaucoup de ces individus souvent alcooliques aux réactions imprévisibles. Il passa entre les rangées de passagers et je comptais qu'une personne sur huit ou dix lui donnait une pièce. La petite pancarte de fer émaillé clouée à la paroi de la cabine annonçait vingt-huit places assises en seconde classe et cinquante-six debout. Mais nous étions moitié moins en heure creuse. Calcul rapide… Cela faisait entre huit et dix donneurs en heures pleines et quatre à dix en heures creuses. À raison d'une moyenne probable de… disons vingt centimes par don, il obtenait donc de un franc soixante à deux francs en heures pleines, soit un franc quatre-vingts en moyenne, et de quatre-vingts centimes à un franc, soit en moyenne quatre-vingt-dix centimes en heures creuses, pour un trajet de trois minutes. Cela revenait à un revenu horaire d'environ… voyons… trente-six francs en heures pleines et dix-huit francs en heures creuses… Sans impôt. De Gaulle ne gagnait pas autant à l'Élysée.

J'arrivai au bateau bien avant le service de midi, appréciant mon calme intérieur qui contrastait avec les montagnes russes émotionnelles ressenties la veille avec la personnalité de type 4. Aujourd'hui, j'étais posée, la tête sur les épaules. Une bonne chose.

En montant à bord, j'aperçus Katell en réunion avec ses serveurs, très à l'aise comme d'habitude. Elle en savait beaucoup plus que moi sur les techniques commerciales et il m'apparut impossible de continuer de la diriger sans avoir les connaissances idoines, à moins d'accepter de passer pour une idiote.

Il fallait absolument que je me documente et je passerais à la bibliothèque après le déjeuner. Ils auraient sûrement des livres sur la question.

J'avais à peine mis les pieds dans mon bureau que Jeff y entra.

— Désolé de t'importuner mais…

Ces premiers mots suffirent à me mettre mal à l'aise ; je me sentis envahie dans mon espace.

— … j'ai besoin de toi pour savoir comment gérer les clients difficiles dans des situations gênantes. T'as cinq minutes pour en parler ?

Des clients difficiles dans des situations gênantes.

Mais il n'y a rien de pire que de gérer des situations gênantes avec des gens difficiles !

Que répondre ? Que répondre ??? L'embarras monta en moi, immédiatement suivi d'une vraie angoisse : que cette émotion soit perçue ! Je ne devais EN AUCUN CAS laisser percevoir mes émotions ! Ce serait me mettre en danger en m'exposant aux réactions imprévisibles de l'autre. Éviter ça à tout prix. Me couper de l'émotion, ne plus rien ressentir, vite ! Rester sur les faits, la logique, le rationnel !

Ma volonté fut telle que je parvins en effet à ne plus rien ressentir. C'était comme un vide intérieur, un vide… également gênant, embarrassant, un vide que l'autre ne devait surtout pas déceler, sinon je passerais pour une idiote.

Je me retrouvais coincée, je ne savais absolument pas quoi lui répondre, et je m'entendis finalement dire :

— Non.

Ce n'était peut-être pas la meilleure réponse, mais qu'aurais-je pu lui dire d'autre ?

— Bon, dans ce cas, à quel moment peut-on en parler ?

— Je suis très prise cet après-midi. Le mieux est de m'exposer ton problème par écrit et de glisser le papier sous ma porte.

— Hein ? Par écrit ?

— Oui, décris le plus précisément possible le problème. Je lirai ça et te répondrai.

Il eut l'air bizarrement surpris et tourna les talons.

Les gens sont vraiment incompréhensibles.

Je décidai sur-le-champ de changer de bureau. Il me fallait être beaucoup moins accessible pour me mettre à l'abri de ce genre d'intrusions ingérables.

Il y avait dans le fond de la cale une cabine isolée, sans hublot, mais tant pis, ça ferait l'affaire. Il fallait traverser la salle des machines pour y accéder ; très bien : on me dérangerait moins.

J'y emportai donc mes dossiers et un certain nombre de livres qu'il était temps que j'ouvre, notamment la convention collective des métiers de la restauration, le manuel des pratiques de commandement, le guide de maintenance du bateau, un livre de gestion sur l'élaboration des comptes d'exploitation prévisionnels, et un autre sur la rationalisation des coûts de gestion en PME. Il était urgent d'accumuler des connaissances pour pouvoir prendre intelligemment des décisions rationnelles. Mes lacunes dans ces domaines étaient pour moi hautement anxiogène puisque j'étais appelée, en tant que directrice, à aborder ces sujets avec d'autres. Or la perspective de devoir prendre la parole sans maîtriser un sujet à fond était pour moi terrifiante.

Je m'installai dans ma nouvelle cabine et me plongeai dans la lecture des ouvrages, dévorant l'information avec boulimie. Au-delà de la satisfaction intellectuelle certaine, il m'apparaissait que l'intégration de toutes ces connaissances était le meilleur moyen de combler le vide intérieur ressenti en présence de Jeff, un vide problématique et angoissant : en remplaçant mes émotions dange-reuses par des connaissances, je gommais ma vulnérabilité. Mieux vaut être clair dans sa tête que soumis aux aléas de son cœur.

De temps à autre, quelques effluves de gasoil s'infiltraient dans ma cabine. Pas très agréable mais tant pis.

Le manuel des pratiques de commandement me fournit quelques indications intéressantes pour m'aider à m'acquitter de cette tâche pénible qu'était l'animation de l'équipe. Encadrer des personnes aux réactions parfois irrationnelles était une activité complexe et exigeante qui m'embarrassait profondément. Ce serait plus simple si chacun était autonome, mais c'était malheu-reusement loin d'être le cas.

Si seulement je maîtrisais l'intégralité du modèle de la confrérie, je pourrais mieux comprendre les gens. Mais je ne connaissais que cinq des neuf types de personnalité, plus celui d'origine que j'avais quitté. Six en tout. Sauf que... je n'aurais rien su dire de ma personnalité actuelle. Comment être conscient de ses propres schémas ? Autant il m'était facile de comprendre et de décrire mes personnalités passées maintenant que je m'en étais extir-pée, autant j'étais bien incapable d'analyser celle que je venais d'endosser. Comment pourrait-on voir soi-même ce qui biaise notre vision, ressentir ce qui trompe nos ressentis, analyser ce qui influence nos pensées ?

Une personne qui n'aurait jamais ôté des lunettes de soleil chaussées à sa naissance ne pourrait ni décrire la teinte de ses verres ni connaître celle du monde qu'elle observe.

Il me fallait l'intégralité du modèle ! Pouvoir cartographier mon entourage me soulagerait d'un stress énorme dans les relations.

Je repris mes lectures.

Je finis par trouver la solution la plus simple pour obtenir de l'équipe ce que je voulais : rédiger des consignes écrites à afficher dans les lieux concernés.

Je me mis à l'ouvrage.

Quand les messages étaient suffisamment courts pour tenir sur la moitié d'une feuille, je coupais celle-ci en deux pour ne pas gâcher le papier.

Puis je me risquai à quitter mon antre pour aller les mettre en place.

Je commençai par punaiser une affichette sur la porte de la cabine de Bobby :

> **Important**
> Mettre une chemise <u>propre</u>
> avant de traverser la salle
> de repas pendant le service.
> La direction

J'en fixai une autre sur celle de la cabine de pilotage après m'être assurée que Marco n'y était pas. Aucune envie de devoir gérer un esclandre.

> **Appareillage**
> Annoncer le départ au micro <u>sans crier</u>.

> **Manœuvres**
> Manœuvrer <u>en douceur</u>.

> **Vidange toilettes**
> Larguer les eaux noires
> <u>en navigation</u>, pas à quai.
> La direction

Pour finir, je m'attaquai à la salle de pause.

> **Salle de pause**
> Chaque pause ne doit pas excéder
> 10 minutes, préparation du café comprise.

> **Usage de la cafetière**
> 1 – Mettre 4 cuillères <u>rases</u> de café
> moulu pour 1 l d'eau <u>du robinet</u>.
> 2 – Allumer la cafetière et la mettre en route.
> 3 – Après usage, jeter le filtre et son contenu.
> 4 – <u>Éteindre</u> la cafetière.
> 5 – Éteindre les lumières avant de quitter la salle.

> **Utilisation des tasses**
> 1 – Laver chaque tasse <u>immédiatement</u> après utilisation.
> 2 – La sécher avec le torchon accroché à la patère à
>   gauche de l'évier.
> 3 – La ranger dans le placard situé au-dessus.
> La direction

Après cette sortie héroïque en milieu hostile, je retournai m'isoler dans ma cabine en fond de cale et décidai de travailler à l'optimisation de la marge sur l'activité de restauration en salle.

Je ressortis les dernières factures de nos fournisseurs de viande et de poisson, et me lançai dans des calculs savants de rentabilité. Après quoi, je pris mon courage à deux mains pour me rendre en cuisine.

Rodrigue était en pleine préparation du repas de midi. Les fours ronronnaient et le beurre frémissait dans les poêles en libérant des effluves roussis.

Je décidai de commencer par observer sa pratique en silence.

— Tu veux quelque chose ? demanda-t-il sur la défensive.

Je fis non de la tête, ainsi qu'un geste de la main l'invitant à continuer sans se préoccuper de moi. Je m'effaçai dans un coin.

Il ne me fallut pas longtemps pour confirmer mon analyse préalable : il dosait les portions au hasard, avec des différences somme toute assez sensibles d'une assiette à l'autre.

— Voilà ce que je te propose, lui dis-je au bout d'un moment.

Il se retourna vers moi et leva un sourcil.

— Quoi ?

— On va calibrer le poids de la viande et du poisson dans les assiettes.

— Hein ?

— Tiens, regarde. Où est ta balance ?

Il me la désigna d'un geste du menton.

Je pris sur le passe-plat deux des assiettes de rôti de bœuf en attente d'être servies, et les posai sur le plan de travail près de la balance.

Je saisis à deux doigts la tranche de rôti de la première assiette et la posai sur le plateau de la balance.

— Hé ! Mais qu'est-ce que tu fais, là ?

— Je vais peser les tranches.

— Mais tu saccages tout mon travail ! s'exclama-t-il d'un ton catastrophiste. Regarde ! T'as fait couler la sauce partout dans l'assiette ! Ça ne ressemble plus à rien...

— Je remettrai les tranches en place et on essuiera le coin de l'assiette.

— Mais non, c'est fichu, maintenant !

Il ne pouvait jamais s'empêcher de tout dramatiser à l'extrême.

— Cent soixante-deux grammes cette tranche de rôti.

— Et alors ?

Je la remis dans l'assiette.

— Mais pas comme ça ! C'est ridicule dans ce sens-là ! On dirait qu'elle boude les choux-fleurs...

— Ça ne change rien, voyons.

— Mais ça change tout ! Un peu de respect pour mon travail, tout de même...

Il n'allait quand même pas pleurer parce qu'une tranche de rôti était posée dans un autre sens. Je pesai celle de l'autre assiette.

— Cent trente-neuf grammes. Tu vois ?

— Elle est plus petite, et alors ?

— Eh bien, justement : elle est plus petite et c'est suffisant. Cent quarante grammes par personne, c'est raisonnable. N'allons pas au-delà.

— T'es en train de dire que j'ai mal coupé l'autre, c'est ça ?

— Tu dois la peser avant de la préparer et, si elle est trop lourde, t'en coupes un bout pour la ramener à cent quarante grammes.

— J'en coupe un bout ?

— Oui.

— Et qu'est-ce que tu veux que j'en fasse ?

— Tu le mets dans une autre assiette et tu n'auras plus qu'à compléter.

— C'est ça, je vais faire des assiettes avec des petits bouts dans tous les sens !

— Ça ne change rien, soyons logiques : ce qui compte pour le client, c'est la quantité de viande qu'il obtient.

— Mais pas du tout ! Pourquoi pas non plus des miettes de viande, tant qu'on y est ? Ou des lambeaux aussi, hein ?

Il commençait à monter dans les tours et je décidai de couper court avant que son irrationalité ne devienne ingérable.

— À toi de voir : tu peux réutiliser ça le lendemain, dans la farce ou ce que tu veux. Mais tu vois, là, on aurait récupéré vingt-deux grammes sur cent soixante-deux, ça fait au moins douze ou treize pour cent de gagnés. Ce n'est pas négligeable pour redresser les finances du bateau.

— Alors, c'est donc ça : c'est moi qui suis responsable du déficit ? Hein, c'est ça ?

Il était tout rouge. Pourquoi réagissait-il de façon aussi épidermique à des analyses tout à fait logiques ? Plus je stressais devant son imprévisibilité, plus j'éprouvais le besoin de ne plus rien ressentir et de prendre du recul pour réfléchir à la situation. Trouver une explication rationnelle à son attitude irrationnelle.

Rodrigue pouvait avoir une personnalité de type 4 car je reconnaissais un peu en lui ce que j'avais vécu la veille : le besoin compulsif de fuir la banalité du quotidien pour accéder à une vie intérieure émotionnellement riche – il ne supportait pas plus de suivre à la lettre des consignes que de faire deux fois la même recette de cuisine ! Il fuyait aussi la banalité de l'être en manifestant le besoin de ne pas être comme les autres, de ne pas faire comme eux. Et il tombait comme moi la veille dans le paradoxe de l'unicité : besoin d'être unique pour ne pas se fondre dans la masse et disparaître, tout en ressentant la souffrance d'être différent, à l'écart du groupe, affublé d'une sorte de tare l'empêchant d'être aimé.

Sa personnalité se manifestait différemment de moi la veille, mais Firmin avait insisté sur le fait qu'un même type de personnalité donnait lieu à une infinité de comportements possibles. Il n'y avait pas deux personnalités identiques, seuls les principaux leviers étaient similaires : ce qui nous pousse à agir, ce qui induit nos réactions, et les filtres qui biaisent notre vision des événements et guident nos interprétations.

Je pris quelques secondes pour me remémorer mon échange matinal avec Firmin sur ce qui avait caractérisé ma personnalité de la veille, et je me forçai à donner à Rodrigue une information pour lui permettre de retrouver la tête sur les épaules.

— Rodrigue, je vais t'expliquer ce qui se passe en toi, qui te met en colère. C'est...

— Ce qui se passe en moi ? Parce que j'ai un problème, c'est ça que t'es en train de dire ?

— Pas du tout, j'essaye de t'expliquer. On a tous une personnalité qui nous amène à croire un certain nombre de choses sur nous-même et sur les autres. La tienne te conduit à penser que quelque chose en toi t'empêche d'être compris et... euh... disons... apprécié. Du coup, dès qu'on te fait une remarque, tu l'interprètes comme un reproche et tu le vis très mal.

— T'es en train de dire que je suis susceptible, hein ?

Ses yeux étaient très rouges. Signe de colère ? de honte ? Comment le décoder ?

— Ne le prends pas mal, mais...

— Bien sûr que si, je le prends mal ! Tu me traites de susceptible et tu voudrais que je le prenne bien ?

— Je suis juste en train de t'expliquer que, lorsque je te fais une remarque, c'est juste pour que tu comprennes quelque chose, qu'il ne s'agit pas d'un reproche, et que tu peux juste écouter la remarque pour en tenir compte sans te vexer. Rodrigue, c'est cette croyance qu'il y a un truc qui cloche en toi qui t'amène à réagir mal. Alors, je voudrais juste te dire que tout va bien en toi, tu n'as pas de problème, pas de tare. Tu peux être rassuré et ne pas te sentir rejeté dès qu'on te fait une observation.

— Je suis effondré par tes propos ! T'es en train de dire que tout est dans ma tête, que je me fais des films comme un fou dans un asile psychiatrique, bref, que je suis complètement zinzin, mais que je ne dois pas me vexer quand tu le dis.

— Non, mais...

— Laisse tomber !

Il partit en claquant la porte.

Mes efforts étaient peine perdue. Il n'y avait pas de solution.

Je commençai à réaliser qu'on ne change pas les croyances en argumentant.

Cela me rappelait une anecdote rapportée par une amie interprète qui avait accompagné un patron américain au Japon. Dans son discours introductif lors d'une convention à Kyoto qui réunissait tous les salariés de son distributeur japonais, il avait pris la parole pour leur dire qu'il connaissait la culture japonaise et leur tendance à répondre toujours « Oui, oui », même en cas de désaccord. Il leur dit qu'en tant qu'Américain il appréciait quant à lui les rapports francs et directs qui rendaient beaucoup plus simples et efficaces les relations professionnelles. Il les invitait donc à faire de même avec lui en lui disant tout ce qu'ils pensaient, cash, sans ambages. « Vous êtes d'accord ? » avait-il lancé à la cantonade. « Oui, oui », avaient-ils répondu en chœur…

Je sortis à mon tour de la cuisine et tombai sur Ivan Raffot. Je le saluai et m'éclipsai rapidement. En sortant, je remarquai l'ardoise du menu et pris sur moi de changer le nom du plat du jour. J'effaçai méticuleusement *Nuit charolaise en Bretagne* et écrivis d'une écriture bien lisible : *Rôti de bœuf au chou-fleur.*

Après quoi je filai me ressourcer seule dans ma cabine en fond de cale, loin des autres si difficiles à supporter et à gérer.

Je me plongeai dans la lecture d'un livre de gestion et petit à petit, abreuvée d'informations, je sentis mon stress diminuer.

Il fallait rationaliser le buffet de pâtisseries : après de savants calculs de rentabilité pour optimiser chiffres et marge, je décidai de conserver le positionnement plutôt haut de gamme arrêté la veille, mais rédigeai des consignes pour Rodrigue afin de réaliser des gâteaux moins coûteux. Puis je m'attelai à la confection d'une affichette à déposer sur le buffet :

> **Buffet de pâtisseries**
> Afin d'éviter le gaspillage, ne mettez pas
> dans votre assiette plus d'une part à la fois ;
> vous pourrez vous resservir, une fois chaque
> part consommée.

Je regagnai ensuite mon bureau officiel et appelai la salle pour me faire apporter un repas léger. J'avais à peine raccroché le téléphone qu'il sonna.

— Sybille ?

— Oui.

— Sybille, c'est moi, Bertille…

— Bertille ?

— Ben oui, ta cousine ! Tu ne m'as pas oubliée, tout de même ?

— Non.

Bertille était une cousine éloignée dans tous les sens du terme. Cloîtrée au fin fond de la Lozère, on ne se voyait presque jamais.

— Sybille, j'ai une excellente nouvelle : je suis à Lyon ! Je suis à Lyon, tu te rends compte ?

— Oui.

Je me rendais surtout compte qu'elle allait demander à me voir.

— Quelle ville fabuleuse ! Tu sais que c'est la première fois que je viens ?

— Non.

— Mais si, la dernière fois, je devais accompagner ma mère, mais j'ai chopé la grippe la veille du départ, tu t'en souviens ?

— Non…

— Je suis trop contente d'être là ! On va se voir, hein ?

Voilà, on y était…

Comme je ne répondais pas, elle ajouta aussitôt :

— Je suis de passage, je repars demain. Ça fait huit jours que j'essaye de te joindre. J'ai appelé une douzaine de fois chez toi. Tu ne réponds jamais !

— Comment as-tu eu mon numéro ici ?

— Nathan a fini par répondre ce matin. Il me l'a donné.

Il aurait pu m'en informer.

— Bon, on se voit, hein ? dit-elle. À quelle heure tu sors ce soir ?

— Tard. Ça va être difficile.

— Ah, mais tant pis, on se voit quand même ! Ce serait trop bête !

Je cédai à contrecœur et nous convînmes de nous retrouver au Grand Café des Négociants à 23 heures.

Ma cousine Bertille n'était pas désagréable, mais je ne l'avais pas vue depuis au moins trois ans et n'avais rien à lui dire. De quoi allions-nous parler ? Le stress montait déjà en moi en m'imaginant à court d'idées face à elle, bien embarrassée pour meubler le silence qui s'installerait fatalement... Il fallait que je prépare une liste de sujets pour alimenter la conversation.

On frappa à la porte de mon bureau. C'était Manon qui m'apportait mon plateau-repas.

— Tu peux le poser sur ma table, lui dis-je.

Elle sortit et j'allumai la radio pour écouter les informations en mangeant.

J'étais en train de mâcher mon chou-fleur quand ce que j'entendis me stoppa net :

L'archéologue Antoine Guillaumont vient de localiser le site des Kellia dans le désert libyque, en Basse-Égypte, à environ soixante kilomètres au sud-est d'Alexandrie. Les Kellia sont des cellules creusées au IVe siècle par des moines de Nitrie qui, désirant vivre dans un isolement plus grand qu'au monastère, étaient partis vers le sud pour s'établir dans le désert. Les cellules étaient dispersées, éloignées les unes des autres de sorte que les moines ne pouvaient ni s'entendre ni se voir. Cette dispersion a compliqué les recherches archéologiques, d'autant plus que les cellules s'étaient enfouies sous le sable au fil des siècles. C'est dans l'une d'elles qu'a vécu Évagre le Pontique les quinze dernières années de sa vie.

Vous êtes bien sur France Culture ; la radio appartient à ceux qui l'écoutent. Marcel Leclair, c'est l'heure de la météo...

Je n'en revenais pas.

Cette piste me tombait du ciel.

Évagre le Pontique... J'ignorais tout de lui. À peine avais-je déjà entendu son nom...

J'aurais bien abandonné mon chou-fleur sur-le-champ mais, pour ne rien gâcher, je le terminai à la hâte et filai. Direction : la bibliothèque Saint-Jean. J'avais prévu de m'y rendre pour trouver un ouvrage sur les techniques commerciales. Je ferais d'une pierre deux coups.

Une heure plus tard, j'étais de retour et m'enfermai dans ma cabine en fond de cale avec une pile de livres : des textes d'Évagre ainsi qu'une biographie. De quoi nourrir ma réflexion et, je l'espérais, trouver le lien avec la confrérie.

J'appris qu'Évagre était un moine chrétien né aux alentours de 345 en Asie Mineure. Ordonné diacre par Grégoire de Naziance à Constantinople, c'était un brillant orateur admis à la cour impériale… jusqu'à ce qu'il tombe amoureux d'une femme mariée à un haut dignitaire. Pour éviter le scandale, il s'enfuit à Jérusalem, puis décida de devenir moine dans le monastère de Nitrie, avant de rejoindre les cellules des Kellia où il vécut alors en ermite. Il y écrivit de nombreux traités spirituels dans un style littéraire clair et imagé, mais choisit volontairement un style plus obscur pour aborder certains sujets qu'il voulait réserver à ceux qui pourraient les décoder en étant eux-mêmes plus évolués spirituellement. Ses écrits se diffusèrent de son vivant dans toute la région, lus dans les monastères de Palestine et du Sinaï, et leur rayonnement se prolongea, bien après sa mort en 399, dans tout l'Orient byzantin puis en Occident. Mais ses idées furent par la suite condamnées pour hérésie.

Je me plongeai dans ses œuvres, les parcourant en diagonale pour voir si j'y trouvais un lien avec le modèle de personnalité de la Confrérie des Kellia.

Ses écrits me semblèrent très vite d'une grande finesse psychologique. Manifestement, ce moine mystérieux s'intéressait au fonctionnement de la psyché et en connaissait un brin sur la question. Quelque chose me disait que j'étais sur la bonne piste…

Évagre avait élaboré une démarche de travail sur soi pour aider son lecteur à parvenir à l'épanouissement psychologique et spirituel. Cet itinéraire passait par l'analyse de ses penchants, penchants qu'Évagre avait répertoriés au nombre de huit. Chaque personne avait un penchant dominant parmi les huit, qui caractérisait sa problématique. On aboutissait donc à une sorte de typologie de personnalité qui ne disait pas son nom.

C'était troublant, mais ce modèle se limitait à huit types, alors que celui d'Oscar Firmin en répertoriait neuf... Au passage, je remarquai une chose bizarre : tous les livres d'Évagre que j'avais empruntés étaient traduits du syriaque ou de l'arménien. Pourquoi un Grec écrivait-il en syriaque ou en arménien et non dans sa langue maternelle ?

— Puis-je entrer ?

Je sursautai et levai les yeux. Ivan Raffot se tenait dans l'embrasure de la porte. Je ne l'avais pas entendu arriver. Cette petite fouine avait trouvé mon repère.

— Que voulez-vous ?

— Je m'interroge sur le choix d'emplacement du bateau, dit-il d'un ton odieux. Pourquoi ne l'amarrez-vous pas de l'autre côté de la Presqu'île, sur le Rhône, ce qui permettrait de toucher toute une clientèle d'affaires plutôt que des touristes impossibles à fidéliser ? Vous pourriez alors vous déplacer le week-end et vous positionner sur des sites très touristiques, comme Vienne à une demi-heure au sud ?

Il me démangeait de lui répondre en abusant du jargon juridique propre à la navigation fluviale, pour me délecter de le voir n'y rien comprendre et passer pour un idiot, mais j'avais la tête sur les épaules : nous avions besoin de son feu vert pour que le fonds investisse.

— Tenez, dis-je alors.

Et je lui tendis le code de réglementation fluviale (trois cent cinquante-cinq pages), le bottin des arrêtés municipaux de la ville de Lyon pour les dix dernières années (quatre cent vingt-deux pages), ainsi qu'un classeur constitué du contrat d'assurance du bateau et de tous ses avenants signés au fil des ans (quarante-trois pages).

— Vous trouverez toutes les réponses à vos interrogations dans ces ouvrages qui cernent la question.

En fait, cela me coûtait de lui donner la réponse oralement, j'avais l'envie irrépressible de garder les informations pour moi. Les huit cents pages que je lui remettais lui permettraient de trouver par lui-même s'il en faisait l'effort.

Il quitta mon antre sans rien dire. L'entrevue programmée avec ma cousine me revint à l'esprit. Je retrouvai l'appréhension de ne rien avoir à lui dire, et listai mentalement quelques sujets de conversation : les revendications d'indépendance qui émergeaient à Djibouti, la nouvelle victoire de Jacques Anquetil au Tour de France, la condamnation de Nelson Mandela à la prison à vie au procès de Rivonia, l'adoption par le Congrès des États-Unis du *Civil Rights Act* qui déclarait illégale la discrimination portant notamment sur la couleur de la peau…

Je me rendis ensuite en salle de pause pour recueillir les papiers de la boîte à paroles ; la boîte à reproches, devrais-je dire, tant j'étais habituée à ce que les retours positifs soient rares. La rançon d'un poste de direction.

On ne comprend rien à ce que tu racontes

Égoïste

Arrête de prendre les autres pour des cons

Froide comme un glaçon

J'aime quand t'es raisonnable comme aujourd'hui

Mieux vaut une idiote qui marche qu'une intellectuelle assise.

204

Tous ces retours me semblaient être plus des réactions, des émotions que des opinions. Peut-être les gens ont-ils besoin que le cœur exulte ?...

Je m'apprêtais à quitter la salle de pause quand Katell me tomba dessus.

— Je veux te parler en tête à tête, me dit-elle vivement.

Comment Katell allait-elle se comporter ? Qu'allais-je devoir dire pour répondre à ses questions ? La seule perspective de l'échange à venir me donna un élan de panique que je réprimai immédiatement en me coupant de tout ressenti.

Le vide intérieur.

Cette pénible sensation revenait, me mettant également en danger.

— Allons dans ma cabine.

Je la précédai dans mon bureau officiel, me gardant bien de l'emmener dans mon refuge secret.

La porte à peine refermée, elle attaqua tout de go.

— Tu peux m'expliquer pourquoi Nathan revient aujourd'hui alors que tu disais hier l'avoir licencié ?

— Tu n'as pas lu la convention collective des métiers de la restauration ?

— Hein ? Pourquoi tu dis ça ?

— Lis-la et tu comprendras.

— Mais... Et comment je gère son retour auprès de l'équipe, moi ? Qu'est-ce que je leur dis ?

Je n'en avais aucune idée, alors... je ne répondis rien.

Par chance, elle enchaîna d'elle-même.

— À peine revenu, il refait des siennes. Il vient de mettre un client en boule. Un type qu'est pas du genre à se laisser faire. Alors, je te laisse gérer ça puisque c'est toi qui as fait revenir Nathan.

J'avalai ma salive. M'occuper d'un client en colère, certainement pas.

— Tu ne sais pas gérer ça toi-même ?

Piquée au vif, elle me lança un regard de défi.

— Le client exige de voir la directrice.

Il ne manquait plus que ça.

Du temps. M'accorder du temps.

— Je termine d'abord mon dossier en cours, dis-je en désignant un document traînant sur mon bureau.

— Laisse le client mariner et il va taper un gros scandale dans tout le restaurant, dit-elle en regagnant la porte.

Comment allais-je régler cette affaire ?

S'en tenir aux faits, soyons logiques.

— Dis-moi précisément ce qu'il s'est passé.

— Le client a trouvé une mouche morte avec son rôti de bœuf. Ton Nathan refuse de le changer.

Je notai au passage le « ton Nathan » sans rien dire.

Katell quitta le bureau et j'eus au moins le soulagement de me retrouver seule quelques instants.

Changer ou pas le plat du client, telle était donc la question. Changer le plat signifiait jeter son contenu à la poubelle... Un vrai gâchis de matière première et de main-d'œuvre. Sans compter le coût de la cuisson. Tout ça pour une mouche. Pas du tout rationnel : la probabilité qu'une mouche véhicule une maladie était proche de zéro dans nos contrées. Et puisqu'elle était morte, le risque était nul. La demande du client n'était donc pas du tout justifiée...

Adolescente, quand j'étais au lycée, j'avais fait un exposé sur les mouches en classe de sciences naturelles. J'avais adoré collecter des informations précieuses sur cet insecte. Des années plus tard, je m'en souvenais bien mieux que les connaissances reçues passivement en écoutant le professeur parler.

Je fus interrompue dans mes pensées par le téléphone. C'était Alain, mon copain du fisc.

— J'ai des nouvelles sur Moemen Malouf, le propriétaire de l'immeuble de ta confrérie.

— Ce n'est pas *ma* confrérie.

— En tout cas, il est égyptien, sa résidence fiscale est à Izbat Sakinah près d'Alexandrie.

— Tu sais autre chose ?

— C'est tout ce que j'ai pu rassembler et je ne vois pas ce que je pourrais obtenir d'autre...

— Merci beaucoup, Alain.

J'avais à peine raccroché que Katell refit irruption sans prévenir.

— Bon, maintenant, faut que tu viennes ! On entend le client crier à l'autre bout du restaurant !

Je me levai à contrecœur et me rendis sur les lieux du délit.

La perspective de gérer un client irrationnel était tellement angoissante que j'en réprimai d'autant plus mes émotions.

Tenons-nous-en aux faits. Soyons précis.

Je vis de loin le client, un homme d'une quarantaine d'années aux cheveux blonds, veste beige et chemise blanche au col ouvert, assis à une petite table face à un autre homme un peu plus jeune. Son teint rouge révélait une colère totalement déplacée en pareille circonstance.

Des faits. De la logique.

— Bonjour, monsieur.

— Vous êtes la directrice ? demanda-t-il avec un accent belge.

— Oui.

— Il y a une mouche morte dans cette assiette, s'écria-t-il en la montrant du doigt. Votre serveur refuse de la changer, c'est inadmissible !

Son accent belge était très prononcé. De Namur, sans doute.

— La fréquence de reproduction des néoptères est élevée, l'été, dans nos régions, ce qui explique qu'on en retrouve souvent dans les lieux accessibles depuis l'extérieur par des portes ou fenêtres ouvertes. Les restaurants ne sont pas épargnés et...

— Mais vous devez faire attention à ce que ça ne se retrouve pas dans la nourriture ! C'est dégoûtant !

— Non, ce n'est pas sale. Si vous observez bien, dis-je en désignant la mouche, vous verrez que ce n'est nullement une *scathophaga furcata* – plus connue sous son nom vernaculaire *mouche à merde* –, mais une *musca domestica*, autrement dit une mouche domestique qui n'a guère l'habitude de se poser sur les excréments ni…

— M'enfin, c'est incroyable, tout de même ! Votre cuisinier doit faire attention à ce qu'il fait. Et puis une mouche, ça pond, enfin !

Plus il criait, plus je me dissociais de l'événement, comme un spectateur insensible. C'était la première fois que je voyais un Belge en colère.

— Elle n'a pas pondu car notre viande est fraîche. Les mouches ne pondent leurs œufs que sur la viande en état de décomposition avancé. D'ailleurs, regardez bien, dis-je en approchant l'assiette de ses yeux, on ne voit aucune trace d'œufs.

— Ça a pu fondre à la cuisson…

— Dans ce cas, soyons logiques : si la cuisson a détruit les œufs, alors les asticots ne pourront pas éclore dans votre intestin. Vous ne risquez rien.

— Mais vous vous fichez de moi ou quoi ? explosa-t-il en se levant d'un coup et en regardant tout autour de lui dans la salle comme pour prendre les autres clients à témoin.

Comment pouvait-il avoir un comportement aussi insensé ?

À cet instant, Nathan, qui jusque-là se tenait en retrait, digne et silencieux, s'immisça dans la conversation.

— Si je peux me permettre, dit-il, j'ai déjà fait remarquer à monsieur que cette mouche morte n'est manifestement pas cuite, donc elle est arrivée dans l'assiette une fois le rôti de bœuf sorti du four, ce qui retire toute responsabilité au cuisinier.

Le raisonnement de Nathan me sembla intéressant.

Je rapprochai l'assiette à la hauteur de mes yeux et observai longuement l'insecte.

— C'est exact. Cette mouche n'est pas cuite, c'est manifeste.

208

— Mais c'est pas une raison pour m'en livrer dans mon assiette, tout de même !

— Je regrette, monsieur. La législation française n'interdit pas aux mouches de se poser dans une assiette. Ni même d'y mourir, d'ailleurs.

*
* *

Je m'assis dans un fauteuil du Grand Café des Négociants à 23 heures précises. La salle aux tentures chatoyantes était remplie aux deux tiers malgré l'heure tardive. Beaucoup de jeunes couples et aussi des personnes âgées. Je me plongeai, en attendant ma cousine, dans la lecture du journal qui traînait sur la table voisine.

Elle débloula soudain comme sur un billard américain en s'exclamant tellement fort que tous les clients se retournèrent, heurtés par les ondes sonores.

— Sybille !!! Sybille, ça fait si longtemps !!!!

Vite, je débranchai tout en moi pour ne pas être envahie par des émotions ingérables et compromettantes. N'être présente que dans ma tête… Ma liste de sujets de conversation m'aiderait à ne rien laisser paraître.

Elle m'embrassa avec exagération, puis me serra comme un policier qui ceinture un malfrat.

— Qu'est-ce que tu deviens ? me dit-elle. Parle-moi de toi, je veux tout savoir !

Pile le genre de questions qui m'étaient insupportables. Je me reculai le plus possible dans mon fauteuil. Si seulement je pouvais m'y enfoncer au point de disparaître, je n'aurais pas à répondre.

Je me rendais bien compte que, depuis le matin, je devenais avare de mes états internes, ne confiant plus ni mes pensées ni mes sentiments.

— Ça va et toi, que deviens-tu ?

Toujours renvoyer la balle…

Évidemment, elle n'attendait que ça et, bien que je ne m'inté-ressasse pas le moins du monde à sa vie, j'avais au moins échappé au dévoilement de la mienne.

— Oh ! Si tu savais tout ce qui s'est passé depuis qu'on s'est vues…

S'ensuivit un monologue ahurissant où j'eus droit à tous les détails soporifiques d'une vie qui l'était tout autant. J'eus droit au pire du pire, depuis la façon dont elle avait décoré son salon jusqu'aux compliments reçus de son patron, en passant par la date de poussée des dents de son deuxième fils. Le supplice me sembla tellement long que lorsqu'elle marqua une pause pour boire, histoire de réhydrater sa gorge forcément desséchée, je sautai sur l'occasion :

— Je ne vais pas tarder, je me lève tôt demain matin.

Elle faillit s'étrangler.

— Tu ne vas pas partir déjà ????

La moitié de la salle se retourna de nouveau.

— Si.

— Mais tu ne m'as rien dit sur toi ! Alors, raconte-moi tout !

L'angoisse.

Vite, les sujets de ma liste.

— Certaines voix s'élèvent à Djibout' pour réclamer l'indé-pendance, t'en penses quoi ?

Cela fonctionna, sauf que je venais de remettre une pièce dans la fente. Elle avait naturellement un avis sur la question et j'eus droit de le connaître dans les moindres détails ; un ramassis de lieux communs déclamés avec un aplomb proportionnel à son inculture.

Moi qui m'interdisais de me mettre en avant sans être certaine de posséder la connaissance légitimant ma prise de parole, je ne supportais guère les affirmations péremptoires sortant de nulle part qu'on vous assenait avec conviction.

Je ne pus m'empêcher de faire la moue en l'écoutant, puis de commencer à nier ses allégations, jusqu'à produire systématique-ment des arguments contradictoires.

Elle changea alors de sujet pour parler régime et nutrition, et j'eus droit là encore à des théories vaseuses sorties de son chapeau ou entendues chez le coiffeur, qu'elle me présentait comme des vérités scientifiques.

Intérieurement, je soupirai.

Nous enchaînâmes sur un autre sujet que j'avais préparé, puis elle trouva le moyen de rebondir sur ses dernières vacances à la plage avec des anecdotes au sujet de ses enfants. C'était plus que je ne pouvais supporter.

Je posai sur la table le prix exact de mon verre d'Évian, puis la saluai rapidement pour filer avant qu'elle ne se répande de nouveau en effusions émotionnelles dégoulinantes de tendresse sirupeuse.

*

* *

Sur le trajet de la maison, une fois seule avec moi-même, je ressentis que j'avais quand même été heureuse de la voir. Peut-être avais-je tendance à juger un peu sévèrement les propos des autres quand ils me semblaient irrationnels ou illogiques ?

Je m'imposais une telle exigence d'exactitude et de précision dans l'information que je m'autorisais à partager que j'avais très peu de tolérance pour les approximations des autres, que je voyais alors comme les affirmations fantasques de gens peu sérieux. Cela me poussait presque malgré moi à remettre en cause les propos de mon interlocuteur, à douter de la véracité de ses dires et, sans vraiment m'en rendre compte, de sujet en sujet, je glissais progressivement dans un scepticisme critique qui prenait de l'ampleur et tendait à se généraliser en nihilisme malheureux.

Je rentrai à la maison épuisée, mais soulagée de pouvoir m'enfermer chez moi. Nathan était déjà couché et lisait au lit. Je fis ma toilette en cinq minutes pour en faire autant. L'eau était glacée. Cette panne de chauffe-eau avait au moins le mérite de me faire

faire des économies. Des économies... voilà une chose qui me semblait soudain pertinente. Si seulement je pouvais accumuler suffisamment d'épargne pour m'assurer une certaine autonomie et moins dépendre des autres...

Il me tardait de découvrir le livre emprunté à la bibliothèque sur les techniques de vente. Emmagasiner des connaissances sur ce point était essentiel pour développer la prospection des entreprises susceptibles d'organiser des réunions au bateau, et aussi pour mieux encadrer Katell et Jeff.

J'en étais aux préliminaires d'approche des prospects quand Nathan roula contre moi, embarrassé par un désir encombrant.

S'il y avait bien une chose dont je n'avais pas envie à cet instant précis, c'était ça ! L'entrevue éprouvante avec ma cousine m'avait déjà donné une furieuse envie d'isolement. Et de plus, comparée à un bon moment de lecture, l'activité charnelle m'apparaissait soudain comme une pure perte de temps.

Je décidai de couper court avant de ne plus savoir comment gérer la situation.

— Nathan, j'ai du travail, ce soir.

— On n'est pas obligés de faire durer deux heures chaque fois...

Jeune présomptueux. Tu n'as jamais tenu deux heures.

Heureusement, d'ailleurs.

— Allez..., insista-t-il.

Je n'allais pas savoir gérer. Vite, pas d'émotions, restons dans le mental, le factuel.

— Écoute. Là, ce soir, je n'ai pas le pic d'hormones qui me mettrait en condition, tu vois.

— Le pic d'hormones, moi, je l'ai...

— Puis-je suggérer d'en venir à bout par une stimulation manuelle ?

— Si t'as envie...

— Non mais... je voulais dire... de ta part. Toi tout seul.

— Ah, je vois... Bon, ben, si c'est tout ce que tu me proposes...

212

— Je préférerais, en effet.

— D'accord.

Et il se mit à l'œuvre.

— Ça ne t'ennuie pas, demandai-je après quelques instants, que je lise en même temps ?

— Non, non.

Mais au bout d'une minute :

— Tu veux bien retirer ton tee-shirt ? dit-il. Ça m'aiderait un peu.

— Ah… d'accord.

Je me mis toute nue et repris ma lecture.

J'avais grand plaisir à développer ma culture de la vente. Après les préliminaires pour susciter l'intérêt du client, il fallait faire monter son envie d'acheter, en ayant toujours en tête l'objectif : conclure au plus vite.

18

Dans un grondement sourd, la grosse péniche passa tellement près du bateau qu'elle aurait pu l'effleurer. Debout sur le pont, Ivan Raffot se tint solidement au bastingage et détourna les yeux des remous inquiétants qu'elle vomissait dans son sillage. Le roulis qui s'ensuivit ne fit qu'accentuer l'angoisse qui l'étreignait et, instinctivement, il repéra la bouée la plus proche. L'odeur des fumées de gasoil s'ajouta à celle de l'eau vaseuse agitée par la péniche.

Il était monté à l'air libre pour fuir les cris de femme qui avaient retenti sur son passage dans la grande salle, quand une serveuse hystérique avait hurlé sur sa collègue pour une histoire stupide de reproches indus à propos de couverts mal rangés. Des histoires de bonnes femmes. Comment ces furies pouvaient-elles exhiber aussi impudiquement leurs émotions ? C'était insoutenable.

Quand le calme revint sur le pont et dans la salle, il se rendit dans la cabine de Sybille pour remettre le document là où il l'avait pris, sur le bureau. Il était décontenancé par ce qu'il venait de lire : des simulations de chiffre d'affaires et de marge à court et moyen terme selon différents scénarios de positionnement. Les hypothèses étaient rigoureusement posées, les raisonnements précis, les calculs justes.

Comment est-ce que la femme fantasque et versatile qui, la veille encore, prenait ses décisions au feeling pouvait-elle être devenue si posée et rationnelle le lendemain ? Cela dépassait l'entendement.

Profil insondable, profil pas fiable.

Elle sortait de toutes ses grilles de lecture des personnalités, n'entrait dans aucune case. Même le MBTI, ce performant outil d'évaluation psychologique créé deux ans plus tôt, ne permettait pas d'expliquer son caractère. Devant le cas de cette femme, le grand Jung aurait rendu son tablier.

Cette anomalie compliquait sérieusement son audit : pour évaluer, il faut comprendre. Tout doit s'expliquer, les échecs comme les réussites. Comprendre les mauvais résultats permet de les corriger. Comprendre les bons permet de les renouveler.

Affaire énigmatique, investissement merdique.

*
* *

Je venais à peine de convaincre Oscar Firmin de me doter d'une personnalité de type 6 qu'on frappa à la porte de la confrérie à ma grande surprise. J'en fus presque contrariée, tellement mon habitude de le voir seule à seul m'amenait à considérer ce nouvel entrant en intrus indésirable.

— Oui ? lança Firmin d'une voix distraite.

La poignée grinça et je me retournai, curieuse de voir les traits de l'indélicat.

Mais celui-ci n'avait fait qu'entrouvrir la porte et je ne vis point son visage.

— Veuillez m'excuser un instant, me dit Firmin.

Et il se leva pour disparaître dans le couloir. J'entendis ses pas s'éloigner.

Mon regard se posa immédiatement sur le document abandonné sur son fauteuil, qu'il tenait un instant plus tôt entre les mains.

C'était une sorte de cahier très ancien avec une couverture sombre de cuir souple ornée de vieilles enluminures en partie effacées.

J'hésitai un instant, puis me levai d'un bond afin de pouvoir en lire le titre.

Écrit dans une langue et un alphabet bizarres, il ne m'évoqua absolument rien, et je sortis de ma poche mon calepin dont je détachai le crayon pour recopier à toute allure et du mieux que je pus :

εννέα γράμματα

De nouveau les pas dans le couloir.

Je glissai le calepin dans ma poche, enclenchai le dictaphone et me rassis.

— Je vous prie de m'excuser, dit Firmin en venant se rasseoir.

— Je vous en prie.

— Installez-vous confortablement et détendez-vous.

Dans quelques minutes, ma personnalité aurait encore changé et j'aurai fait un pas de plus dans la découverte du modèle de la confrérie. Le monde qui m'entourait était trop complexe pour moi, et y évoluer au milieu des autres me pompait toute mon énergie. Plus je connaîtrai le modèle, mieux je comprendrai les énergumènes qui m'entourent et saurai m'en sortir dans la vie.

*
* *

Nathan gravit les marches de la mezzanine. Sybille venait d'y monter avant de partir au bateau où il la rejoindrait bientôt, et il avait entendu grincer la porte de la vieille armoire.

Il l'ouvrit à son tour, prit le dictaphone et lança la lecture.

Les mêmes paroles parfois obscures et illogiques invitant à la détente, puis un silence, puis des affirmations se terminant comme chaque fois par une sorte de sentence :

Au fond de vous, tout au fond, se niche maintenant une peur immense, une angoisse profonde...
L'angoisse d'être seule et impuissante dans un monde dangereux, avec personne pour vous soutenir ni vous guider.
Quand vous reviendrez à vous, vous l'aurez totalement oubliée, mais cette angoisse guidera pourtant la plupart de vos actes dans la vie, en restant enfouie au plus profond de votre inconscient.

Nathan ressentit la même perplexité que chaque fois.

Donnait-on les cassettes enregistrées à Sybille ou effectuait-elle elle-même les enregistrements ? Et si c'était le cas, dans quel but ? D'ailleurs, une fois redéposé dans l'armoire, le dictaphone y restait toute la journée, et Sybille n'était jamais à la maison en son absence. Elle ne pouvait donc pas les écouter...

Il ne pouvait pas s'empêcher de faire un lien entre ces enregistrements et les changements bizarres de comportement qu'il observait en elle. Il ne reconnaissait plus la Sybille habituelle, celle qu'il avait rencontrée et avec laquelle il avait décidé de vivre. Depuis une semaine, elle devenait chaque jour imprévisible, ce qui, pour lui, était hautement anxiogène.

Il craignait qu'elle ne soit sous l'influence d'un homme malveillant qui la manipule comme un pantin dans un but sordide. Et il s'en voulait de rester les bras ballants sans rien faire. Mais l'imprévisibilité de Sybille rendait encore plus périlleuse la moindre tentative de sa part, le cantonnant à un rôle d'observateur, la position qui lui était la plus naturelle.

*
* *

Il me suffit d'un petit quart d'heure pour cerner ma nouvelle personnalité. Et pour cause : j'avais l'impression très nette de me retrouver au point de départ, plus vraie que nature.

Quelque chose en moi me poussait en effet à tout remettre en question : moi et mes choix, les autres et leurs paroles. Je me retrouvais comme au bon vieux temps, prise dans un cercle vicieux de méfiance et de peur, une boucle mentale de doute et d'anxiété…

Je me réappropriais les schémas de pensée qui m'avaient pourri la vie pendant trente-deux ans et dont j'avais voulu me débarrasser en allant voir le Maître.

Au bateau, je fis face aux mêmes défis que dans le passé, ne sachant plus gérer l'hostilité compétitive de Katell, craignant le jugement de Charles, auquel s'ajoutait maintenant celui d'Ivan Raffot.

Il me fallut une heure de plus pour réaliser que, si mes schémas de pensée, mes doutes et mes peurs étaient bien les mêmes qu'autrefois, leur traduction dans mes comportements était très différente : j'avais jusque-là géré mes peurs en m'efforçant de m'adapter le plus possible aux autres, en veillant à respecter leurs usages, leurs codes, et en étant la plus gentille possible, comme si la gentillesse pouvait me protéger de l'adversité et de la méchanceté. Je me retrouvais maintenant beaucoup plus méfiante qu'avant, et il me semblait pouvoir trouver une forme de sécurité dans la force que je serais capable d'exprimer. « Qui s'y frotte s'y pique » semblait être devenue ma devise.

Dès que je croisais quelqu'un sur le bateau, je ne pouvais m'empêcher de lui prêter de mauvaises intentions et lui faisais alors une remarque acide pour l'en dissuader à l'avance. J'étais passée de soumise à rebelle, de gentille à agressive, mais ces deux attitudes répondaient à la même intention : prévenir les dangers et assurer ma sécurité. Elles étaient les deux faces de la même pièce.

Les jours passés, il m'était arrivé de souhaiter retrouver ma personnalité d'origine, mais celle qu'Oscar Firmin m'avait rendue était une version plutôt paranoïaque de moi-même. Dure à vivre.

Cet homme se jouait de moi, c'était maintenant évident.

De jour en jour, je n'avais obtenu que des personnalités insatisfaisantes qui toutes m'apportaient un lot de souffrances, des souffrances chaque fois différentes de la veille, mais guère plus acceptables. Firmin devait être un pervers jouissant de la douleur des autres, les tenant à sa merci par l'espoir d'une vie meilleure. Il détenait un grand pouvoir, c'était certain, et abusait de ce pouvoir à sa guise.

Ces pensées obsédantes tournaient en boucle dans mon esprit. La colère et le désir de rébellion montèrent en moi. Il fallait que je réagisse, que je cesse de me laisser faire. Il fallait juguler le pouvoir scandaleux de ce mystificateur, l'empêcher de nuire.

Et pour ça, il fallait le démasquer. Trouver la source de son pouvoir.

Je quittai le bureau et filai à l'université. Je trouverais bien quelqu'un pour décoder le message crypté qui servait de titre au cahier de Firmin.

*
* *

La fille à l'accueil écouta ma demande et me regarda de travers. Une brunette avec des lunettes et les sourcils froncés.

Pourquoi m'observait-elle ainsi ? Que me voulait-elle ?

— Dites-moi où se trouve le département des langues étrangères, répétai-je pour la troisième fois.

— Vous êtes étudiante ? demanda-t-elle d'un air suspicieux.

— Qu'est-ce que ça peut vous faire ?

Comme elle ne répondait pas, j'ajoutai en haussant le ton :

— Je paie mes impôts et l'université appartient à tous.

Derrière moi, la file s'allongeait. Les gens manifestaient des signes d'impatience, mais aucun n'osait s'exprimer.

La brunette céda enfin.

— Troisième étage par l'escalier au fond du hall.

Je filai.

Le monde est peuplé de moutons qui se laissent faire sans rien dire. Il faut réagir pour survivre.

Au troisième étage, pas de bureau d'accueil. Je pris le couloir.

Une succession de portes de salles de cours, de salles de travaux dirigés, de salles d'intendance. Un secrétariat. Je frappai deux coups brefs et entrai.

Les locaux devaient être mal ventilés. Il y faisait très chaud et ça sentait le renfermé.

La secrétaire leva les yeux sur moi. Elle portait comme sa collègue des lunettes. Elle aussi avait l'air suspicieuse. Sur sa droite, un homme aux cheveux gris avec une veste grise et un pantalon gris fouillait dans le tiroir d'un bloc métallique gris.

— Bonjour, j'aimerais parler à un professeur pour décoder un texte mystérieux.

Elle me dévisagea un instant sans parler, le temps que ses circuits neuronaux se mettent en route.

— Vous êtes étudiante ?

Ils s'étaient passé le mot ? Ils étaient tous ligués contre moi ou quoi ?

— Je suis contribuable. J'ai un texte de deux mots dans une langue inconnue et il doit bien y avoir quelqu'un à cet étage capable de le déchiffrer. C'est très important.

— Ah, mais si vous n'êtes pas étudiante, ça ne va pas être possible et…

— Je veux voir un professeur, vous dis-je !

— Ah, mais si vous n'êtes pas inscrite à la faculté, ça…

— Montrez-moi votre texte, dit l'homme gris d'une voix très posée qui cloua le bec de l'empêcheuse.

Je sortis le calepin de ma poche, l'ouvris à la page et le lui tendis.

εννέα γράμματα

— La langue de ce texte n'est pas inconnue, dit-il, mais je vous concède que le sens en est mystérieux.

— C'est quelle langue ?

— Du grec ancien.

— Et on traduirait ça comment ?

— On le prononce *ennéa grámmata* et cela signifie, selon le contexte, quelque chose comme « neuf signes » ou « neuf chiffres ».

— Ah...

— Sans autre précision, ça ne veut pas dire grand-chose.

— Savez-vous s'il existe un ouvrage, un livre dont ces mots seraient le titre ?

— Je n'en ai pas la moindre idée. Allez voir à la bibliothèque, au dernier étage.

— Sans carte d'étudiante...

— Allez-y de ma part. Professeur Delamarre. Faites-moi appeler si vous rencontrez de la résistance...

— Merci beaucoup, merci !

Je filai dans le couloir, gravis les escaliers quatre à quatre et arrivai essoufflée à la bibliothèque de la faculté. Le nom du professeur fut un bon passe et je parcourus librement les allées embaumées de l'odeur des livres, sans trop savoir comment m'y prendre. La bibliothécaire, une femme charmante d'une petite cinquantaine d'années, cheveux blonds au carré et tailleur écossais, dut s'en rendre compte, car elle me proposa son aide. Je lui fis part de ma recherche d'ouvrages traitant de tout ce qui pouvait toucher de près ou de loin à la personnalité, en lien avec deux mots grecs : *ennéa grámmata*.

— Vous ne trouverez pas ça en fouillant dans les rayonnages, me dit-elle. Suivez-moi.

Nous nous installâmes à son bureau où elle sortit d'une armoire des grands classeurs qu'elle posa devant nous. À l'intérieur, des listes et des listes de mots suivis de références de livres et de codes de rayonnage.

— Ce sont des glossaires, dit-elle. À partir d'un mot, ils nous donnent la liste d'ouvrages traitant du sujet.

Après une dizaine de minutes de recherches infructueuses pendant lesquelles mon espoir s'amenuisait de seconde en seconde, elle finit par trouver les références du seul et unique livre qui semblait citer cette expression grecque : *The Herald of Coming Good*, de G.I. Gurdjieff.

— Suivez-moi, dit-elle.

Je lui emboîtai le pas dans les allées de l'immense bibliothèque qu'elle connaissait suffisamment pour se rendre sans aucune hésitation à l'emplacement dont elle avait relevé le numéro.

— Oh, oh… bizarre, dit-elle.

— Que se passe-t-il ?

— Le livre n'y est pas.

— Il a été emprunté ?

Elle secoua la tête tout en balayant le rayonnage des yeux.

— Non, il n'a pas été emprunté. Je regarde s'il n'a pas été mal rangé… mais je ne vois rien. Venez, suivez-moi.

Nous retournâmes à son bureau et elle consulta ses dossiers quelques instants.

— En fait, dit-elle, on ne l'a plus.

— Comment ça ?

— Il avait été référencé à la bibliothèque à sa publication, en 1933, mais je viens de lire que peu après sa parution, l'auteur l'a fait retirer de la vente et a exigé le retour de tous les exemplaires diffusés.

— Mais pourquoi diable a-t-il fait une chose pareille ?

— Aucune idée.

La tuile.

Ça signifiait que je ne pourrais même pas tenter de le trouver dans une autre bibliothèque. C'était cuit.

— Ai-je moyen d'accéder à des informations sur l'auteur, sur sa vie, son œuvre ?

— Je vais voir s'il existe une biographie.

Elle se plongea à nouveau dans ses dossiers et me fournit la réponse en un rien de temps.

— *Monsieur Gurdjieff*, par Louis Pauwels, paru au Seuil en 1954. Ça vous intéresse ?

— Je prends !

Je la suivis une fois de plus, mais cette fois la pêche fut fructueuse, et une minute plus tard je me retrouvais assise à une table près de la vitre, à côté d'une étudiante qui se triturait le lobe de l'oreille en consultant un énorme pavé de linguistique.

Je parcourus le livre de Pauwels en diagonale, dans l'espoir d'y trouver quoi que ce fût en lien avec le modèle de la confrérie des Kellia.

Georges Ivanovich Gurdjieff était un Arménien contemporain de Freud, passionné d'abord par la science puis les sciences occultes. Il fit de grands voyages à la recherche d'enseignements ésotériques en Inde, au Tibet, en Asie centrale et dans le bassin méditerranéen, finançant son périple par des affaires plus ou moins frauduleuses qui le rendirent millionnaire. Il aurait eu des contacts avec des lamas tibétains, des soufis naqshbandi, et aurait retrouvé la trace d'une ancienne confrérie Sarmouni au Turkestan, auprès de laquelle il aurait acquis des secrets de transformation intérieure. Il était apparemment impossible de savoir la vérité sur son parcours, tant le personnage apparaissait comme un fabulateur. En tout cas, il créa à Moscou un institut pour divulguer ces enseignements à un cercle de disciples qu'il attira à lui. La révolution russe l'amena à fuir dans divers pays européens, pour finir en France où il recréa son institut dans un ancien prieuré qu'il acheta près de Fontainebleau en 1922. Cela tomba à une période particulière où de nombreux intellectuels en pleine crise existentielle étaient en quête de sens dans leur vie, en quête d'éveil spirituel. La démarche proposée par Gurdjieff eut un écho certain et nombreux furent ceux qui le rejoignirent. L'écrivain anglaise Katherine Mansfield et par la suite le philosophe

224

français Jean-François Revel furent du nombre de ceux qui se laissèrent convaincre.

Gurdjieff imposait à ses disciples une discipline très dure visant selon lui à les libérer de leur personnalité superficielle pour faire émerger leur être essentiel. Il révélait à chacun ses caractéristiques clés, pivot de son ego.

Je reconnus tout de suite le vocabulaire utilisé par Oscar Firmin lors de nos échanges… Pas de doute : il y avait bien un lien entre ces deux personnes ou en tout cas leurs théories.

Je continuai ma lecture en diagonale.

S'inspirant vaguement d'une tradition soufie, il avait pour habitude de dire à chacun quel type d'idiot il était. À travers des conversations et des exercices, il humiliait ses disciples afin d'écraser les personnalités et de faire taire les ego…

L'une de ses disciples, Katherine Mansfield, souffrait de tuberculose. Gurdjieff aurait contrecarré les prescriptions de son médecin, affirmant détenir lui-même des secrets médicaux issus d'une tradition mystérieuse plus efficace que la médecine conventionnelle.

Il avait exigé d'elle qu'elle dorme dans le froid d'une étable en plein hiver, car il se dégageait des vaches, disait-il, des exhalaisons spirituelles qui la guériraient. La pauvre y avait laissé la vie…

Pauwels, que les actions de Gurdjieff avaient lui-même rendu très malade, concluait en ces termes : « Je dis que, pour certains, l'expérience Gurdjieff, qui est la grande tentation, a ouvert et risque d'ouvrir encore les chemins de la maladie, du lit d'hôpital et du cimetière. »

Gurdjieff mourut à plus de quatre-vingts ans à l'hôpital américain de Neuilly, entouré de ses disciples. Juste avant de s'éteindre, il les regarda tranquillement, puis leur dit, un sourire énigmatique aux lèvres : « Je vous laisse dans de beaux draps. »

Je refermai le livre, effondrée.

C'était pire que tout ce que j'avais pu imaginer. Et pourtant mon imagination était fertile, dopée par mes peurs.

J'étais tombée dans l'orbite d'une secte d'autant plus dangereuse qu'elle était secrète, totalement inconnue du grand public.

Ma seule consolation fut de me dire que de grands intellectuels s'étaient eux aussi fait prendre dans ce genre d'organisations. Mais cela ne me rassurait en rien sur mon devenir.

Il fallait trouver une solution, mais laquelle ? La police ? Que leur dire ? Qu'Oscar Firmin avait volé ma personnalité ? Ils m'expédieraient directement à l'asile. Mon espoir jusqu'ici avait été de retrouver ma personnalité en revêtant une à une celles du modèle, puisque Firmin avait confirmé qu'elle faisait bien partie de sa typologie. Sauf que celle que l'on m'avait rendue était suffisamment différente pour que je ne veuille pas la garder à vie. Il me suffisait d'endurer peurs et doutes pour ne pas ajouter la paranoïa en sus... D'ailleurs, qu'étais-je en train de vivre ? N'était-ce pas une crise de paranoïa ?... En même temps, non, je me fondais sur des faits, des écrits : tout ça n'était pas issu d'un film mental comme il m'arrivait d'en construire...

Bon sang, que faire ?

Je repris le chemin du bateau ; il fallait bien retourner travailler, même si je manquais d'élan, ma survie professionnelle me semblant secondaire comparée à ma survie tout court.

Une fois sur place, je décidai de réinstaller mon bureau là où il était avant. La proximité de la salle des machines m'exposait trop aux émanations d'hydrocarbures, cancérigènes.

La journée reprit son cours ; je retrouvais le malaise caractéristique de ma personnalité d'origine dans les relations employée-employeur : exagérant le pouvoir de mon patron jusqu'à fantasmer ses abus, je croyais trouver protection dans la soumission ou la rébellion : les soumis se figurent que le despote les épargnera ; les rebelles espèrent être sauvés par le rapport de force.

Quant à ma propre position de manager, rendue compliquée par ma conviction qu'il est impossible d'être aimée en exerçant le pouvoir, j'avais le choix entre renoncer à celui-ci en pratiquant l'anti-autoritarisme, ou renoncer à être aimée en assumant une autorité rendue tyrannique par la méfiance envers mes collaborateurs.

À un moment, me déplaçant dans ce bateau que les années et le manque d'entretien avaient rendu vétuste, je me souvins que la grande réception de la mairie avait lieu trois jours plus tard, dans ce que j'avais décrit au téléphone comme un restaurant luxueux. J'avais été malhonnête, déloyale, j'avais trahi leur confiance et j'allais être mise face à ma promesse non tenue. Un grand stress monta en moi, doublé de l'horrible sentiment d'être coincée : que pouvais-je faire, en seulement trois jours et sans budget ? Rien. Absolument rien.

Le seul moment de répit eut lieu en fin de soirée, après le concert, et ce fut pour moi un moment de grâce.

Je venais de finir de coucher sur le papier mes impressions et mes analyses dans mon carnet intime et, après avoir pris soin d'en changer par précaution la cachette habituelle, je rejoignis la salle de réception.

Le récital de Paloma était terminé et Jeremy, comme toujours, prolongeait le plaisir des spectateurs – et sans doute aussi le sien – en jouant en solo des airs de sa composition, son éternelle bouteille de whisky irlandais sur le piano.

La musique avait le don de débrancher le flot incessant de mes pensées, m'emmenant dans une autre dimension où je me détendais enfin, me laissant porter par les vibrations harmonieuses et profondes du Blüthner.

Il se mit à jouer « Sybille's reflections » et immanquablement je sentis les larmes me monter aux yeux.

Ce soir-là, il resta au piano après le départ du dernier client et, moi, je l'écoutai. Soudain, il reprit l'un des airs chantés par Paloma, un air que je fredonnais souvent seule sous la douche. Il dut voir mes lèvres se mouvoir malgré moi, car il m'invita d'une main à venir sur scène. Sur le moment, je ne compris pas son invitation, mais il insista et, quand je réalisai ce qu'il me proposait, je fus saisie de peur malgré l'absence de spectateurs. Il dut le sentir car il prononça alors, de sa voix profonde doublée d'un charmant accent anglais, quatre mots qui firent basculer ma vie.

— Tu en es capable.

Je ne m'attendais pas à une telle affirmation. Dans l'instant, elle me parut presque louche.

— Comment le sais-tu ?

Il m'adressa un large sourire.

— Je le sens et mon instinct ne me trompe jamais.

Sa certitude ébranla mes doutes.

Je me levai et allai le rejoindre sur scène, la peur au ventre. Un trac énorme. Il reprit la musique à son début, me fixant d'un regard plein de bonté et de confiance, sans se départir de son sourire, et je me mis à chanter cette chanson que je connaissais par cœur.

Évidemment, l'enjeu était faible : nous n'étions que tous les deux dans la salle. Mais je le vécus comme une permission formidable : j'avais le droit de monter sur scène et de chanter comme je l'avais toujours désiré. J'en ressentis un plaisir immense et un bonheur intense, le bonheur d'être allée au-delà de mes peurs pour faire ce qui me tenait à cœur depuis si longtemps. Parfois, dans la vie, il suffit qu'une personne croie en vous pour que vos rêves prennent corps.

*
* *

Ce soir-là, au moment du coucher, mes pensées reprirent possession de mon être, m'assaillant d'interrogations et m'empêchant de me laisser glisser dans le sommeil.

Je ne voulais pas garder cette personnalité de type 6 qui cumulait les souffrances de l'ancienne version et celles propres à la nouvelle.

Il me fallait encore demander à Firmin d'en installer une autre en moi. Je le savais, je n'y couperais pas. Mais je n'avais plus du tout confiance en lui, et je n'avais plus qu'une idée en tête : me sortir de ce guêpier et sauver ma peau.

Certes, tournant mes idées dans tous les sens – et me retournant moi-même sans cesse dans le lit sans trouver le sommeil –, je me demandais si ce n'était pas la méfiance propre à ma personnalité qui me conduisait à rejeter Firmin. N'exagérais-je pas ? Où était la vérité ?

En même temps, les sources de son modèle de personnalité étaient pour le moins obscures : Évagre, un hérétique de l'Antiquité qui écrivait étrangement dans une langue qui n'était pas la sienne, et Gurdjieff, un gourou effrayant qui avait envoyé ses disciples à l'hôpital ou à la morgue. Et cette mystérieuse confrérie, aujourd'hui, cultivait le secret au point de parvenir à cacher son existence à la préfecture et même au fisc. Tout cela ne sortait pas de mon imagination de 6 torturée par ses peurs. C'était du factuel, du précis. Du réel.

À mes côtés, Nathan ronflait paisiblement.

J'eus soudain une idée. Transgresser la promesse que je m'étais faite sur le conseil insistant de Rémi, mon copain de fac : écouter les enregistrements ! Au moins, je connaîtrais exactement ce que Firmin me racontait quand j'étais en transe, ce qu'il me dictait, ce qu'il induisait en moi. Je saurais si je me montais le bourrichon ou s'il était vraiment dangereux.

L'envie me démangeait d'écouter ça sans attendre, là, maintenant, tout de suite, mais c'était totalement impossible ! L'armoire de ma grand-mère était à un mètre du lit et ses vieilles portes grinçaient horriblement. Nathan se réveillerait dans l'instant.

Je me promis de le faire au matin, dès qu'il serait parti au bateau.

Tenaillée par l'attente, j'eus encore plus de mal à trouver le sommeil.

*
* *

Le lendemain, dès le réveil, je ne pensais qu'à ça. Nathan me sembla mettre deux heures à se préparer, tellement j'étais impatiente de me retrouver seule.

Quand enfin il referma la porte de l'appartement et que, par précaution, j'attendis de le voir par la fenêtre disparaître au coin de la rue, je me précipitai sur la mezzanine, ouvris la porte de l'armoire et saisis le dictaphone soigneusement caché sous une pile de tee-shirts et de torchons.

Mon cœur battait très fort, j'en sentais les pulsations jusque dans les veines de mon cou. J'avais le trac, une certaine culpabilité aussi, même si c'était ma propre règle que je m'apprêtais à transgresser, et puis j'avais peur, la mise en garde de Rémi planant sur moi.

J'enclenchai le bouton de rembobinage.

Rien, aucun bruit de moteur.

L'estomac noué, j'appuyai sur le bouton de lecture.

Rien.

Rien de rien.

Les piles étaient mortes...

Je dévalai l'escalier de la mezzanine pour foncer dans la cuisine. Dans le premier tiroir, je trouvai le reste du paquet de piles achetées avec le dictaphone.

Mon pouls s'était encore accéléré. Mes mains tremblaient en insérant les piles. Le petit volet de plastique qui fermait le compartiment vola par terre. Je le ramassai précipitamment et eus toutes les peines du monde à le remettre en place, mes doigts devenus maladroits.

Enfin, j'enclenchai de nouveau le bouton de lecture.

Le moteur se mit en marche.

Silence.

Bien sûr ! Il faut rembobiner...

Je le fis et patientai le cœur à cent quarante pendant que le petit moteur fit son travail en un rien de temps. Un rien de temps trop bref...

230

Lecture.

Vous vous détendez, oui, comme ça, c'est bien, vous vous détendez et, en entendant ma voix, vous vous laissez aller de plus en plus profondément dans...

Silence.

Je m'arrêtai de respirer, à l'affût du moindre son... mais rien. Plus rien.

La pile avait lâché au début de l'enregistrement.

J'en pleurai de rage.

J'eus une bouffée de haine envers moi-même pour avoir comme une idiote pris soin chaque jour d'effacer l'enregistrement de la veille avant d'effectuer la nouvelle prise. J'avais eu peur que le son ne soit de moins bonne qualité s'il se gravait par-dessus l'ancien. Encore une peur ! Des peurs, des peurs ! Les peurs gouvernaient ma vie, même sur des détails !

Je dus boire un grand verre d'eau, sécher mes larmes, et me calmer avant de partir.

Cet incident avait au moins un bénéfice : il me confortait dans ma décision de passer au type 7. Et, cette fois-ci, j'écouterais l'enregistrement quoi qu'il advienne.

19

Côme, le 17 janvier 2018

Sam était installé à la terrasse du Giorgio Café et il attendait son petit déjeuner. Il attendait, il attendait. Pourquoi les Européens étaient-ils si peu efficaces ? Aux États-Unis, il aurait été servi depuis longtemps, aurait déjà fini de manger et serait déjà au travail.

La vue splendide du lac ne suffisait pas à calmer son impatience, son incapacité à rester sans rien faire.

Il prit son téléphone portable et composa le numéro de son assistante.

— Sam à l'appareil, bonjour, Jennifer.

— Bonjour.

— As-tu des nouvelles pour le pianiste ? Tu as retrouvé sa trace ?

— Je te l'aurais fait savoir tout de suite, Sam…

— Bon, écoute, mets le paquet. Ce type a vraiment joué un rôle dans l'histoire de Shirdoon. S'il est encore vivant, il faut faire tout ce que tu peux pour remettre la main dessus.

— Tu peux compter sur moi, Sam.

— Je sais. Mais dépêche-toi.

En voyant la jolie brune aux yeux très bleus lui porter un magnifique plateau aux effluves de brioche toute chaude sortant du four et de vrai café italien, avec salade de fruits et pain frais du matin, Sam se sentit prêt à pardonner le temps d'attente : on ne peut pas avoir toutes les qualités...

*
* *

Lyon, le 22 juin 1964

La rencontre avec Oscar Firmin fut tendue.

Je lui reprochai d'avoir volontairement installé en moi une personnalité 6 différente de celle d'origine. Il se défendit comme je m'y attendais en répétant que si tous les individus dotés d'un même type de personnalité avaient en commun les mêmes fondements, ceux-ci se traduisaient différemment dans le comportement, faisant de chacun de nous un être unique.

Je ne croyais plus un traître mot de toutes ses sornettes, mais j'avais encore besoin de lui.

— La personnalité de type 7 est-elle plus positive que la 6 ?

— On ne peut pas juger une personnalité...

— Je ne vous demande pas de la juger, je vous demande si elle est plus positive.

— Mais c'est un jugement...

Je me retins de lui tordre le cou. Je pris une profonde inspiration pour tenter de calmer mes nerfs à bout.

— Ce que je veux savoir, c'est si une personne de ce type a un état d'esprit plus positif ?

Il prit son temps avant de répondre.

— On peut le dire ainsi.

— Alors, donnez-moi ça.

— Quoi ?

— Donnez-moi une personnalité de type 7.

Il soupira.

— Je me permets de vous rappeler que vous ne les essayerez pas toutes et qu'un retour en arrière est impossible.

Je le fusillai du regard.

— Donnez-moi une personnalité de type 7.

*
* *

Je fus totalement pliée de rire en voyant le mendiant opérer !

— S'il vous plaît, disait-il d'une voix qui se voulait pleurnicharde, j'ai rien à manger...

Bien gros, bien dodu, il avait l'air d'un bon vivant aimant festoyer. Je donnais volontiers à ceux que je sentais dans le besoin, mais lui, on n'y croyait pas une seconde. Il avait tout du comédien arnaqueur.

— Tous les jours, j'ai faim...

Ben oui, moi aussi, me dis-je. Au moins trois fois par jour, même.

— Vous avez réussi votre vie, vous êtes doués, vous avez de l'argent...

T'as raison, vas-y, flatte-nous encore un peu !

— Si vous m'refusez une p'tite pièce, c'est qu'vous avez pas de cœur.

Apitoyer, flatter, culpabiliser. Stratégie en trois phases. T'es trop fort, mon pote !

Il passa dans les rangs du funiculaire et c'était drôle de voir les gens donner, même pas conscients de s'être fait avoir. Fallait être bêtes, mais bêtes ! Celui-là, il était doué, il méritait bien ses sous. D'ailleurs, il avait dû capter que j'avais percé son petit jeu parce que, arrivé à ma hauteur, il ne s'adressa même pas à moi !

Je pris les quais en pensant à Oscar Firmin. Je me faisais peut-être un film à son sujet pour rien. Les gourous de secte ont tous en commun de chercher à abuser de vous financièrement ou sexuellement. Souvent les deux. Firmin ne s'intéressait ni à mon argent ni à mon corps.

Quand j'arrivai sur le bateau, le soleil tapait déjà très fort. La journée promettait d'être caniculaire. L'équipe allait devoir rappeler aux touristes nos règles de bonne tenue : pas de clients torse nu à bord.

Je fis un tour complet de l'équipe, histoire de saluer tout le monde, de les mettre de bonne humeur et peut-être même de leur filer du peps pour la journée.

Une fois de retour dans ma cabine, le téléphone sonna gaiement.

— Madame Shirdoon ?

— Moi-même.

— Maurice Pinet, responsable du service communication de la mairie de Lyon.

— Ah oui ! Comment allez-vous ?

— Très bien, et vous ?

— En pleine forme, merci !

— Je passais juste un petit coup de fil pour m'assurer que tout était en ordre pour notre grande réception dans deux jours.

— Ah... non, vous faites erreur, elle a lieu dans un mois exactement, jour pour jour.

— Mais ! Mon Dieu, non ! Vous vous trompez, ne me dites pas ça, c'est dans deux jours, vous dis-je ! On avait tout calé !

Il était complètement en panique, c'était à mourir de rire.

— Je blaguais, monsieur Pinet, rassurez-vous, tout est planifié pour après-demain.

Il poussa un grand ouf de soulagement.

— Vous m'avez fait peur ! C'était la catastrophe, vous voyez ! C'est qu'on a le maire et des invités de prestige, vous imaginez...

— Mais oui, allez, tout va bien se passer.

J'avais à peine raccroché que le téléphone sonna de nouveau.

— Bonjour, Sybille, dit une voix traînante, c'est Dominique.

Dominique était un ami d'enfance, hospitalisé depuis un certain temps déjà pour une maladie génétique rare et grave. Je ne l'avais pas vu depuis longtemps, mais nous étions très proches.

— Comment vas-tu ? demandai-je d'un ton enjoué pour l'encourager à mettre son attention sur le positif.

Un silence.

— Difficile...

— Courage, faut pas se laisser aller !

Nouveau silence.

— Je voulais... te dire... enfin... te saluer... pour...

Il s'exprimait de façon très laborieuse. Mal en point, le pauvre.

— Allez, sois confiant, garde espoir et tu vas guérir, c'est sûr...

Silence.

— Que Dieu t'entende... mais les médecins disent malheureusement que...

— Oh, tu sais, il ne faut pas toujours écouter les médecins ! Parfois, ils démoraliseraient un régiment...

— Mais tu sais...

— Le plus important, c'est que tu y croies. Dis-toi que tu vas guérir, tu vas t'en sortir, pense à l'avenir, à toutes les belles choses que tu feras quand tu seras guéri. Faut y croire dur comme fer, ne surtout pas te laisser aller, et puis, quand tu seras sorti de là, on fera une grande fête tous ensemble pour célébrer ça. Allez, maintenant, il faut que je te laisse, je suis au boulot...

On se sépara et je lui souhaitai une nouvelle fois bon courage. Je lui avais bien remonté le moral, et j'étais assez fière de moi.

*

* *

Trois jours. Il me restait trois jours pour convaincre Charles de me confirmer à mon poste, et Ivan Raffot d'investir sur le bateau. C'était tout à fait jouable et, pour tout dire, je m'en sentais capable. Charles n'était pas le plus affûté des guerriers, il était du genre influençable, avec un sens de la repartie proche de zéro. Le persuader était dans mes cordes. Raffot devait être un peu plus retors, mais tellement monolithique dans sa rationalité qu'il ne devait pas être trop compliqué à enfumer. J'allais lui faire deux ou trois tableaux de bord très sérieux en apparence ; au besoin, je manipulerai un peu mes chiffres et il n'y verrait que du feu.

Et puis, je commençais à avoir des idées qui fourmillaient dans ma tête, sur tout ce qu'on pouvait faire sur ce bateau. J'avais l'impression d'avoir été très conformiste jusque-là, me contentant de gérer l'existant sans vraiment apporter d'idées nouvelles. Or les idées nouvelles jaillissaient maintenant dans mon esprit, toutes plus enthousiasmantes les unes que les autres.

La première fut de mettre en place un *Happy Hour* avant l'heure du déjeuner. Génial, non ? Tout le monde fait ça le soir, très bien, sauf qu'à midi aussi, les gens peuvent s'arrêter prendre un verre si on les attire par le prix. Et après, eh bien, ils restent déjeuner ! Jackpot ! Surtout si on les tente. Oh ! D'ailleurs, ça me faisait penser qu'il y avait un truc génial à faire pour tenter les passants à l'heure du thé : orienter un tube d'aération de la cuisine vers le quai, pour y envoyer les odeurs de madeleines, cakes au chocolat et scones tout chauds. Irrésistible ! Avec ça, on allait faire grimper le poids moyen des Lyonnais en quelques semaines. Il faudrait que je signe un contrat d'apport d'affaires avec les cardiologues du quartier, histoire qu'ils me reversent une commission méritée.

— Bobby ! Bobbychou ! Bobbytounet… Ohé !

Il débarqua enfin, l'air enfariné et l'entrejambe mouillé. Il avait encore dû se fourrer un glaçon dans le slip en voyant une jolie fille. Morte de rire.

— Mais faut pas faire dans ton froc quand je t'appelle, mon grand. Je ne mords pas, tu sais…

— Non, mais…, bredouilla-t-il en rougissant.

— Bon, Bobby, voilà ce que tu vas faire : j'ai besoin d'un calicot et d'un tuyau.

Je lui fis part de mes deux projets avec tellement d'enthousiasme qu'il fila s'en occuper derechef. Trop forte.

L'idée d'attirer les gens par le prix *Happy Hour* me donna envie de généraliser l'approche : et si on choisissait un positionnement plus accessible avec des prix super-compétitifs et une nourriture grand public ? Après tout, vu l'état du rafiot, ça ne servait à rien de viser la qualité. On pourrait même faire des plats créatifs genre sandwichs améliorés, plus innovants. Par exemple, oh ! trop géniale : et si on inventait un sandwich avec un steak haché au milieu de deux demi-pains au lait tout ronds. On pourrait ajouter une rondelle d'oignon, un peu de ketchup, ça changerait un peu du jambon-beurre traditionnel, non ?

— Quelle horreur ! me répondit Rodrigue à qui j'exposais mon idée. Un truc comme ça ne marchera jamais. Tellement loin de l'esprit lyonnais !

Bon, fallait pas brusquer l'artiste. Pas envie de gérer le drame émotionnel de l'incompris forcé à brader son art. Celui-là était capable d'entraîner tout le monde dans le négatif. Non, merci. De toute façon, je venais d'avoir une autre idée, encore meilleure : mettre plus en avant l'activité « Concerts » du bateau, avec de la musique live en permanence, de l'ouverture à la fermeture ; miser sur la musique pour attirer un public plus jeune et devenir LE LIEU musical de Lyon, le lieu branché où tous les artistes auraient envie de se produire.

Je fis le tour du bateau pour en parler à tous, et je réussis à transmettre mon enthousiasme. Cette idée enchantait toute l'équipe, tout le monde y croyait et moi encore plus. Je me voyais déjà accueillir de nouveaux artistes tous les jours. On utiliserait l'argent du fonds américain pour racheter du matériel sono, avoir le top du top. On aurait tellement de succès que les gens devraient réserver des semaines à l'avance…

— Bon, très bien, me dit Charles. Je ne suis pas opposé.

Dans son langage, ça signifiait qu'il sautait au plafond.

— Je vous invite dès lors, dit-il, à monter un dossier pour la mairie afin d'avoir les autorisations nécessaires.

— Les autorisations ?

— Pour le bruit. Il faut verrouiller le dossier sur ce point avec estimation de décibels, mesures d'isolation phonique et compagnie, sinon les voisins de tout le quartier vont se plaindre.

J'eus soudain l'image de toutes ces tracasseries administratives, ces formulaires à aller chercher en mairie et à rapporter quatre fois parce qu'ils auraient donné les documents à remplir au compte-gouttes au lieu de tout lister d'un coup... Ah... l'administratif... Du coup, j'eus aussi l'image de tous les contrats qu'il faudrait rédiger pour chaque artiste, chacun avec ses exigences particulières... Je me vis crouler sous ce travail aussi long que rébarbatif... Mon projet me sembla subitement moins attirant... et mon esprit s'évada alors vers... une autre idée qui venait de jaillir de ma tête comme le champagne d'une bouteille agitée. Cette nouvelle idée, elle, était *vraiment* géniale : avoir plusieurs ports d'attache. Raffot l'avait évoqué : pourquoi rester scotchés au même endroit tous les jours à se battre avec les restaus de la Presqu'île pour se partager la clientèle du coin ? C'était se priver de profiter de l'atout principal d'un bateau : se déplacer ! On pourrait changer d'emplacement tous les jours, le long de la Saône ou du Rhône, de Mâcon à Vienne ou même plus loin, avoir un planning d'amarrage, comme la tournée d'un artiste, et faire en sorte que les clients nous attendent, voire réservent à l'avance ! Au lieu d'attendre les clients, ce serait les clients qui nous attendraient !

Mon film mental était très excitant et je décidai de le partager avec l'équipe à table. Aucune envie, en effet, de manger seule. Me joindre aux serveurs serait beaucoup plus gai et tout le monde me verrait comme un manager cool qui n'était pas coupé de la base.

Ils eurent l'air contents de me voir en effet, et je dois reconnaître que ce fut moi qui mis de l'ambiance à table. Je me sentais très en verve, j'avais plein d'histoires et d'anecdotes à raconter, et

240

d'ailleurs quelque chose en moi me poussait à en raconter plus, encore plus, toujours plus, comme si l'on attendait de moi que j'assure la conversation et que je mette de l'ambiance.

Le repas que Rodrigue nous avait concocté était succulent et je me resservis copieusement.

— Tu ne devrais pas reprendre autant de saucisses, me dit Corentin. Ça bouche les artères.

S'il y avait une chose que je ne supportais pas, c'était qu'on me délivre une information négative que je n'avais pas sollicitée.

— Et toi, tu devrais en prendre un peu plus, répondis-je. Tu verras, ça donne le sourire et sourire est excellent pour la santé.

— Je disais ça pour toi. Récemment, des chercheurs ont fait une étude qui a prouvé que manger moins et mieux permettait de vivre plus longtemps.

— J'ignore si une vie d'ascète fait vivre plus longtemps. Mais ce dont je suis sûre, en revanche, c'est qu'en mangeant triste, la vie doit sembler bien longue...

*
* *

Après déjeuner, je passai en coup de vent prendre un café en salle de pause. Manon essayait de récupérer sa tasse à petits cœurs roses, perdue sous la pile dans l'évier. J'eus envie d'éclater de rire tellement c'était bête de passer plus de temps à retrouver sa tasse que de la laver la veille après avoir bu son café.

Marco fumait en prenant le sien. Il avait un tee-shirt sans manches, échancré de partout, qui accentuait encore son côté « homme des cavernes ».

— C'est embêtant, me dit Rodrigue. Marco est très inquiet pour son fils : il ne parle toujours pas alors qu'il a bientôt trois ans. Les médecins n'ont pas d'explication.

— Réjouis-toi, dis-je à Marco. Einstein a prononcé ses premiers mots à l'âge de quatre ans. C'est peut-être le nouvel Einstein !

En retournant dans ma cabine, mon café à la main, je riais sous cape : c'était peut-être plutôt le nouveau Tarzan.

Dans le couloir, je croisai Julie, la serveuse.

— T'en fais une tête, lui dis-je.

— Ouais... je suis préoccupée par ma mère.

Je regrettai immédiatement de l'avoir poussée à s'épancher.

— Son médecin, dit-elle, lui a diagnostiqué une maladie d'Alzheimer.

— Merde.

— Oui, c'est terrible, ça me déprime complètement...

— En même temps, tu lui seras sans doute plus utile en étant confiante : si tu la vois déjà enterrée, elle te donnera vite raison...

— Oui, je sais. Mais quand même, c'est difficile pour elle. J'étais avec elle quand le médecin lui a annoncé ça, je peux te dire que ça lui a fait un choc. C'est dur, tu sais, d'apprendre que tu as Alzheimer.

— J'imagine, dis-je en m'éloignant. Mais bon, si ça peut te consoler, elle l'aura vite oublié.

Sitôt au bureau, je m'attelai à la réalisation du compte d'exploitation prévisionnel du mois en cours. Mais c'était fastidieux et je décidai finalement de garder cette tâche pénible pour plus tard. J'allai plutôt parler un peu avec notre ami auditeur, user de mon pouvoir de séduction et de persuasion.

Je le trouvai dans sa cabine, une pile de dossiers sur sa table d'infirmerie, plongé dans nos comptes.

— Alors, c'est grave, docteur ? dis-je en lui adressant mon plus beau sourire.

Il ne releva pas.

— Je vous propose qu'on fasse un peu le point, ajoutai-je, voir où vous en êtes de votre audit, quelles informations complémentaires je peux vous apporter.

Comme il avait l'air d'hésiter, j'embrayai tout de suite :

— Suivez-moi, on va s'installer au bar, il n'y a personne à cette heure-ci et on sera mieux qu'ici dans le noir.

Il me suivit en effet, à ma grande satisfaction : quand vous obtenez de quelqu'un un déplacement physique dans la direction que vous souhaitez, ça le conditionne à aller mentalement dans votre sens.

Nous nous installâmes sur les hauts tabourets derrière le bar, et je me retins de sourire en lisant l'ardoise de Jeff censée rappeler nos règles de bonne tenue vestimentaire aux touristes. Heureusement, Ivan Raffot lui tournait le dos et ne pouvait donc pas la voir.

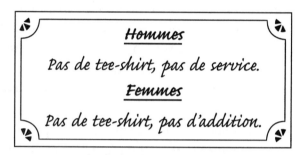

Hommes

Pas de tee-shirt, pas de service.

Femmes

Pas de tee-shirt, pas d'addition.

Le visage dégoulinant de sueur, Raffot macérait dans son costume gris, la cravate serrée autour du cou comme un accessoire sadomasochiste. Je m'imaginai être son maître le promenant à quatre pattes sur le pont en le tenant en laisse par la cravate.

Je lui exposai mes projets, le flattant un peu au passage en lui rappelant que l'idée des changements de points d'amarrage venait de lui. Je m'efforçai de rester très rationnelle dans mon argumentation, puis lançai des prévisions mirobolantes en les présentant comme « volontairement pessimistes pour tenir compte des aléas ». Il approuva d'un signe de tête l'intention affichée. Les gens les plus durs sont les plus faciles à berner.

— Mais j'ai cru comprendre que la réglementation fluviale rendait les autorisations difficiles à obtenir ?

Mince, j'avais oublié ce détail.

— J'en fais mon affaire.

Bon, je m'en occuperais plus tard. Ou alors on aviserait si on nous cherchait des noises. Je trouverais toujours une solution.

Le reste de ma journée se passa à merveille. Je me sentais positive et fière de l'être, créative et confiante dans mes idées, très à l'aise dans mes relations, avec le sentiment agréable d'être plus intelligente que les autres. Je voyais le monde comme un grand terrain de jeu dans lequel évoluer et prendre du plaisir intellectuel ou physique. J'avais envie de mouvement, de rencontres et de stimulations en tout genre.

Franchement, j'appréciais cette personnalité ! Le seul bémol, s'il fallait en trouver un, était mon besoin de vouloir toujours plus de satisfaction dans chaque situation en cherchant constamment à ouvrir le champ des possibles : chaque instant, au lieu de me contenter de ce qu'offrait le présent, j'imaginais ce qui pourrait accroître le plaisir ou le jeu intellectuel. J'étais donc plus dans ma tête à faire des plans sur la comète que dans mon corps, plus dans le futur que dans le présent.

La sonnerie du téléphone m'extirpa de mes pensées. C'était Anne, la femme de Dominique, l'ami d'enfance qui m'avait appelée de l'hôpital le matin même.

— Quel plaisir de t'entendre ! Comment va notre Dominique ?

— Eh bien, je ne pensais pas devoir te joindre si peu de temps après lui...

Silence.

— Anne ?

— Ce matin, il m'a dit vouloir t'appeler pour te dire au revoir, et ensuite j'ai compris qu'il l'avait fait. Alors, je voulais juste te dire que... voilà, il est parti.

J'en eus le souffle coupé.

Je raccrochai, au plus mal.

Tout sembla vaciller autour de moi.

Quand Dominique m'avait appelée, j'avais tellement voulu rester dans le positif que j'avais refusé d'entendre son message. Au lieu de lui offrir mon écoute, au lieu d'exprimer ma tendresse et mes sentiments, un peu de chaleur humaine, j'avais asséné un optimisme déplacé.

244

Je n'avais jamais réalisé à quel point positiver à tous crins pouvait parfois nous couper des autres.

*

* *

La consultation d'un catalogue de desserts tout faits pour le restaurant contribua à me rendre progressivement le sourire. Ce fournisseur proposait même des plats complets congelés. Première fois que j'entendais parler de ça ! On n'arrête pas le progrès. Dommage qu'on n'ait pas de congélateur au restaurant.

Avant que le concert du soir ne commence, je prévins Paloma que j'avais besoin d'une musique gaie pour retrouver ma bonne humeur. Toujours prête à venir en aide, elle ne se le fit pas dire deux fois.

Avant de quitter le bateau en fin de soirée, je passai dépouiller les messages de la boîte à paroles. Les retours étaient très partagés, comme si ma personnalité était clivante. *Grosso modo*, la moitié valorisait mon énergie positive, et l'autre me reprochait pêle-mêle de faire bosser les autres en ne fichant rien moi-même, de pratiquer un zapping qui donne le tournis, d'étaler une culture superficielle, et d'avoir un humour parfois blessant.

Je mis tous les papiers à la corbeille.

La boîte à paroles était une boîte à cons.

Il était temps que je rentre, histoire de passer à autre chose.

À la maison, je trouvai Nathan affalé dans le canapé un bouquin à la main.

Je filai sur la mezzanine retourner le contenu de mon armoire dans tous les sens pour mettre la main sur la tenue affriolante achetée l'autre jour. Je l'enfilai, puis m'emmitouflai dans ma vieille robe de chambre d'hiver. J'ajoutai mon bonnet sur la tête, puis redescendis dans le salon.

— Tu es malade ? demanda Nathan d'un air soucieux, toujours assis sur le canapé.

Je m'approchai de lui et acquiesçai d'un signe de tête en prenant un air de cadavre en voie de décomposition.

— Zut... T'as envie d'une tisane ? d'une aspirine ? d'une bouillotte ?

— J'ai envie..., dis-je d'une voix de mourante.

J'arrachai alors d'un geste vif ma robe de chambre.

— De toi !

Et je m'assis sur ses genoux face à lui.

— Ouh là...

— Viens, lui dis-je. On va s'amuser un peu...

*
* *

La propension d'un homme à s'endormir tout de suite après l'amour est hallucinante. « Il faut bien recharger les batteries », m'avait-il dit un jour. À croire que sans testicules, un homme n'avancerait plus.

Je n'avais quant à moi aucune envie de dormir. Je cogitais, embarquée dans mes pensées, mes idées et mes plans, jusqu'à ce que la respiration ample et profonde de Nathan me plonge malgré moi dans l'introspection.

Je réalisai alors que, bien caché au fond de moi, transmué en agitation mentale pour ne pas être reconnu, un certain stress distillait une souffrance que je m'empressais d'ignorer. Ce qui me traversa l'esprit comme un éclair qui disparaît sitôt la cible touchée, c'est que ce stress était la conséquence de tous les efforts que j'avais refusés ou reportés pour éviter d'en souffrir, ignorant que la procrastination est plus coûteuse que l'action. Il venait aussi de la menace de licenciement qui planait sur moi à très court terme, épée de Damoclès retenue par un fil mince comme un cheveu ; une menace que j'avais balayée de mon esprit toute la journée, feignant de la minimiser pour ne plus y songer.

Je me sentis soudain malheureuse de cette situation, et en même temps je savais que ça ne durerait pas ; j'aurais tôt fait de dissiper cette conscience pourtant salvatrice dans un trait d'humour ou un plan d'avenir plus enthousiasmant qu'une introspection dérangeante.

Nathan se mit à ronfler.

Je n'avais toujours aucune envie de dormir. Et surtout, je mourais d'envie d'écouter le dictaphone. D'enfin savoir ce que ce petit cachottier d'Oscar me chuchotait à l'oreille quand j'étais en transe.

Je me glissai hors du lit et ouvris l'armoire. Les portes grincèrent comme dans un film d'angoisse de série B.

— Hein ? Quoi ?

— C'est rien, chéri, rendors-toi !

Je cachai le dictaphone en le roulant dans un tee-shirt, puis descendis m'enfermer dans la cuisine. J'en profitai pour prendre un morceau de chocolat. Mmmm… Après l'amour, rien ne vaut un carré qu'on laisse fondre en bouche pour faire varier les plaisirs…

J'allumai la radio en sourdine pour servir de leurre au cas où Nathan se lèverait, puis je m'assis tranquillement à la petite table, rembobinai l'enregistrement et enclenchai la lecture.

Cette fois, ça avait bien fonctionné, et, en écoutant la voix traînante et profonde de Firmin m'invitant à me détendre, je dus lutter pour résister. Quelques encouragements, quelques formulations étranges, des phrases à la syntaxe bancale, des silences, puis des affirmations sur le plan psychologique, dont le lien avec ma personnalité du jour me sauta naturellement aux yeux. Puis un nouveau silence, plus long, et enfin, dans une voix venue du plus profond des ténèbres qui me glaça le sang, cette déclaration qui me terrifia :

Au fond de vous, tout au fond, se niche maintenant une peur immense, une angoisse profonde…

La peur de la privation et de la souffrance, la peur d'être insuf-
fisante aux yeux des autres.

Quand vous reviendrez à vous, vous l'aurez totalement oubliée,
mais cette angoisse guidera pourtant la plupart de vos actes dans la
vie, en restant enfouie au plus profond de votre inconscient.

Bizarrement, je fondis en larmes, sans pouvoir l'expliquer.

Quand je parvins à me calmer, je mis le dictaphone dans mon
sac à main. Je n'allai pas laisser ce salaud de Firmin induire en moi
de grandes angoisses sans réagir. Il avait des comptes à me rendre.

*
* *

Avenue George-V, Paris,
le 22 juin 1964 au soir.

Ivan Raffot attendait seul dans la salle de réunion aux murs
moulurés d'un blanc immaculé. Assis à la table ovale, il relisait
ses notes. La fenêtre était entrouverte et on entendait de temps
en temps passer une voiture sur l'avenue. D'une seconde à l'autre,
son patron allait le rejoindre après avoir lu les derniers paragraphes de son rapport.

Pendant ce temps, lui ne pouvait s'empêcher de penser au mystère Sybille Shirdoon. Il avait été forcé de reconnaître dans le rapport son incapacité à la catégoriser, à décrire ses traits de caractère
de façon fiable. Cette jeune femme était totalement imprévisible.
Jamais, absolument jamais, il n'avait connu de femme comme
ça. Chaque jour, il avait eu l'espoir d'enfin repérer un schéma
de comportement offrant une cohérence d'ensemble, la rendant
enfin compréhensible. Mais le lendemain, ce schéma n'avait plus
cours, elle avait miraculeusement changé du tout au tout, comme
si c'était une autre personne. Incroyable. Fascinant.

Sur ce point, son rapport était un aveu d'échec ; Aussi avait-il blindé ses analyses sur les autres aspects : organisation, gestion, personnel, production, marketing. Le précédent investissement avait échoué par sa faute. S'il se loupait de nouveau, il était cuit.

L'inconstance de Shirdoon accroissait le niveau de risque en compliquant l'analyse. Il avait donc émis un avis négatif pour l'investissement.

La porte s'ouvrit devant son patron tout sourires. Ivan avait beau être habitué, la taille de ce grand blond le surprenait chaque fois.

— Reste assis, dit-il à Ivan.

Lui-même prit un fauteuil en bout de table.

— Bon, dit-il, j'ai bien noté ta conclusion, mais je pense au contraire que ce bateau est un bon plan pour nous. Apparemment, il est géré par une telle équipe de bras cassés qu'il y a une marge de progrès énorme en mettant des gens pros à la place de l'équipe actuelle. À l'exception de la chef de salle, les autres semblent irrécupérables !

Ivan l'écouta sans piper mot.

— Alors, continua l'Américain, mon plan est le suivant : on investit, on demande au propriétaire de virer immédiatement la directrice, manifestement folle si j'en crois ton rapport. Ensuite, on te nomme à sa place et tu gardes le poste pendant six à huit mois, le temps de mettre en œuvre les licenciements et de recruter la nouvelle équipe. Ça va comme ça ?

Raffot acquiesça en silence.

Il était décontenancé sans savoir pourquoi, alors même qu'il aurait dû se réjouir. Diriger pendant quelques mois un restaurant était pour lui une belle revanche sur la vie après la faillite de ses parents, dans son enfance.

Peut-être était-ce sa phobie de l'eau ? Certes, ça l'angoissait, mais il parvenait jusque-là à se contrôler. Non, il y avait autre chose, mais quoi ?

Il quitta le bureau parisien désorienté.

Il avait décidé de profiter de sa soirée à Paris pour retourner voir la professionnelle qu'il fréquentait régulièrement. Il héla un taxi et se fit déposer à proximité de son antre.

— Attendez-moi, j'en ai pour dix minutes, dit-il au chauffeur. Après, vous m'emmènerez à la gare de Lyon.

— Ça roule.

La professionnelle était disponible et il la suivit dans l'escalier dont elle gravit une à une les marches avec ses hauts talons, jusqu'au dernier étage où se trouvait sa chambre au parfum capiteux.

— Surtout, tais-toi, ne gémis pas, ne crie pas, lui dit-il quand elle se déshabilla.

— Oui, je sais, je sais.

Un quart d'heure plus tard, il rejoignit le taxi, en nage et contrarié. Ça n'avait pas marché. La fille avait tout essayé, sans succès. Rien, mission impossible.

Son esprit était trop occupé. L'image de Sybille Shirdoon tournait en boucle dans sa tête. Cette femme insaisissable le rendait dingue. Elle était capable de tout, elle réunissait à elle seule les tendances, les travers, les atouts, les qualités de toutes les autres femmes. Ça dépassait l'entendement, c'était surnaturel. Il en finissait par se trouver lui-même monolithique, prévisible, médiocre. En fait, et il devait bien le reconnaître, il était devenu obsédé par elle. Il réalisa alors qu'il pensait à elle jour et nuit, elle, la seule femme au monde dotée d'autant de facettes, qui le surpassait en tout.

Cela le déboussolait complètement. C'était la première fois qu'il ressentait quelque chose comme ça, il ne comprenait pas, et surtout ne savait pas le gérer.

Le taxi le déposa à la gare et, en fin de soirée, le train s'arrêta dans un crissement de roues dans la capitale des Gaules. Il se rendit directement à son hôtel.

Toute la nuit, il rêva de Sybille Shirdoon.

Au réveil, il en vint à la conclusion dérangeante qu'il devait être amoureux d'elle, et il en fut le premier étonné. Ne s'était-il pas toujours répété : « Dans la vie, l'intelligence s'oppose aux sentiments » ? Il était donc devenu idiot.

Et c'était OK.

20

Clic.

Je relâchai la touche *Stop* du dictaphone.

Le silence emplit la vaste pièce sous les combles.

Oscar Firmin ne chercha pas à fuir mon regard. Il n'avait même pas l'air perturbé.

Je pris sur moi pour garder mon calme.

— Alors ? Qu'avez-vous à me dire ?

Il s'accorda du temps, saisit lentement le verre d'eau posé sur le guéridon près de son fauteuil, et but tranquillement une gorgée.

Je repris :

— Comment justifiez-vous ces paroles ignobles ?

Il reprit une gorgée d'eau, tout aussi tranquillement.

— La venue au monde d'un bébé s'accompagne d'un traumatisme profond : celui de la séparation. L'enfant, qui fusionnait avec sa mère, en est soudain coupé physiquement. Comme souvent à différentes phases de la vie, le changement est positif, mais la transition est rude...

Je ne dis rien.

— Je vous ai déjà expliqué en quoi la personnalité apparaissait comme un moyen de comprendre le monde et de s'y adapter, de donner un sens aux événements et aux attitudes en les interprétant, et de survivre en adoptant inconsciemment une ligne de conduite.

Je restai silencieuse.

— Puisque la venue au monde du bébé est traumatisante, il n'est pas étonnant que la personnalité qui se manifeste à cette occasion corresponde à une angoisse profonde, comme une grande peur injustifiée, une illusion. On n'en sait guère plus sur les causes de cette illusion. Certains y voient la raison inconsciemment donnée par le bébé à sa séparation avec la mère : il croirait avoir été expulsé parce qu'il y a un problème en lui, une faille qu'il essayera de combler toute sa vie. Ce n'est qu'une hypothèse et l'on ne peut rien prouver dans ce domaine. Toujours est-il qu'au fond de chaque type de personnalité se cache une illusion qui lui est propre, une angoisse qui sert de noyau, de pivot central à tous les traits de personnalité.

Il se tut et je continuai de le dévisager un long moment avant de reprendre. Sa prise de parole n'avait pas été celle de quelqu'un qui cherche à se justifier. Il semblait vraiment ne rien avoir à se reprocher.

— Et c'est l'une de ces angoisses que vous avez installée en moi, qu'on entend sur l'enregistrement.

Il acquiesça.

— Et les fois précédentes, dis-je, vous en avez installé d'autres.

— Il existe neuf types de personnalité. À chacune son angoisse centrale.

— Je déteste l'idée que vous ayez programmé en moi ces horreurs.

— En remplacement de celle qui était précédemment en vous...

— C'est ce que vous dites.

Il leva les épaules et les sourcils en prenant une grande inspiration dans un geste d'impuissance.

— C'est ainsi.

Je me sentais enfermée, comme prise dans un piège qui me privait de toute liberté.

— Je veux que vous retiriez tout ça, toutes ces peurs, ces angoisses, ces illusions qui font souffrir.

Il eut un petit sourire triste.

— Elles sont plus faciles à remplacer qu'à retirer...

— Je ne veux avoir au fond de moi aucune angoisse. Je veux... ne rien avoir d'inscrit à l'intérieur. Je veux être libre de croire ce que je veux, de craindre ce que je veux, de m'angoisser de ce que je veux.

— On ne choisit pas ce que l'on croit, ce que l'on craint, ce qui nous angoisse...

— Alors je veux que mes seules peurs soient celles ressenties dans l'instant en fonction de ce qui se passe dans ma vie, pas d'une illusion enfouie en moi.

— Être dépourvu d'illusions, c'est être dépourvu de personnalité. Nous en avons déjà parlé.

Je le pris au mot.

— Très bien. Dans ce cas, j'accepte d'en être dépourvue.

Mes mots semblèrent résonner dans la grande pièce.

Il prit une gorgée d'eau, puis garda le verre à la main.

— Mais moi, je n'ai pas le pouvoir de vous retirer toute personnalité.

— Dans ce cas, qui l'a ?

Il me regarda un long moment en silence avant de répondre.

— Vous.

— Comment ça ?

— Vous seule avez ce pouvoir.

Cet homme se jouait vraiment de moi. Il avait un objectif caché, une intention que je ne connaissais pas, et je n'obtiendrais jamais de lui ce que je voulais. Il tirait les ficelles d'un jeu dont j'ignorais non seulement les règles, mais aussi le but.

Je souhaitais deux choses, à cet instant précis : me libérer de l'angoisse qu'il avait installée en moi et qui m'était inacceptable, et connaître toutes les ficelles de son jeu, tous les secrets de ce modèle de personnalité dont il jouait et dont je ne supportais plus d'être l'objet.

— Dites-moi quels sont les deux derniers types de personnalité du modèle.

— Cet enseignement, vous le savez, est réservé aux seuls membres de la confrérie. Faute de quoi, la seule chose que je puisse faire est d'induire en vous le type 8, l'avant-dernier, mais ensuite nous en resterons là.

— Et pour devenir membre, il faut s'engager à accompagner un initié deux fois par semaine toute sa vie, c'est bien ça ?

— Seulement jusqu'au jour de vos quatre-vingts ans.

— Vu que l'espérance de vie d'une femme est de soixante-quinze ans, c'est l'initié qui va m'accompagner. Au cimetière.

Il sourit.

Que faire ? L'engagement n'était pas mon fort, surtout depuis ce matin. L'idée de me retrouver bloquée deux soirs par semaine à vie m'était insupportable, carrément au-delà de mes forces. Alors, que me restait-il comme choix ? Essayer le type 8, sans marche arrière possible, alors que je ne le connaissais pas ? Beaucoup trop risqué.

La situation était délicate, car la décision que je m'apprêtais à prendre allait s'inscrire dans la durée, dessinant mon existence, conditionnant d'une certaine façon mes pensées, mes émotions, mes réactions et mes relations jusqu'à la fin de ma vie... Mais j'avais trop peur de prendre le risque de souffrir en me retrouvant avec cette personnalité 8 inconnue. Certes, toutes les personnalités avaient leur lot de souffrances, je le savais maintenant, mais leur ressenti variait quand même de l'une à l'autre, et ma personnalité du jour m'apportait une insouciance et un optimisme franchement appréciables.

— J'ai pris ma décision, lui dis-je.

— Oui ?

— Je vais garder ma personnalité de type 7.

21

Côme, le 18 janvier 2018

Sam arrêta le scooter sur le bas-côté de la petite route qui serpentait dans la montagne surplombant le lac, et décrocha son téléphone portable qui vibrait furieusement.

— J'ai retrouvé la trace du pianiste, dit Jennifer.

Sam coupa le moteur.

— Vivant ?

Il entendit Jennifer glousser au bout du fil.

— Il faut croire que le whisky irlandais conserve.

— Génial ! Il est où ?

— Il vit maintenant à San Francisco.

— Merde, c'est loin. Tu lui as proposé de venir à Côme revoir Shirdoon ?

— Bien sûr.

— Et alors ?

— Il refuse. Le voyage est fatigant à son âge. Et puis il a peur des attentats en Europe.

— C'est une blague ?

— Malheureusement non.

— Explique-lui que la télé ne donne pas la vision juste d'un monde catastrophique, mais juste une vision catastrophique du monde.

— Ça ne suffira pas, je crains...

— Faut lui vendre le truc, bon sang ! Parle-lui du ciel bleu de Côme quand San Francisco est noyé dans le brouillard, vends-lui l'eau pure du lac, le parfum des fleurs en plein mois de janvier, les bons petits plats dans les restaurants italiens, les...

— Bon, bon, OK, je vais insister.

— T'as intérêt !

— Mais on risque d'avoir un autre problème.

Une Alfa Romeo rouge décapotable débula dans un vrombissement aigu, puis disparut dans la courbe du virage.

— Tu peux répéter ? J'ai pas entendu.

— J'ai dit qu'on risquait d'avoir un autre problème.

— Arrête de me parler de problèmes et cherche plutôt les solutions.

— Ça va coincer au niveau du budget, à la rédaction.

— Je ne veux pas en entendre parler. Débrouille-toi avec eux, tu fais ça très bien, t'es la meilleure.

Après avoir raccroché, Sam se demanda s'il n'était pas 7, finalement.

*
* *

Lyon, le 23 juin 1964

Oscar Firmin ouvrit la porte dérobée dans la bibliothèque et entra dans une petite pièce sombre garnie de boiseries. Il s'assit à son bureau, alluma la vieille lampe en laiton avec son opaline verte, relut quelques notes, puis se laissa aller en arrière dans son fauteuil.

Il n'avait pas du tout anticipé le choix de la jeune femme, au dernier moment, alors qu'il était à deux doigts de la ferrer. C'était aussi frustrant qu'un éternuement avorté...

Tout son plan tombait par terre, alors qu'il s'était déroulé à la perfection depuis le début, sans le moindre grain de sable dans les rouages. Il en était fortement contrarié et, en même temps, la vie lui avait depuis longtemps appris à vivre les déboires comme de nouveaux défis qui mettent un peu de sel dans l'existence.

Pour parvenir à ses fins, il lui fallait trouver un nouveau piège, et le plus tôt serait le mieux.

*

* *

Quand Charles reconnut au téléphone l'accent américain du directeur du fonds de placement, il se raidit en attendant le verdict. Le ton était enjoué, mais, avec les Américains, ça ne voulait rien dire : ils savent vous vendre les mauvaises nouvelles avec le sourire.

— Notre position est la suivante, dit-il. Nous sommes prêts à investir huit cent mille francs dans le *PygmaLyon* en échange des engagements de rentabilité que vous aviez annoncés et qui seront stipulés dans un contrat.

Charles faillit bondir de joie.

— Par ailleurs, reprit l'Américain, une restructuration apparaît nécessaire avec un plan de licenciement d'environ la moitié du personnel.

Charles eut un pincement au cœur. La moitié du personnel...

— Pour commencer, reprit l'Américain, il convient de remplacer au plus vite la directrice actuelle. Puisque sa période d'essai prend fin dans deux jours, je vous invite à l'interrompre immédiatement, car la semaine prochaine il serait trop tard et nous devrions alors lancer une procédure de licenciement longue et coûteuse pour une cadre. En attendant le recrutement de son remplaçant, Ivan Raffot assurera l'intérim. C'est lui qui se chargera de mettre en œuvre le reste des licenciements, ce qui va facilitera la position de son successeur.

— Je comprends...

— On se voit la semaine prochaine à Paris pour finaliser tout ça.

Charles raccrocha, le cœur déchiré.

Le feu vert des investisseurs sauvait le bateau, mais il sacrifiait Sybille et la moitié de l'équipe. Sybille... Il lui avait donné jusqu'au lendemain pour se ressaisir...

Bon, il allait quand même tenir sa parole et attendre le dernier moment pour décider. Un miracle pouvait encore arriver. Sybille avait déjà tellement changé en huit jours...

*
* *

Ce jour-là, je rentrai à la maison sans me presser, car c'était mon jour de congé.

Mon initiation à la confrérie était terminée, j'avais choisi ma nouvelle peau, et mon seul regret était finalement de n'être pas parvenue à obtenir la connaissance de tout le modèle dont je percevais maintenant la puissance. Frustrant, mais tant pis. En tout cas, tout s'était bien passé et je m'étais donc fait du souci pour rien.

Pourtant, je me sentais un peu bizarre, un peu tiraillée.

D'un côté, j'étais décontenancée à l'idée de ne plus jamais retrouver ma personnalité d'origine. Je crois que j'avais besoin d'en faire le deuil, de tourner définitivement la page, en acceptant pleinement ce choix, en l'intégrant malgré un léger fond de culpabilité, comme si je n'avais pas su me montrer digne de la personnalité que la vie m'avait initialement accordée.

D'un autre côté, je sentais bien que ma nouvelle personnalité me poussait à voir tout ça positivement, et surtout à me tourner

260

vers l'avenir, un avenir prometteur, joyeux et insouciant. Donc tout allait bien.

Je rangeai le dictaphone une fois pour toutes dans l'armoire. À l'instant où je refermais la porte grinçante, le téléphone sonna. Je dévalai l'escalier de la mezzanine pour répondre.

— Oscar Firmin à l'appareil.

J'en fus tellement surprise que je ne répondis pas.

Je me souvins de lui avoir donné mon numéro de téléphone le premier jour de mon initiation. « Uniquement par mesure de sécurité », avait-il dit. J'avais en revanche pris soin de ne pas lui révéler mon vrai nom.

— Je vous appelle pour vous inviter à passer me voir. J'ai une proposition à vous faire qui devrait vous plaire.

Je ne m'attendais pas du tout à ça, mais la curiosité me poussa à accepter. C'était mon jour de repos, j'avais tout mon temps.

C'est ainsi que je me retrouvai une nouvelle fois assise dans ce grand fauteuil de cuir brun qui lui faisait face dans la vaste pièce peuplée d'orchidées, où la lumière tombait de la lucarne du plafond entre les vieilles poutres de chêne entremêlées.

Il n'y avait plus d'enjeu pour moi et j'étais détendue comme jamais je ne l'avais été en sa présence.

— J'ai beaucoup réfléchi à votre situation, dit-il. J'ai longuement analysé votre réaction aux différents types de personnalité endossés, et j'en suis finalement venu à la conclusion que la personnalité qui vous conviendrait le mieux n'en fait pas partie.

Il ne manquait plus que ça ! Pile au moment où j'avais réussi à trancher, où j'étais relativement satisfaite de mon choix...

— Je crois, reprit-il, que celle de type 8 est celle qui vous permettrait de vous épanouir.

— Vous comprendrez que je ne peux pas me positionner...

— J'ai finalement décidé de vous proposer quelque chose que je n'ai jamais offert jusque-là à un initié.

— Je suis flattée...

— Je vous laisse la possibilité d'essayer la personnalité de type 8 et, si jamais elle ne vous convenait pas, vous auriez exceptionnellement le choix entre retrouver votre personnalité ou devenir membre de la confrérie pour accéder au type 9.

— Vrai ?

Le maître acquiesça.

Je le vis naturellement comme une occasion en or. Qu'avais-je à perdre ? Rien. Je gagnais juste l'opportunité d'avoir mieux, à en croire Firmin, et accessoirement de découvrir un élément de plus du modèle, ce qui me ferait gagner en pouvoir.

— Banco.

Je réalisai alors avoir laissé mon dictaphone à la maison.

— En revanche, dis-je, je veux connaître à l'avance l'illusion, l'angoisse que vous allez installer en moi.

— Je vous la communiquerai, mais après, sinon l'induction échouera.

*

* *

Dès ma sortie de transe, je me sentis en pleine forme, les pieds bien ancrés dans le sol comme si j'y puisais mon énergie.

Je rentrai chez moi à pied ; j'avais envie de marcher, de me dépenser, et la grande montée de la Croix-Rousse me semblait aussi facile à gravir qu'un rocher Suchard à avaler. D'ailleurs, j'avais bien envie de chocolat, de bon chocolat. Il y avait une boutique Voisin dans le quartier. Un bon gros sachet, voilà ce qu'il me fallait.

Un petit détour et je me retrouvai devant le magasin. Il y avait une longue file d'attente à l'intérieur : l'approche de la fête des pères…

Bon, hors de question de me ranger dans la queue avec tout le troupeau. Je contournai la file et m'adressai à la première vendeuse qui avait fini de servir un client. Une petite jeune toute maigrichonne.

— Je vais vous prendre un petit sachet de truffes, lui dis-je.

— Euh… je suis désolée, mais il faut faire la queue, osa-t-elle me dire en désignant le bout de la file.

Ce n'était pas une gamine qui allait me donner des ordres.

Je haussai nettement le ton.

— Non, mais je ne vais pas faire la queue pour un petit sachet alors que tous ces gens attendent pour composer des boîtes, voyons !

Elle se mit à rougir et j'eus la satisfaction de l'entendre bégayer.

— Euh… non mais… enfin…

Je haussai encore le ton, parlant cette fois franchement fort.

— D'ailleurs, ça ne dérange personne ! N'est-ce pas ? criai-je en défiant les clients du regard.

Les gens secouèrent la tête ou baissèrent les yeux.

— Vous voyez bien !

La jeune vendeuse, maintenant rouge cramoisi, obtempéra et me donna un sachet de truffes.

— Vous ajouterez aussi un sachet de pralines, et puis, tenez, une boîte de chocolats mélangés noir et lait. Mais mettez surtout des noirs.

Je sortis de la boutique satisfaite.

Une fois à la maison, la journée détente que j'avais planifiée me sembla ennuyeuse à souhait. Je préférais de loin l'action au repos et, puisque j'avais une équipe à diriger et un défi à relever, il était hors de question de rester là à glandouiller. Bizarrement d'ailleurs, la menace qui planait sur moi au travail était tellement stimulante qu'elle en était presque satisfaisante. J'avais plus l'âme d'un corsaire devant braver l'adversité que celle d'un capitaine au long cours en rythme de croisière.

La vie est un combat. Le refuser, c'est renoncer à vivre. Mieux valait se lancer dans la bataille et y prendre plaisir plutôt que de mourir en spectateur.

Quelque chose me disait qu'au bateau, en l'absence du chat, les souris devaient danser tranquillement. Je décrochai donc mon téléphone et appelai le bureau. J'eus à tour de rôle en ligne les principaux membres de l'équipe et distribuai des directives et des instructions. De quoi les occuper en étant certaine qu'ils ne relâcheraient pas l'effort. Et je demandai à Katell de me préparer un reporting des résultats de chaque serveur.

— Au fait, dans quel état est l'évier de la salle de pause ? lui demandai-je.

— Rempli de tasses sales, comme d'habitude.

— Les tasses doivent être lavées et rangées chaque fois. À partir de maintenant, je mettrai à la poubelle tout ce qui traîne dans l'évier. Fais passer le message à tout le monde de ma part.

Je fis aussi le point pour contrôler que tout serait en ordre pour la grande réception du lendemain avec la mairie. Et, là encore, je distribuai des consignes, du ménage à la mise en place des chaises en passant par la sono et la commande de vin.

Au bout d'une heure, ne tenant plus en place, je décidai de débouler au bateau sans prévenir.

Mais il me fallait d'abord un café, histoire de digérer le kilo de chocolats avalés en guise de déjeuner pendant mes coups de fil. Je descendis le prendre au bistrot de la Butte, en face de chez moi.

Je poussai la porte dont la vitre semblait avoir été jaunie par la fumée de cigarette. À l'intérieur, l'odeur du café se mélangeait à celle du tabac.

Je m'assis sur un tabouret derrière le bar. À côté de moi, deux hommes échangeaient avec un type que je reconnus être un caïd du quartier à la réputation sulfureuse. Les deux hommes, très baraqués, portaient des costumes noirs, des cravates noires, des lunettes noires. Et ils parlaient avec un accent de l'est très marqué, peut-être bien serbe. De vrais personnages de cinéma.

Au bout d'un moment, le caïd leur remit une enveloppe, puis s'en alla sans rien dire. Le plus petit des deux la prit entre ses genoux et l'entrouvrit pour jeter un œil. Elle était bourrée de billets de banque.

Une idée me traversa l'esprit.

— J'ai quelque chose à vous proposer, leur dis-je.

Les deux paires de lunettes noires se tournèrent simultanément vers moi.

— J'ai besoin de vous pour délivrer un message, ajoutai-je.

Les lunettes continuèrent de me fixer en silence.

— C'est juste en face et ça vous prendra cinq minutes.

— Quel genre de message ? demanda le plus petit avec l'accent serbe.

Son haleine sentait assez fortement l'alcool.

Je lui expliquai ce que j'attendais d'eux précisément.

— Combien ? demanda-t-il après m'avoir écoutée jusqu'au bout.

— Je dirige le *PygmaLyon*, le bateau-restaurant amarré quai des Célestins. Passez quand vous voulez et je vous offre un déjeuner croisière.

Ils échangèrent un regard.

— C'est d'accord, dit le plus petit des deux.

Je réglai mon café, puis les précédai dans la rue. Ils me suivirent dans l'immeuble. Nous montâmes au troisième étage, je leur désignai une porte, puis me retirai pour suivre tranquillement les événements du palier de l'étage du dessous.

Ils frappèrent trois coups lents.

J'entendis la porte s'ouvrir. J'avançai dans la cage d'escalier jusqu'à voir les jambes des hommes en noir et le bas de la porte sans être vue.

— Que voulez-vous ? dit une voix, celle de mon propriétaire.

— Madame Shirdoon pas aimer douche froide. Pas aimer du tout.

Silence.

Puis la porte se referma d'un seul coup… bloquée d'un geste vif par le pied de l'un des hommes qui la repoussa ensuite violemment.

Le Serbe reprit :

— Vous pas embêter Madame Shirdoon. Compris ?

— Je... j'a... j'appelle un plombier tout de suite.

Les hommes de main redescendirent l'escalier, lunettes noires toujours sur le nez. Au passage, je leur adressai, bien contente de moi, un signe de la main, pouce vers le haut.

*
* *

Dans le funiculaire, j'eus droit au sempiternel discours pleurnichard d'un mendiant. Derrière ses guenilles et ses cheveux blonds collés par la saleté, on sentait le gaillard bien bâti, mais né avec un baobab dans la main. L'archétype de la feignasse.

Je n'attendis même pas qu'il arrive à ma hauteur pour l'interpeller.

— Faut vous bouger les fesses, mon vieux. Vous avez deux bras, deux jambes, ils cherchent des manutentionnaires chez Félix Potin. Si vous voulez de l'argent, vous n'avez qu'à bosser, comme tout le monde.

Le gars n'insista pas.

Comme disait Jean Laborde, l'écrivain lyonnais : le coup de pied au cul, c'est l'électrochoc du pauvre.

J'arrivai au bateau par surprise, très fière de moi.

Ma première volonté fut d'en faire rapidement le tour pour voir tout ce qui n'allait pas. Certains profitaient sans doute de mon absence pour se laisser aller. J'allais recadrer tout ce petit monde vite fait, bien fait.

Bizarrement, je ne trouvai rien de spécial et cela me contraria presque. Alors, je saisis par-ci, par-là les détails qui me sautaient aux yeux et je me mis à distribuer des remarques, des consignes, des ordres. Je prenais les choses en main et c'était jouissif de me sentir aux commandes, à diriger, contrôler, et emmener tout le monde dans la direction voulue. Jamais je ne m'étais sentie aussi bien dans ma peau de directrice ; je savourais pleinement l'exercice du pouvoir.

Cet après-midi-là, je passai moins de temps dans mon bureau que sur le terrain, ravie d'être en prise directe avec la réalité. À un moment, Nathan me fit un signe et je m'approchai. Il me montra un petit attroupement sur le quai devant le bateau.

— Corentin a des ennuis, me souffla-t-il.

Je descendis immédiatement sur le quai. Un agent de la police municipale s'adressait assez vertement à mon serveur, dont la Simca 1000 stationnait devant le bateau.

— J'en ai juste pour trois minutes, disait Corentin, je décharge des cartons et je repars me garer ailleurs.

— Ça m'est égal, vous n'avez pas à vous arrêter là, l'arrêt est interdit à cet endroit et...

— C'est moi qui suis responsable, dis-je d'une voix forte en m'interposant entre eux.

Il leva les yeux vers moi.

— Je suis la directrice du bateau. C'est moi qui lui ai demandé de s'arrêter là pour décharger. Si ça ne vous plaît pas, c'est à moi qu'il faut le dire.

C'était plus fort que moi. Quelque chose me poussait à défendre tout membre de mon équipe contre les agressions extérieures quelles qu'elles fussent. Comme si mon droit à diriger mes collaborateurs allait de pair avec mon devoir de les protéger.

— Ça ne change rien au fait que c'est interdit de s'arr...

— C'est pour la mairie. On organise une réception de la mairie demain et il faut livrer du matériel.

— On ne m'a donné aucune consigne particulière, vous devez respecter les règles et...

— Donnez-moi votre matricule.

— Hein ? Mais...

— Votre matricule. Donnez-le-moi.

J'eus la satisfaction de le sentir décontenancé.

Il commença à fouiller dans sa poche pour chercher sa plaque.

Les rapports humains sont des rapports de force : celui qui déséquilibre l'autre a gagné.

— Corentin, note le matricule de monsieur.

Corentin sortit son carnet de commande et un crayon, et recopia le numéro de la plaque que lui tendit l'agent. Je lui pris ensuite le papier des mains.

— Venez avec moi, j'appelle la mairie.

— Non mais...

— Venez avec moi.

Je tournai les talons et l'agent se sentit obligé de me suivre jusqu'à mon bureau.

La plupart des gens ont naturellement tendance à suivre celui qui se positionne en leader. Ça n'a rien à voir avec le titre ou la fonction, mais avec *l'attitude*. D'ailleurs, vous pouvez avoir tous les titres hiérarchiques du monde, si vous n'incarnez pas le pouvoir qu'ils vous donnent, personne ne vous suivra.

J'appelai le chef du service communication.

— Monsieur Pinet, Sybille Shirdoon à l'appareil. On a un problème avec un agent de la police municipale qui bloque nos livraisons pour la réception de demain.

— Ah bon ?...

— Il va falloir le calmer tout de suite si vous voulez qu'on soit prêts pour demain. Il s'appelle Jacques Vergand, vous voulez son matricule ?

— Euh... non, ce n'est pas la peine, mais...

— Alors, appelez son chef tout de suite et passez-le-lui. Il est à côté de moi, on vous attend.

— Non mais... ce n'est pas possible, je n'ai aucun pouvoir sur le responsable de la police municipale, il n'acceptera jamais que...

— Qui est son chef ?

— L'adjoint au maire chargé de la sécurité.

— Passez-le-moi.

— Non mais... d'ailleurs, il n'est pas là aujourd'hui.

— Bon, eh bien, passez-moi son patron, alors.

— Le patron de... l'adjoint au...

— Oui.

— Mais ce n'est pas possible : c'est le maire en personne.

— Très bien, alors, passez-moi le maire.

— Vous n'y songez pas ? Je ne vais pas appeler monsieur le maire de Lyon pour une histoire d'agent de police qui vous bloque et...

— Pas de livraison, pas de réception. À vous de voir.

— Ah mais... vous ne pensez pas ce que vous dites, enfin !

— Est-ce que j'ai l'air de quelqu'un qui ne pense pas ce qu'il dit ?

— Mais c'est inenvisageable d'annuler, vous m'entendez ? On attend quatre-vingts personnes et monsieur le maire lui-même sera là, alors...

— Eh bien, justement, c'est une bonne raison de l'appeler.

— Mais...

— Si j'annule demain, à qui le maire va-t-il s'en prendre ?

— À moi naturellement et...

— Raison de plus pour l'appeler tout de suite et me le passer.

Une minute plus tard, j'avais le maire en ligne. Je lui expliquai la situation, puis lui passai son agent de police qui, rouge de honte, bredouilla des excuses en bégayant.

— Voilà, dis-je à Corentin, tu peux reprendre ta livraison tranquille.

Dans la vie, plus on tape haut, plus c'est facile.

*
* *

En quittant mon bureau, j'entendis des éclats de rire en provenance de la salle de pause. Je m'y rendis d'un pas serein et assuré.

— Bon, lançai-je à l'assemblée d'une demi-douzaine de collaborateurs, je sonne la fin de la récré. Je vous rappelle qu'on reçoit la mairie demain. Au boulot !

Je vis soudain la pile de tasses sales dans l'évier.

— Ah ! Je vois que la consigne n'a servi à rien...

J'ouvris la poubelle et entrepris de jeter toutes les tasses dedans.

— Non !!!!!!

Comme je m'y attendais, les cris de protestation s'élevèrent à l'unisson.

— Pas ma tasse à petits cœurs ! supplia Manon.

— Trop tard, dis-je avec un certain plaisir en continuant de fracasser la porcelaine au fond de la poubelle.

Je fis ensuite un tour en cuisine, pour un ultime point avec Rodrigue concernant la réception. Ça sentait le cake à l'orange chaud.

— As-tu pensé à vérifier auprès de tes fournisseurs que tout sera bien livré demain matin ?

— Tu me prends pour qui ? C'est pas la première fois qu'on fait une réception, non ?

Voilà, monsieur allait encore se vexer pour des broutilles.

— Non, mais c'est la première fois qu'on reçoit du beau linge. Ça met un peu la pression.

— De toute façon, je n'ai presque rien commandé. Je préfère me fournir à l'aube aux Halles de Lyon. C'est là que j'aurai les produits les plus frais.

— Très bien. Et cette fois, veille à ce que les quantités soient équitables d'une assiette à l'autre et...

— Si tu n'aimes pas ce que je fais, tu n'as qu'à trouver un autre cuisinier.

— Arrête de prendre tout le temps la mouche, c'est insupportable.

Il ouvrit grand les yeux, comme si j'avais tenu des propos abominables.

— Ah, je suis insupportable ? Je suis insupportable ?

— Ce qui est insupportable, c'est ta susceptibilité !

Il secoua la tête, l'air désespéré et les yeux mouillés de rage, et s'enfuit dans l'arrière-cuisine. N'importe quoi.

Il allait falloir que j'utilise ma connaissance de son type de personnalité pour savoir comment le prendre et mieux contrôler ses états internes.

La fin de journée se passa bien. Le dîner croisière aussi, mais, en revenant au quai, Marco commit deux fautes qui faillirent nous coûter cher : alors qu'il s'approchait de notre emplacement, on entendit un crissement de métal tandis qu'une pluie d'étincelles jaillissait de la coque. Il venait d'effleurer une péniche stationnée le long du quai. Puis, au moment de s'amarrer, il heurta assez violemment le quai parce qu'il avait oublié de demander à Bobby de placer les bouées protectrices le long de la coque. Sauf que s'il avait respecté ma demande d'amarrer en douceur par respect pour les clients à bord, on n'aurait même pas ressenti le choc.

Je bondis dans l'escalier de la cabine de pilotage, mais, en montant, je loupai la dernière marche et le dévalai jusqu'au pont. Katell s'approcha de moi.

— Ça va, Sybille ?

— Oui, pourquoi ?

— Ben... t'es tombée...

— Mais non, j'ai juste manqué une marche.

Je crois que c'était tellement important pour moi d'être forte que je niais tout ce qui pouvait s'apparenter à de la faiblesse.

Au passage, je remarquai sa tenue déplacée.

— Demain, tu mettras une robe plus longue. C'est un restaurant, pas un club échangiste.

Je gravis de nouveau l'escalier et déboulai dans la cabine pour déverser sur Marco un torrent de reproches justifiés, auxquels j'ajoutai tout ce que j'avais accumulé depuis trois mois, compensant d'un seul coup toute la frustration des non-dits anciennement motivés par la peur.

Cela me fit beaucoup de bien et, quand j'eus fini de me défouler sur lui, je me sentis nettement mieux qu'avant.

— Si vous payiez les gens correctement, finit-il par dire pour seule défense, ils auraient peut-être envie de faire des efforts. Ça fait trois ans que j'ai pas été augmenté.

Bien sûr, j'aurais pu dire la vérité, à savoir que nos moyens ne le permettaient pas. Mais c'était plus fort que moi : il m'était impossible de reconnaître mon impuissance.

— Une augmentation, ça se mérite.

Mieux valait paraître injuste que faible.

— Et l'inflation ? T'as pensé à l'inflation ? Quand vous m'augmentez pas, ça revient à baisser mon salaire. Alors, puisque tu le prends sur ce ton, moi, je refuse de continuer si j'ai pas d'augmentation. Vous n'avez qu'à vous débrouiller sans moi.

Il s'attendait sans doute à ce que je le retienne comme d'habitude.

— Nul n'est irremplaçable, dis-je en quittant sa cabine.

Une heure plus tard, une Manon à moitié tremblante de peur entra dans mon bureau.

— C'est de la part de Marco, dit-elle timidement en me tendant une lettre manuscrite.

Marco se déclarait en grève à partir de maintenant.

— Avec des fautes d'orthographe grosses comme son cul, dis-je.

— Et... il y a autre chose...

— Quoi ?

— Rodrigue est rentré chez lui. Il dit qu'il est malade.

— Pauvre petite chose.

Il avait intérêt à revenir en forme le lendemain, sinon ma vengeance serait proportionnelle à sa mauvaise foi.

Minable.

L'absentéisme est la rébellion du faible.

Je fis appeler Bobby dans la foulée.

— Demain, lui dis-je, c'est toi qui piloteras le bateau pour la croisière.

— Mais... J'sais pas piloter, moi...

— Ça fait trente ans que tu traînes dans les jupes de Marco. Me dis pas que tu sais pas faire.

— Mais... mais... n'empêche que j'ai jamais fait.

— Eh bien, tu te débrouilleras.

— Ben ouais, mais... j'ai pas le permis, moi.

— On s'en fiche. Pour faire trois cents mètres sur la Saône, personne va te demander ton permis. Et puis on aura le maire à bord, si on nous embête.

— Bon, ben... si tu le veux...

— Oui, je le veux.

Je décidai de rentrer à la maison sans attendre la fin du concert. J'aperçus de loin Ivan Raffot sur le pont qui semblait me lancer des regards en coin. Que diable faisait-il encore là à cette heure tardive ?

Je me rendis en salle de pause pour éteindre la cafetière. Au passage, je vidai négligemment le contenu de la boîte à paroles et jetai un coup d'œil aux messages. Un tissu d'âneries : ils voyaient de la brutalité là où il n'y avait que la puissance saine d'un leadership assumé.

De toute façon, cette idée de boîte à paroles était une vraie connerie. C'est au patron de juger les employés, pas le contraire. Autant demander aux élèves de noter les profs et aux malfrats, les policiers.

Je m'apprêtais à quitter le bateau quand Ivan Raffot s'avança vers moi, tout bizarre, comme s'il venait d'avoir une apparition.

— Madame Shirdoon...

— Moi-même.

— Il faut que je vous dise que je vous trouve très gentille...

Vraiment pas le genre de compliments que j'avais envie d'entendre.

— Qu'est-ce que vous voulez ?

— Je voulais vous dire que, même si je suis là pour vous auditer, je ne vous en veux pas des difficultés que vous rencontrez à ce poste depuis trois mois.

Ma contrariété se mua en colère : je n'avais aucune envie de la compassion de ce gnome aux cheveux en brosse.

— De toute façon, reprit-il, ne vous en faites pas, c'est tout à fait normal qu'une femme n'arrive pas à réussir à un poste de direction et...

Mon sang ne fit qu'un tour, comme si j'en recevais subitement une grande giclée au cerveau.

— Qu'est-ce que vous me chantez là ?

— En fait... j'ai bien analysé la situation et... en fait, je crois que je vous aime...

— Quoi ?

— Oui, je veux vous épouser et... là, rassurez-vous, tout sera plus simple pour vous...

— Vous voulez m'épouser.

— Avec moi, vous serez femme au foyer, bien à votre place, beaucoup mieux, vous verrez.

Je pris une profonde inspiration.

— Écoute, petit bonhomme...

*

* *

Je crois qu'il ne comprit pas un traître mot de ce que je lui dis ce soir-là, tellement cet imbécile était azimuté. Mais je lui avais quand même remis les idées en place et il était reparti la queue entre les jambes, bien calmé. Il ne m'embêterait pas de sitôt avec ses déclarations à la con.

Il était 22 h 30 quand je revins à la maison, bien décidée à profiter de la soirée. Après tout, c'était mon jour de congé, et je me sentais en pleine forme malgré l'heure tardive.

Mon chéri lisait dans le canapé, et j'avais bien envie de m'occuper de lui...

— Il y a un plombier qui est passé réparer le chauffe-eau, dit-il.

Je pris une douche et, en me déshabillant, fus surprise de me découvrir le corps couvert de bleus. Ma chute dans l'escalier avait laissé quelques traces… Bizarre, je ne m'étais pas rendu compte de m'être à ce point amochée, et surtout je n'avais aucun souvenir d'avoir ressenti de douleur. Pourtant les bleus étaient là, imparables, comme pour me rappeler que je n'avais pas écouté mon corps.

La douche redoubla mon énergie et décupla ma libido.

Je vins trouver mon amoureux, nue sous mon peignoir, et entrepris de le déshabiller.

Il commença à protester qu'il n'avait pas fini son chapitre, mais comprit vite que sa résistance serait vaine.

— On va dans le lit ? suggéra-t-il.

En guise de réponse, je déboutonnai sa braguette avec un grand sourire.

Il n'était pas habitué à me voir si entreprenante et sa gêne avait quelque chose de la pudeur d'un jeune puceau, assez touchante.

Il se retrouva bientôt nu comme un ver, mais… pas du tout à la hauteur de mes attentes. C'était bien la première fois qu'il me faisait défaut sur ce point. Je ne m'avouai pas vaincue pour autant et, avec la délectation de celle qui maîtrise les arcanes du plaisir, m'attelai à lui redonner sa superbe.

Mais plus je prenais les choses en main, moins mon homme se montrait digne de la situation.

Je finis par avoir pitié de lui.

— Allez, dis-je dans un élan de mansuétude. Tu peux ranger ton curly.

22

Une fois au lit, ce soir-là, je passai en revue la journée passée dans ma nouvelle peau. J'avais beaucoup aimé me sentir maîtresse de ma vie, forte dans ma tête et pleine d'énergie. La peur des autres n'était plus qu'un lointain souvenir, et même les conflits me stimulaient en me donnant le sentiment d'être pleinement vivante.

Tout n'avait pas été rose non plus. Je m'étais fait des ennemis, même si ça me semblait en fin de compte assez normal. Et puis mieux valait que les choses soient claires : savoir qui est avec moi et qui est contre.

Deux de mes collaborateurs clés seraient sans doute absents le lendemain. Tant pis ! Quelque chose me poussait à croire qu'on s'en sortirait sans eux. Je refusais de voir ma responsabilité dans cette situation, je refusais de voir que mon besoin de tout contrôler avait peut-être induit... une certaine perte de contrôle.

En tout cas, même si je n'utilisais pas encore ce que j'en savais, je percevais le pouvoir qui pourrait m'être apporté par la connaissance complète du modèle de la Confrérie des Kellia. Comprendre la motivation enfouie derrière les agissements des gens, c'est connaître leurs ressorts cachés, comprendre ce qui les fait avancer et réagir ; ce dont ils n'ont même pas conscience eux-mêmes !

Il me fallait ce modèle. Il me le fallait coûte que coûte.

Le lendemain, je me rendis comme convenu chez Oscar Firmin afin qu'il me révèle quelle angoisse illusoire il avait induite au cœur de ma nouvelle personnalité de type 8. Mais ce n'était qu'une marche de plus à l'escalier. J'avais maintenant un autre objectif : mettre la main sur le type 9 pour connaître tout le modèle.

— Comment s'est passée votre journée d'hier ? me demanda-t-il d'entrée de jeu.

Je ne venais pas pour me confier et n'en avais d'ailleurs aucune intention. Ce que j'avais vécu ne le regardait pas.

— Très bien, répondis-je. Bon, allons droit au but : dites-moi quelle est cette angoisse que vous avez installée en moi ?

Il marqua un temps d'arrêt avant de répondre d'une voix lente et posée.

— La croyance que j'ai induite en vous est : « Je suis faible et sans pouvoir dans un monde où je risque d'être blessée ou contrôlée par les autres. »

J'en restai sans voix.

Sonnée.

Je m'étais attendue à entendre n'importe quelle peur bien effrayante pour la plupart des gens, et je m'étais préparée à l'encaisser. Mais là… c'était tout autre chose. Me dire qu'au fond de moi, je croyais dorénavant être faible et sans pouvoir… Quelle horreur… Moi qui valorisais le courage et la force…

Firmin dut lire dans mes pensées.

— Le vrai courage, dit-il, est d'oser entrer en contact avec sa faiblesse, la ressentir, l'accepter et renoncer à la force. Lao Tseu disait : « Le mou use le dur, l'eau effrite les falaises. L'adaptabilité vaut mieux que la raideur… »

Je sentis la colère m'envahir.

— Je ne veux pas de cette croyance ! Vous m'entendez ?

— Elle n'est pas pire qu'une autre…

— Je n'en veux pas !

Il soupira, puis resta silencieux un long moment alors que je le crucifiais du regard.

— Bon, dit-il enfin, j'avais promis de vous rendre votre personnalité de type 6 si vous le souhaitiez. Je tiendrai ma parole.

Redevenir 6 ? Redevenir un être peureux qui doute de tout à commencer par lui-même ? Totalement exclu.

— Ce n'est pas ce que vous aviez promis !

— Bien sûr que si.

— Vous deviez me rendre la personnalité que j'avais hier ! La 7 !

— Pas du tout.

Il se passa alors en moi un phénomène étonnant : le conflit activa ma mémoire de façon surhumaine. Moi qui avais toujours eu une piètre mémoire, qui avais toujours été incapable de rapporter sans me tromper des propos entendus une heure plus tôt, je me rappelai subitement à la perfection tout notre échange de la veille, mot pour mot, comme si le conflit décuplait le pouvoir de mon cerveau pour me permettre de l'emporter.

— Hier matin, j'avais une personnalité 7 et vous m'avez dit textuellement : « Je vous laisse la possibilité d'essayer la personnalité de type 8 et, si jamais elle ne vous convenait pas, vous auriez exceptionnellement le choix entre retrouver votre personnalité ou devenir membre de la confrérie pour accéder au type 9. »

Il prit un air navré.

— Certes, mais je parlais de votre personnalité d'origine, pas de votre personnalité du jour...

— Vous vous foutez de moi !

— Pas le moins du monde.

— Il fallait préciser !

— Il fallait demander.

J'étais dans un tel état de rage que j'aurais pu cogner.

— Pourquoi rechignez-vous, dit-il, à retrouver votre personnalité d'origine ?

— Redevenir une mauviette ? Vous vous foutez de moi ? Non, je vais vous dire ce que vous allez faire, moi, en compensation, si je dois garder le type 8.

Il me regarda sans sourciller.

— Vous allez, repris-je sur un ton impératif, me communiquer tous les éléments descriptifs du type 9, mais sans l'induire en moi. Je veux le connaître en détail.

— Impossible. Je ne suis pas un professeur. Je ne décris pas un type de personnalité, je le fais vivre.

— Qui peut le plus peut le moins.

— C'est contraire à mon serment au sein de la confrérie. Vous n'obtiendrez jamais ça de moi.

Mon instinct me souffla qu'il disait vrai.

Que faire ? Rester 8 avec cette croyance inacceptable gravée en moi, pivot de ma personnalité ? Sinon, passer 9 en intégrant la confrérie. Mais je n'avais aucune envie de céder sous la contrainte. Sans parler de l'engagement…

— Dans ce cas, installez le 9 en moi, mais dites-vous bien que c'est en compensation du préjudice issu de votre ambiguïté d'hier et que vous ne m'enrôlerez pas de force dans votre secte si vous ne voulez pas subir les foudres de ma vengeance.

Il leva un sourcil en entendant ce dernier mot.

— Je n'enrôle personne de force, et ce n'est pas une secte. En revanche, ce que vous demandez est strictement réservé aux membres et vous le savez très bien.

Je compris à son intonation qu'il ne céderait pas.

Mais il n'obtiendrait pas non plus de moi ce qu'il voulait…

Je le regardai droit dans les yeux.

— Bon, c'est OK. Je suis d'accord pour devenir membre.

Il parut satisfait, et me lut alors cérémonieusement la charte des membres de la Confrérie des Kellia, dont il me fit promettre de respecter les engagements.

Je me pliai à son exigence.

Une promesse n'engage que celui qui y croit.

Oscar Firmin se cala confortablement dans son fauteuil pour mener l'induction. Il avait prévu que l'échange serait difficile. Il s'attendait même à ce que ce soit bien pire. En fin de compte, il s'en tirait facilement.

Il invita Sybille à se détendre, et l'hypnotiser fut un jeu d'enfant : plus la personne résiste, plus on utilise sa résistance pour induire la transe. Un peu comme dans la vie : plus les gens veulent contrôler, moins ils y parviennent, et tout part en vrille autour d'eux...

Quand vint le moment d'installer le noyau de sa nouvelle personnalité, Firmin vit qu'elle n'avait plus du tout conscience de l'instant présent.

— Au fond de vous, tout au fond, se niche maintenant une peur immense, une angoisse profonde... l'angoisse de la perte et de la séparation.

Oscar Firmin attendit quelques instants, puis il sourit et ajouta d'une voix très douce, comme s'il parlait à un enfant :

— Alors, avez-vous encore le courage et l'envie de vous venger, maintenant ?

23

Ma période d'essai prenait fin le lendemain.

J'avais jusqu'au soir pour faire mes preuves, après quoi, les dés seraient jetés. De toute façon, on ne peut pas lutter contre le destin. J'avais juste envie d'avancer au mieux toute la journée, de réussir la réception de la mairie avec toute l'équipe rassemblée autour de cet objectif, en travaillant tous ensemble dans une belle harmonie. L'harmonie m'apparaissait en effet soudain comme une valeur clé, celle qui permet de vivre ensemble sans stress et sans conflit.

En arrivant au bateau, on me confirma la grève de Marco et l'arrêt maladie de Rodrigue. Quelque part, je les comprenais : Marco souffrait de la baisse de son pouvoir d'achat, et Rodrigue se sentait blessé dans sa sensibilité. Si les Américains investissaient dans le bateau, j'aurais les moyens d'augmenter Marco et de permettre à Rodrigue de donner libre cours à sa créativité sans le contraindre, comme on avait dû le faire dans le passé.

Tout ça me semblait loin, d'ailleurs, comme si le temps s'était étiré. Une journée ne représentait rien à l'échelle d'une vie, et une vie pas grand-chose à l'échelle de l'univers. Croire qu'on pouvait se battre pour changer le cours des événements était une illusion. Mieux valait rester à sa place en se fondant dans l'harmonie du monde. La vie est belle quand notre cœur embrasse la pulsation de l'univers...

Mais chacun perçoit l'univers à sa manière, et je connaissais maintenant neuf manières de l'approcher... Ce qui m'apparaissait soudain, c'est que chacune était valable, chacune avait de la valeur, comme si chaque être détenait une part de vérité tant dans sa vision de la vie que dans la façon de s'y adapter.

Charles se montra au bateau en tout début de matinée, dans un nouveau costume flambant neuf, manifestement acheté pour la venue du maire. Il m'exprima sa confiance que tout se passerait bien, puis s'éclipsa en annonçant qu'il reviendrait à l'heure du déjeuner.

Il me fallut du temps ce matin-là pour me mettre en route, comme si mon entrée dans l'action risquait de provoquer une rupture ou de me sortir de mon état présent de bien-être.

Mais, une fois lancée, on ne m'arrêta plus. J'avançai mon travail avec calme et sérénité tout en disposant d'une formidable énergie. Et si cette personnalité 9 était enfin la bonne, enfin la personnalité équilibrée que je recherchais depuis le début ? Je ne ressentais ni peur, ni agacement pour les imperfections, ni besoin d'exister à travers le regard de l'autre, ni celui de réussir à tous crins, ni angoisse identitaire, ni angoisse relationnelle, ni tyrannie du plaisir, ni besoin de tout contrôler : je me sentais zen, détendue... tout en étant active, dynamique. Le parfait équilibre.

J'avançai dans mes tâches, j'avançai et abatis en une heure une quantité importante de travail.

C'est ensuite que les problèmes apparurent...

Katell débarqua dans mon bureau comme une furie.

— J'ai appris pour l'absence de Rodrigue ! T'as trouvé une solution ? Qui va le remplacer ?

La vérité était que je m'étais laissé accaparer par les dossiers en cours et avais totalement zappé le remplacement du cuisinier.

— Je m'en occupe...

— C'est pas fait ? Mais il y a urgence ! Les invités arrivent dans deux heures. Il faut préparer le repas, c'est une catastrophe !

Ce qu'elle ignorait et que je me remémorai alors, c'est que Rodrigue avait prévu de faire les courses le matin. Donc, en fait, la situation était pire que ce qu'elle pensait : nous n'avions rien.

— Je m'en occupe, répétai-je.

— Si t'as personne, rappelle Rodrigue. Il n'est pas malade, c'est de la comédie. On peut tous témoigner qu'il était en pleine forme, mais juste vexé comme un pou. Alors rappelle-le et mets-lui la pression. Qu'il revienne au plus vite !

Plus elle me pressait d'agir, plus elle m'en coupait l'envie.

— Oui, je m'en occupe.

Mon « oui » traduisait juste mon espoir qu'elle relâche son étreinte.

— Il serait temps ! dit-elle.

Elle se retira enfin, me laissant le sentiment pénible qu'elle cherchait à me contrôler. Et ce sentiment devint pesant au point de plomber mon énergie : je me sentais soudain lourde, presque paralysée, et quelque chose me poussait malgré moi à ne pas aller dans le sens attendu par cette donneuse de leçons. J'en oubliai mon intérêt et mes responsabilités, qui se dissipaient dans une sorte de brouillard de l'âme, un brouillard cotonneux dans lequel je me laissai glisser pour oublier tout le stress que l'on voulait me refiler.

Je ne saurais dire combien de temps je restai dans cet état. Mon attention finit par se poser sur la vieille pile de courriers non traités, un amas de lettres laissées de côté parce que non prioritaires, et j'eus soudain envie de m'y atteler, de me libérer de cette tâche qui restait à accomplir. Je me jetai alors dans l'action, je relus chaque lettre puis tapai une à une les réponses sur ma petite machine à écrire. Le crépitement des touches, régulière-ment ponctué par le cliquetis du retour de chariot en bout de ligne, devint une berceuse qui diminuait mon stress en anesthé-siant mes conflits internes et m'encourageait à continuer de plus belle. Mes phrases s'allongèrent, mes paragraphes s'étoffèrent, et bientôt mes lettres de réponse à la simple remarque d'un client devinrent des romans-fleuves. On ne m'arrêtait plus, les lettres s'enchaînaient et les problèmes du bateau s'évanouissaient.

— Alors, c'en est où ?

Katell était de retour, avec son wagon benne de stress. Je n'aurais su dire combien de temps s'était écoulé.

— Ça avance, ça avance.

— Et Bobby, t'es sûre qu'il saura piloter le bateau ?

— Mais oui, ça va aller.

Katell avait un profond mépris pour Bobby, tout le monde le savait. Pourtant, il était gentil, facile à vivre, toujours d'accord…

Par chance, Nathan entra à son tour dans mon bureau et Katell s'en alla.

J'attendis un instant qu'elle s'éloigne.

— T'as une idée, lui demandai-je, de ce qu'on peut faire sans Rodrigue pour la réception du maire ?

Il fronça les sourcils et réfléchit sans manifester la moindre émotion. Je reconnus ce fonctionnement de type 5 si appréciable dans les moments de stress.

— Je pense qu'il est trop tard pour chercher à le remplacer. Le plus raisonnable serait de se procurer des repas tout faits.

La voix de la raison avait parlé.

— T'as une idée de l'endroit où on peut trouver ça ?

— Pour quatre-vingts personnes ? Un traiteur, je présume. S'il a les quantités disponibles…

Nous prîmes le bottin des pages jaunes et appelâmes un par un les traiteurs lyonnais. Aucun n'avait de quoi fournir quatre-vingts repas dans l'heure, et de toute façon les prix explosaient le budget. Ça coinçait à tous les niveaux.

— J'ai vu un truc nouveau chez Félix Potin, me dit soudain Nathan. Je ne sais pas ce que ça vaut, mais ça aurait le mérite d'être simple et rapide à préparer.

286

— Qu'est-ce que c'est ?

— De la purée de pommes de terre vendue en poudre.

— De la purée en poudre ? Qu'est-ce que c'est que ce truc ?

— Il paraît qu'il suffit d'ajouter de l'eau chaude et t'obtiens de la purée normale en une minute.

— C'est une blague ?

— Apparemment, ça existe.

Cette poudre magique m'apparut comme la solution miracle à mon problème, et je m'y accrochai dur comme fer.

Une minute plus tard, l'employé de Félix Potin me confirmait au téléphone en avoir un stock suffisant pour nourrir quatre-vingts personnes.

— Bon, dis-je, c'est parfait mais il nous faudrait une viande ou quelque chose sans préparation pour aller avec...

Nathan fronça de nouveau les sourcils en réfléchissant.

— Sans préparation...

— Oui.

— Eh bien... une tranche de jambon ?

— Mais... tu crois que ça ira, en termes de standing ?

Je savais très bien que non, mais j'attendais que l'on m'encourage dans ce choix de facilité qui résoudrait le conflit avec Katell. Ma tranquillité l'emportait sur mes responsabilités, anesthésiant en moi tout sens des obligations et des convenances.

— Pourquoi ça n'irait pas ? dit-il. C'est équilibré : une protéine, un féculent, c'est très bien.

Sa rationalité de 5 confortait ma quiétude de 9.

— Bon, génial. Il ne manque plus que le dessert.

— On trouvera ça facilement dans n'importe quelle pâtisserie.

— Tu me sauves, mon amour.

Corentin accepta d'accompagner Nathan avec sa voiture ; ils partirent tous les deux en quête du repas de fête.

Il ne sert à rien de stresser, dans la vie : les problèmes finissent toujours par se résoudre, et souvent d'eux-mêmes.

Seul dans la cabine de pilotage, Bobby se frotta les yeux.

Il fallait absolument dessoûler avant le départ...

Il se fourra dans la bouche une pleine poignée de chips. Ça dilue l'alcool dans le sang.

La nuit avait été arrosée, pourrie par le stress depuis que, la veille au soir, Sybille lui avait ordonné de remplacer Marco. Trop, c'était trop lui demander... Mais Sybille avait viré autoritaire et, s'il n'obéissait pas, elle allait hurler, c'est sûr. En même temps, piloter, ça voulait dire toucher aux manettes et aux affaires de Marco. Mais Marco, il ne voulait pas ! *N'y mets jamais les pattes !* disait-il tout le temps. Il s'en rendrait compte, forcément... Alors ça allait faire un conflit énorme...

Et puis, qu'est-ce qu'il se passerait s'il éraflait une péniche ? Les bateliers, c'est pas des tendres non plus ! Et s'il secouait les passagers, avec le maire à bord et tout le gratin ?

Rien qu'à cette idée, il reprit une gorgée de vin rouge à la bouteille. Puis une poignée de chips.

Il descendit sur le pont, histoire de respirer l'air à pleins poumons. Ça aussi, ça doit dessoûler, c'est sûr : puisque ça ajoute de l'oxygène dans le sang, l'alcool doit s'y évaporer.

Il était en pleine respiration forcée quand il aperçut l'auditeur, Ivan machin chose, qui avançait vers lui d'un pas incertain. S'il y a une chose qu'un alcoolique reconnaît au premier coup d'œil, c'est un autre alcoolique.

Il le regarda avancer vers lui, et en le regardant il ressentit ce que l'autre ressentait, comme s'il fusionnait. Ça lui faisait souvent ça, bizarrement. Et là, ce qu'il ressentit, c'était une tristesse, un vrai désespoir.

— Ça va pas, lui dit-il en ressentant de l'intérieur toute la souffrance de l'autre.

— J'ai connu des jours plus fastes, admit Ivan.

C'était toujours comme ça : quand il disait à quelqu'un ce qu'il ressentait en lui, l'autre confirmait, même si c'était le plus pudique des introvertis. Tout de suite, ça créait un lien.

— Alors, on est deux, dit Bobby.

Et, sans qu'il ait besoin de le lui proposer, l'autre le suivit dans sa cabine.

Bobby fouilla dans les affaires de Marco et trouva deux gobelets qui avaient l'air à peu près propres. Il fallait ça : on ne fait pas boire un bourgeois, même déprimé, à la bouteille, quand même.

— C'est un côtes-du-rhône, il est pas mal.

Et il leur servit deux verres.

— C'est quoi, toi, ton problème ?

Et l'auditeur lui raconta ses malheurs avec la directrice. Bobby écouta jusqu'au bout sans l'interrompre et, parce qu'il fusionnait avec les ressentis de son interlocuteur, il n'avait pas besoin de dire quoi que ce soit pour l'inciter à continuer, si bien qu'Ivan lui confia tous ses états d'âme, allant sans doute bien au-delà de tout ce qu'il aurait jamais imaginé raconter à qui que ce fût.

— C'est compliqué, les femmes, dit finalement Bobby en guise de conclusion.

— Oh oui...

Bobby reprit une gorgée de rouge.

— Moi, ça n'a jamais marché, j'ai eu que des expériences loupées. Des désastres.

— C'est pas drôle.

— La première fois, j'étais jeune, enfin j'avais pt'être vingt-cinq ans, et j'avais ramené chez moi une fille qu'était amoureuse de moi. On s'est déshabillés ; moi, j'avais aucune expérience, alors je me suis juste allongé sur le lit, et je l'ai laissée faire, quoi. C'était une fille sensible, je m'en souviens, elle est venue sur moi et au début, c'était top, vraiment super, et puis ensuite, elle a fermé les yeux, la tête un peu rejetée en arrière, et elle s'est mise à onduler lentement du bassin. Et là, ça a commencé à tanguer, et j'ai vite senti que j'allais avoir le mal de mer. Au début, c'était supportable, mais très vite c'est monté de plus en plus. Alors heureusement, j'avais un paquet de chips sur ma table de nuit. C'est mon truc pour passer le mal de mer, et puis j'adore ça. T'aimes ça, toi ?

— Euh... oui.

Il lui tendit son paquet.

— Tiens, sers-toi.

— Merci.

— Donc, je reprends : je tends la main pour attraper le paquet de chips sur ma table de nuit, et je m'en fourre une bonne poignée dans la bouche. La fille, elle, elle a continué d'onduler comme ça, puis soudain elle a ouvert les yeux. Moi, je continuais de mâcher mes chips pour faire passer le mal de mer. Et là, elle s'est arrêtée net, et ses yeux sont devenus tout mouillés. Elle m'a traité de goujat et elle s'est enfuie en pleurnichant.

— Pas sympa.

— C'est après coup que j'ai compris : j'avais été impoli, voilà tout. Alors, je me suis juré qu'on m'y reprendrait plus. J'allais apprendre les bonnes manières et faire des efforts. À partir de là, tu vois, j'ai observé comment ils faisaient, les aristos. Parce qu'à cette époque-là, le bateau était en bon état, et les aristos lyonnais venaient y manger. Alors moi, je les ai bien observés, je les ai écoutés parler, et j'ai appris leurs formules, leurs gestes.

— T'as raison, il n'y a pas d'âge pour apprendre, dit Ivan en se resservant un verre de rouge.

— Alors, plus tard, il y a une autre fille qu'est venue dans mon lit. Elle, c'était une passionnée, une fougueuse, elle m'a chevauché en gémissant, les yeux clos. Alors cette fois, quand j'ai senti le mal de mer, je me suis comporté en gentleman.

— Ah oui ?

— Tout à fait, monsieur, en gentleman ! Je lui ai tendu le paquet de chips *avant* de m'en servir, et je lui ai dit avec l'accent des aristos : « Un petit amuse-gueule, très chère ? »

— La classe.

— Oui, monsieur ! Sauf qu'elle n'a pas mieux réagi, figure-toi ! Elle a écarquillé les yeux en voyant le paquet que je lui tendais, et elle s'est figée comme si elle avait reçu une gifle. Alors j'ai continué comme j'avais appris : « Je vous en prie, ma chère. Pas de chichis entre nous ! »

— Ah oui, très classe.

— Ouais, sauf qu'elle a étouffé un sanglot et, les yeux explosés de rage, elle a donné un grand coup de poing dans le paquet. Ça a explosé et les chips ont volé dans toute la chambre.

— Pas de chance.

— Ouais, pas cool. Surtout que c'étaient des Flodor Blondes à croquer, pas des chips ordinaires. Alors depuis, moi, les femmes, c'est fini ! Je préfère ma télé.

— T'as raison : un bon film peut être érotique sans être hystérique.

*

* *

Les invités de la mairie commencèrent à arriver.

Je me tenais avec Katell à proximité de la passerelle pour les accueillir, quand un couple d'inconnus s'adressa à elle en demandant une table pour le déjeuner. Un homme d'une cinquantaine d'années et une femme de vingt ans de moins qu'il tenait par la taille.

— Je suis désolée, dit Katell, le bateau a été privatisé pour la journée.

— Ce n'est pas normal, protesta le client, je suis passé hier et ce n'était pas annoncé. Je suis venu exprès avec une amie qui a traversé tout Lyon pour déjeuner ici avec moi.

Je sentis tout de suite qu'il ne lâcherait pas. En même temps, je le comprenais, je me mettais à sa place…

— Sincèrement désolée, dit Katell. Nous aurons plaisir à vous recevoir un autre jour.

— Mais nous ne sommes que deux, vous avez bien de la place pour deux, quand même...

— C'est impossible, dit-elle, notre client a réservé tout le bateau. Il ne voudra personne d'autre.

À ce moment-là, l'inconnu se tourna vers moi.

— C'est humiliant, je trouve. Vous comprenez qu'on ne va pas déranger ni faire de bruit.

— Oui, je comprends, dis-je.

C'était plus fort que moi : je ne pouvais m'empêcher de trouver son point de vue valable.

— Donnez-nous juste une petite table dans un coin, personne ne s'en rendra compte.

Il y eut un court silence, et je m'entendis dire :

— D'accord.

Ils ne se le firent pas répéter et passèrent tout sourires devant une Katell effondrée.

Je haussai les épaules en signe d'impuissance et m'enfuis dans mon bureau.

Les invités continuaient d'affluer et, au bout d'un moment, j'entendis un murmure se répandre à bord : le maire arrivait.

Je sortis sur le pont et, en effet, une longue DS noire à cocarde s'arrêta devant le bateau. Je m'approchai et les portières s'ouvrirent. Le maire et deux autres personnes en sortirent et s'engagèrent sur la passerelle. Au dernier moment, Katell se faufila devant moi et salua chaleureusement monsieur le maire en lui souhaitant la bienvenue à bord du *PygmaLyon*. Elle retint tant et si bien son attention qu'ensuite il passa devant moi sans s'arrêter. J'étais bien sûr vexée, mais laissai faire : à quoi bon s'imposer à tout prix ? Qu'est-ce que ça changerait ?

J'étais encore dans mes pensées lorsque, en tournant la tête, je vis Katell s'adresser à deux hommes sur la passerelle... que je reconnus immédiatement : les tueurs à gages que j'avais employés la veille pour intimider mon propriétaire. Toujours en costumes noirs, cravates noires, lunettes noires. Évidemment, ça tombait mal…

J'entendis Katell leur refuser l'accès, mais l'un d'eux me désigna du doigt. Elle se retourna vers moi, incrédule. Embarrassée, je leur fis un petit signe de la main en me forçant à sourire.

— Tu les connais ? demanda-t-elle perplexe. Ils disent que tu les as invités…

— Euh… pas spécialement aujourd'hui, mais…

— Vous aviez dit « quand vous voulez », déclara le plus petit avec son accent serbe, en fronçant les sourcils.

— Oui, oui, venez, c'est pas grave…

Katell me fusilla du regard.

Ils montèrent à bord et, à ce moment-là, Manon me toucha le bras. Je me retournai et la vis en compagnie d'un homme en costume beige, les cheveux gris coupés bien net derrière les oreilles et de petites lunettes rondes en métal qui semblaient rapprocher ses yeux l'un de l'autre.

— Sybille, ce monsieur te cherche, c'est le responsable du service communication de la mairie.

— Ah oui, monsieur Pinet…

— Madame Shirdoon, dit-il en me serrant la main.

Je vis tout de suite la contrariété sur son visage et je décidai de filer avant qu'il ne l'exprime.

— Je vous prie de m'excuser, on m'attend dans mon bureau.

Je partis m'y planquer, mais Charles vint me rejoindre quelques instants après, toujours sur son trente et un.

— Vous êtes revenu ? demandai-je.

— Oui. Je viens de croiser Katell ; elle est très préoccupée. Il paraît que les repas ne sont pas encore prêts ?

— Non mais… ça va venir.

— Vous êtes sûre ?

— Oui, oui, ça va aller, pas de problème.

Le plus important pour moi à cet instant était de dédramatiser, de désamorcer tout conflit.

Je n'avais pas de prise sur les événements, mais c'était presque secondaire, comme si tout glissait sur moi sans me toucher. Nathan et Corentin finiraient bien par revenir de leur périple en ville.

Les faits me donnèrent raison : quelques secondes plus tard, j'entendis le moteur de leur Simca 1000. Je les vis par le hublot décharger de grands sacs Félix Potin et Prisunic avec lesquels ils s'engouffrèrent sur la passerelle. Ils firent plusieurs voyages sous l'œil suspicieux de Maurice Pinet, mon interlocuteur de la mairie.

On frappa à la porte.

— Sybille...

Je vis tout de suite que Bobby était un peu plus bourré que d'habitude.

— Oui ?

— Je voulais savoir... pour la croisière, on fait... comme la dernière fois ? On descend... la Saône jusqu'au bout et puis... on remonte le Rhône jusqu'au canal, c'est ça ?

Nathan l'interrompit en entrant à son tour dans mon bureau.

— J'ai eu l'idée, dit-il, d'aller chez Prisunic pour les desserts. C'était beaucoup moins cher que dans les pâtisseries. On a pris des tartelettes aux pommes, ça te va ?

— Oui, oui, très bien.

— En revanche, je viens de me rendre compte qu'on n'a rien prévu pour les entrées.

Merde. Les entrées. J'avais complètement oublié.

— On n'a rien du tout dans les frigos ? demandai-je.

— Non, rien. On n'est peut-être pas obligés de faire des entrées...

— Si, c'est dans le contrat, malheureusement.

— Bon, là, on a un vrai problème parce qu'il est trop tard pour retourner en ville.

J'imaginais déjà la colère de Pinet, qui m'avait l'air beaucoup moins commode qu'au téléphone.

— On a un problème, en effet.

Le silence emplit ma cabine.

Nous étions vraiment coincés.

Au bout d'un moment, Bobby osa glisser :

— Si vous voulez, j'ai... une grosse... réserve de chips.

Nous échangeâmes tous les trois un regard.

Je soupirai.

— Ma foi...

— S'il n'y a pas autre chose...

— C'est mieux que rien...

— Mais c'est bon, les chips, dit Bobby.

— Et t'es sûr d'en avoir assez pour quatre-vingts personnes ?

— Ah ça oui, alors... Il faut juste m'en laisser un paquet pour le voyage, sinon j'ai le mal de mer et alors je vomis partout s...

— OK, OK, on t'en laissera deux paquets, dis-je.

— Bon, ben... sauvés, dit Nathan.

— Sauvés.

Au fond de moi, je savais bien que ça se passerait mal, mais que pouvais-je y faire ?

*

* *

Un quart d'heure après avoir largué les amarres, Manon vint me trouver dans mon bureau où j'avais repris les réponses au courrier des clients.

— Tu peux venir voir en cuisine, un instant ?

Je la suivis et elle m'expliqua que les essais de reconstitution de purée étaient encourageants. Ils voulaient juste mon feu vert avant de lancer toute la préparation. « Parce que le goût est quand même un peu bizarre », dit-elle.

J'entrai dans une cuisine envahie par au moins la moitié de l'équipage qui voulait assister à la magie de la poudre transformée en pommes de terre.

Manon me fraya un chemin jusqu'au piano de cuisson.

Je pris une cuillerée de la préparation translucide, tous les regards braqués sur moi. C'était insipide à souhait.

— Il n'y a plus d'eau ! cria soudain un serveur devant l'évier.

— Comment ça ? dit Corentin.

— Il n'y a plus d'eau au robinet !

— C'est pas possible, dit Jeff. Va vérifier dans les toilettes.

Pendant ce temps, je rendis mon verdict en faisant un gros effort pour ne pas démoraliser les troupes :

— C'est pas mauvais, dis-je. Ça manque un peu de goût, mais ça peut aller.

— Moi, dit Jeff, je trouve qu'on dirait du vomi.

— Mais non...

La porte de la cuisine virevolta.

— Pas d'eau non plus dans les toilettes !

Allons bon...

— Allez peut-être demander à Bobby, suggérai-je.

Corentin s'en chargea et revint une minute plus tard.

— Il dit que Marco refait le plein d'eau le soir. Il n'a pas dû le faire hier.

— On est dans la mouise, dit un serveur.

— Au contraire ! dit Jeff. Pas de carafe à table, les gens prendront plus de vin !

— Très drôle, dit Corentin : et sans eau, comment tu fais la purée, gros malin ?

— Mince, la purée...

— On doit avoir de l'eau minérale, dis-je.

— Euh... justement, dit Manon, on a oublié de te dire : y a eu un loupé : on nous a livrés que de la pétillante.

— Ça ne va pas le faire, dit Corentin.

— On sait pas, dit Jeff : ça donnera peut-être un peu de piquant.

— C'est pas le moment de plaisanter, dit Manon.

— Bon, dit Jeff, de toute façon, l'eau, y en a partout autour de nous...

Tout le monde se mit à rire.

— Non, mais c'est pas idiot, dis-je. L'eau de la Saône, elle ne doit pas être mauvaise.

— On ne va pas faire ça, quand même ? s'offusqua Corentin.

— Tu préfères leur servir la poudre dans l'assiette ? dit Jeff. C'est comme vous voulez. Moi, le maire, je m'en fiche s'il n'est pas content, mais les deux grands baraqués en noir, je préfère pas trop les énerver...

Nous décidâmes d'aller prélever l'eau de la rivière à l'aide d'un seau de ménage attaché à une corde. Et finalement, le résultat fut plutôt satisfaisant : la purée prit une teinte végétale assez originale et son goût, moins fade, pouvait passer pour sophistiqué et créatif.

Un problème de moins.

On put lancer le service.

J'étais à peine retournée dans mon bureau que Katell déboula. Encore elle.

— Qu'est-ce que c'est que cette histoire ? dit-elle. Vous allez servir au maire des chips, du jambon purée et des pâtisseries de supermarché ? Mais je rêve !

Je résumai la situation et tentai de la rassurer : je comprenais sa déception, sa...

— Ma déception ? Ma déception ? Mais c'est bien plus grave que ça ! Je ne veux en aucun cas être associée à ce simulacre de réception ! Ça va partir en vrille et ce sera sans moi. Je démissionne sur-le-champ. Fini ! Je ne vous connais plus, et mon nom ne doit plus figurer nulle part dans vos documents. Je ne vous connais pas, je...

Je la laissai parler, et ses paroles glissèrent sur moi comme l'eau sur les plumes d'un canard de la vallée du Rhône.

Elle finit par s'en aller et je ne pris même pas la peine de lui rappeler qu'elle nous devait un mois de préavis. De toute façon, elle ne quitterait pas le navire en navigation.

Je me remis à mes courriers.

Un peu plus tard, je commis l'erreur de quitter mon bureau pour aller demander à Jeff un Coca. Les deux Serbes avec leurs lunettes noires étaient assis au bar devant des verres d'alcool fort. J'avais à peine formulé ma demande que Maurice Pinet quitta la table du maire pour fondre sur moi.

— Je n'en reviens pas de ce que je vois ici, dit-il d'un ton très offensif mais en contrôlant sa voix, sans doute pour ne pas être entendu de la table du maire.

Les hommes en noir levèrent immédiatement la tête vers lui, comme des chiens dressés à renifler l'agresseur.

— C'est inadmissible ! reprit Pinet, les lèvres tremblantes de rage.

J'eus l'impression qu'il contrôlait tellement l'expression de sa colère que ça allait le faire exploser de l'intérieur. Il devenait de plus en plus rouge et, à un moment, je crus vraiment qu'il allait se jeter sur moi.

— On est très loin, dit-il, de ce que vous m'avez vendu au téléphone, c'est totalement inacceptable sur tous les plans. Dès que j'ai mis les pieds sur ce rafiot, cela m'a fait l'effet d'une douche froide... une douche froide !

Je ne saurais expliquer ce qui se passa dans le cerveau des deux tueurs, comment s'opéra la connexion entre les trois neurones qui erraient dans le vide de leurs boîtes crâniennes comme des fantômes dans un manoir abandonné : ils se levèrent d'un bond et, menaçant le responsable de mairie de leur carrure imposante et de leur attitude, le stoppèrent net dans son élan. Le pauvre homme eut un mouvement de recul, puis l'un des tueurs dit :

— Madame Shirdoon pas aimer douche froide.

L'autre ajouta :

— Vous pas embêter Madame Shirdoon.

Le cadre municipal recula en tremblant de plus belle.

Je pris un air navré et m'éclipsai pour ne plus revenir.

Bobby, aux commandes, constata rapidement une panne de gasoil : Marco n'avait pas plus fait le plein de carburant que d'eau. Peut-être une vengeance de 8.

Bobby, de plus en plus bourré, tenta bien de rassurer Ivan, son copilote à la cravate de travers toute tachée de graisse de chips :

— Ça... va aller, le... bateau va... se laisser... porter par le courant.

— Le... problème, fit remarquer Ivan avec un gros effort pour articuler avec l'alcool qui embuait son cerveau, c'est... qu'on n'est pas en train... de descendre... le fleuve : on le remonte.

Le bateau ralentit en effet de plus en plus, jusqu'à finir par s'immobiliser, puis, commençant lentement à dériver en arrière, il se mit de travers puis avança alors vers la berge.

Il y a des moments dans la vie où, peut-être touché par la grâce, l'être humain, subitement confronté à une situation inconnue et terrifiante, a soudain un éclair de lucidité géniale et adopte spontanément le geste qui va sauver les foules. Quand Bobby réalisa que la berge se rapprochait inévitablement, droit devant lui, il... ferma les yeux et se boucha les oreilles.

Le choc fut assez violent.

Le bateau sembla se cabrer en mugissant dans un horrible vacarme de craquements suivis d'un grondement sourd.

Les cris fusèrent de toutes parts. Des hurlements de terreur et de détresse. Le bruit incroyable de la vaisselle fracassée, des verres brisés, des objets cassés, des tables enfonçant les cloisons.

Le bateau commença à basculer lentement sur le flanc ; des gens tombèrent à l'eau en hurlant, certains s'accrochèrent à tout ce qui pouvait les retenir ; les autres plongèrent pour ne pas couler avec le navire.

Enfermée dans mon bureau avec ma vieille machine à écrire, plaquée contre la cloison devenue plancher, j'étais pétrifiée par tous ces hurlements. C'est Nathan qui vint me sortir de là, avec son sang-froid de 5 et un bon sens à toute épreuve. Il me tira énergiquement par le bras et m'extirpa de la cabine qui commençait à prendre l'eau. Le bateau étant maintenant couché, nous ne tenions plus debout dans le couloir que nous dûmes traverser à quatre pattes avec de l'eau jusqu'à mi-cuisse. Une fois à l'air libre, Nathan eut la présence d'esprit de décrocher une bouée, et nous nous retrouvâmes tous les deux dans l'eau froide du fleuve suspendus à la bouée, au milieu de la foule des passagers, de l'équipage et d'une kyrielle d'objets flottants qui dérivaient lentement avec le courant.

J'aperçus Manon, Katell, Bobby au milieu des convives inconnus. Tout le monde flottait, sans plus rien dire. La certitude d'être sauvés nous rendait calmes, silencieux. Seul Ivan Raffot, tétanisé et les yeux exorbités, s'accrochait désespérément à un gilet de sauvetage qu'il n'avait pas eu le temps d'enfiler et qu'il serrait dans ses bras comme un ours en peluche.

J'aperçus la boîte à paroles qui dansait vers moi au rythme du clapotis. Je finis par tendre le bras pour l'attraper, puis l'ouvrir. Elle ne contenait que quelques messages que je pris en main.

Les petits papiers mouillés déversèrent sur moi leur flot de reproches.

Là où j'avais voulu apaiser les tensions par un langage conciliant, on me reprochait d'être dans le flou ; là où j'avais voulu dédramatiser les choses, on voyait un manque de compassion ; Enfin, on m'accusait de créer des conflits en disant oui à tout le monde, alors que j'avais, plus que tout, voulu la paix et l'harmonie.

Je finissais par me dire que, quelle que soit notre personnalité, l'existence nous apportait le contraire de ce que nous cherchions désespérément à obtenir.

24

Côme, le 20 janvier 2018

Et s'il avait une personnalité de type 9 ? Lui non plus n'aimait pas les conflits et avait tendance à s'enfermer dans sa bulle quand ça chauffait. Et puis, il lui arrivait aussi d'être irrésistiblement attiré par les tâches secondaires au lieu de s'atteler aux priorités que son chef attendait de lui... Qui sait ?

La vibration du téléphone portable tira Sam du flot de ses pensées.

— Veuillez me pardonner une seconde, dit-il. C'est la rédaction.

— Je vous en prie, dit Sybille Shirdoon. Prenez votre temps.

Il se leva du fauteuil en osier blanc, contourna un oranger dans son gros pot de terre cuite et fit trois pas sur la terrasse pavée de vieilles pierres.

— Oui, Jennifer, dit-il sans élever la voix.

— Le pianiste accepte de venir.

— Génial ! Et au fait... le piano ?

— Je m'en suis occupée, t'inquiète pas.

— Et quoi de neuf du côté de la famille d'Oscar Firmin ?

— Rien, mais on a retrouvé le nom de son notaire de l'époque. Il n'est plus de ce monde non plus. Tu veux les coordonnées de son successeur ?

— Envoie. Et prends rendez-vous pour moi, dès que possible.

*

* *

Lyon, le 26 juin 1964

Je pris le chemin de la confrérie à pied, à travers les ruelles ensoleillées de la Croix-Rousse, des pentes, puis du Vieux Lyon. N'étant plus attendue au bureau, j'avais tout mon temps… Alors, je savourais la chaleur douce du soleil matinal sur ma peau, les cris joyeux des enfants dans la cour de l'école de la rue Blandan, les senteurs de baguette chaude devant la boulangerie du quai Saint-Vincent, et, en traversant la passerelle sur la Saône, je pris le temps d'admirer les façades roses, crème et ocre des immeubles du quai de Bondy aux couleurs ravivées par le soleil, dominés de loin par la basilique de Fourvière.

L'avant-veille s'était soldée par un court séjour à l'hôpital où l'on m'avait rapidement relâchée, ainsi que tous les passagers à l'exception d'Ivan Raffot : sa phobie de l'eau avait considérablement amplifié le choc émotionnel du naufrage, et l'alcool n'avait rien arrangé. Le lendemain, j'avais dormi la journée entière. J'en avais eu besoin, après le stress et la tension cumulés au cours de la dernière semaine, soldée par le désastre final.

Oscar Firmin m'attendait pour enfin me livrer les clés d'un modèle que je désirais ardemment connaître depuis maintenant neuf jours. Neuf jours qui me semblaient neuf vies, tellement mon existence s'était chaque jour métamorphosée.

Jusque-là, quand quelque chose clochait ou ne me satisfaisait pas, je m'en prenais au destin, au hasard malencontreux ou parfois aux autres... Jamais je n'avais mesuré à quel point ma vie était le fruit de ma vision... de la vie, de moi-même et des autres, à quel point elle s'écrivait au fil des mécanismes mentaux ou émotionnels qui s'activaient en moi au gré de ma personnalité, dictant mes ressentis, mes réactions, mes décisions...

Il n'y avait donc guère de hasard. Mais où est le libre arbitre si notre vie est guidée par notre personnalité que nous n'avons pas choisie ? Où est notre liberté ?

Ce qui était aussi troublant, dans cette prise de conscience, c'était que, chaque jour de la semaine écoulée, je n'avais guère fait de distinction entre ma personnalité et moi-même. Aujourd'hui, le fonctionnement de type 9 me semblait naturel, comme s'il n'y avait pour moi pas d'autres manières d'être au monde. Mais la veille, le mode de pensée de type 8 m'avait semblé tout aussi naturel et la vision du monde qu'il m'offrait me paraissait la meilleure, la plus pertinente, la plus juste... Je trouvais tout aussi essentiel aujourd'hui de préserver l'harmonie autour de moi qu'il m'était apparu essentiel la veille de remuer ciel et terre pour faire valoir mes intérêts. Quand ma personnalité était de type 6, il me semblait vital de repérer les problèmes et d'anticiper les risques pour me protéger ; mais quand elle était de type 7, il m'apparaissait crucial de porter mon attention sur le positif et de m'accrocher à une vision optimiste de l'avenir, quitte à enterrer les problèmes...

Chaque personnalité recelait une part de vérité et une part d'illusions pernicieuses. Chacune avait induit en même temps dans ma vie des effets bénéfiques et des souffrances délétères.

Mais les souffrances qui m'avaient tenaillée la veille devenaient hors sujet le lendemain.

C'est d'ailleurs ce qui rend difficiles l'empathie et la compassion des humains entre eux : quand les autres sont confrontés à des difficultés engendrées par leur personnalité, leurs problèmes peuvent nous sembler dérisoires ; on ne réalise alors pas que les nôtres sont tout aussi dérisoires à leurs yeux... Tout le monde souffre, mais chacun a ses propres souffrances qui diffèrent tellement de celles des autres qu'au final, rares sont ceux qui les perçoivent, et encore plus rares ceux qui les comprennent.

D'ailleurs, combien de fois avais-je, dans le passé, jugé des attitudes que je trouvais déplacées ? Je me serais bien gardée de les juger aujourd'hui après les avoir vécues de l'intérieur... Mais voilà : c'est toujours plus facile de voir les travers des autres que les siens.

Parvenue au bout de la rue Lainerie, je pris à droite, rue de la Loge. À son autre extrémité, dans le sombre renfoncement créé par le vieil escalier de pierre qui la prolongeait pour gravir la colline de Fourvière, se dressait la façade austère de l'immeuble de la confrérie. J'allais maintenant en savoir plus sur les mystères qu'elle cachait.

Mon serment de la veille m'embarrassait pourtant au plus haut point. Je n'avais plus envie de le parjurer selon mon plan de l'avant-veille. Je n'avais guère plus envie de m'y soumettre, n'en ayant jamais eu l'intention...

La porte de l'immeuble se referma sur moi, et je retrouvai, baigné dans un silence de cathédrale, le hall sombre à l'odeur de vieille pierre humide qui m'avait glacée la première fois.

Au dernier étage, le maître m'accueillit tout sourires, ce que j'interprétai tout de suite comme la rétribution de mon engagement.

Je dus donc redoubler d'efforts pour lui faire part de mon embarras à ce sujet.

— Nous en parlerons plus tard, dit-il en balayant mes propos d'un geste de la main comme si j'avais soulevé un point secondaire.

Je n'eus pas d'objections.

Il s'enquit de mes nouvelles ; je lui fis part de mes ressentis dans la peau d'un 9, puis j'évoquai juste des difficultés professionnelles, sans avouer à quel point toute mon ambition de carrière était tombée à l'eau.

Nous en vînmes rapidement au cœur du sujet : puisque toutes les personnalités portaient leur lot de souffrances, et bien que ces dernières soient très différentes les unes des autres, je ne voyais guère l'intérêt de contrarier les lois mystérieuses de la Nature en gardant une personnalité autre que celle dont j'avais été affublée à ma naissance.

Il ne me fut pas nécessaire d'insister et je fus surprise qu'il ne m'oppose pas plus de résistance. Sans doute le privilège des membres.

J'eus donc droit à une dernière séance d'hypnose pendant laquelle il opéra le changement souhaité.

— C'est drôle, lui dis-je en sortant de transe, j'ai l'impression d'un retour au bercail.

Il m'adressa un sourire complice.

— Pourtant, repris-je, quand je prends du recul sur les neuf journées que j'ai vécues, ce qui me frappe, c'est la constance du sentiment de « moi », de « je », malgré les changements de personnalité.

— Oui, dit-il en souriant.

— Ma personnalité changeait de jour en jour, mais je restais la même, je restais qui je suis.

Il hocha la tête en signe d'approbation.

— En effet.

— En fait... j'existe indépendamment de ma personnalité. Je ne suis pas ma personnalité.

— Tout à fait.

Le parallèle avec ma couleur de peau me traversa l'esprit. Dans ma jeunesse, après avoir éprouvé le besoin de savoir si j'étais noire *ou* blanche, j'étais plus tard arrivée à la conclusion que j'étais noire *et* blanche. Je savais maintenant n'être ni l'une ni l'autre, car je n'étais pas plus ma couleur de peau que je n'étais ma personnalité.

J'en fis part à Firmin qui acquiesça de nouveau.

— La peau et la personnalité sont des masques de l'âme. Notre essence est impalpable.

— Donc, finalement, changer de personnalité n'apporte... rien.

— On peut le dire, confirma-t-il avec un sourire satisfait.

— En fait, vous vous êtes... fichu de moi depuis le début.

Il se cala dans son fauteuil et inspira profondément.

— Disons que je n'ai rien fait pour vous détromper.

— Pourquoi ?

— Vous étiez tellement convaincue que d'autres étaient mieux lotis que vous, tellement persuadée de pouvoir être plus heureuse avec une autre personnalité... Mes arguments n'auraient servi à rien...

— Quand même, de là à me faire vivre tout ce que j'ai vécu...

— Rien ne remplace l'expérience.

— Donc, en fait, quand je revenais vous faire part de mes déceptions et réclamer chaque jour un nouveau changement, vous vous y attendiez...

— Naturellement.

J'eus l'impression singulière d'avoir été manœuvrée de bout en bout...

— Bon... Donc, si changer de personnalité n'apporte rien, c'est quoi, la solution ? Se libérer de la sienne pour devenir pleinement soi-même ? Un être pur, sans illusions, sans angoisses ?

— Dans l'absolu, oui.

Je souris en repensant à mon enfance, à mon père qui valorisait les fortes personnalités. S'il avait su que le but, c'était de s'en défaire...

— Cela revient, ajouta-t-il, à passer de la prison de la personnalité à la liberté d'être pleinement soi-même.

— La prison ?

— La personnalité nous englue dans des illusions, des préoccupations et des peurs qui nous tirent vers le bas et nous empêchent d'être vraiment nous-même. Quand on est sous l'emprise de sa personnalité, on en est l'esclave, le prisonnier.

— Je vois…

— Un exemple : vous qui avez un fonctionnement de type 6, vous savez maintenant que votre personnalité se caractérise notamment par la peur et le doute, n'est-ce pas ?

— On peut dire ça !

— Eh bien, vous devez sentir, au fond de vous, que vos doutes et vos peurs tendent plutôt à vous empêcher d'exprimer qui vous êtes vraiment. Vous reconnaîtrez que l'on ne peut donc pas vous définir comme « une femme hésitante et peureuse » : cela ne dirait rien de vous, de qui vous êtes. En fait, cela désigne au contraire ce qui vous empêche d'être vous-même.

— Cela me parle, en effet.

— Origène, l'inspirateur d'Évagre, disait à ce sujet, au IIIᵉ siècle : « Je voulais faire en sorte de pouvoir devenir libre, de pouvoir m'affranchir du joug de cet esclavage et parvenir à la liberté. »

Évagre… J'étais tombée sur lui en faisant des recherches sur la formule grecque trouvée sur le cahier de Firmin.

— Pour devenir pleinement vous-même, reprit-il, pour vous révéler à vous-même, vous devez évoluer en vous libérant peu à peu de votre personnalité.

Je l'écoutai, songeuse. Ses propos allaient totalement à l'encontre de toutes les idées reçues. C'en était presque dérangeant.

— En évoluant ainsi, dit-il, on passe de l'enfer au paradis.

— Vous y allez fort…

— Quand on est sous l'emprise des travers de sa personnalité, la vie est infernale : certains se battent, d'autres se soumettent, certains courent après la réussite, d'autres la croient impossible, certains se coupent des autres, d'autres sont dépendants du regard de l'autre, certains s'interdisent d'écouter leurs envies, d'autres croient être libres en s'adonnant à leurs pulsions.

— Ces derniers sont peut-être les moins malheureux !

Oscar Firmin secoua la tête.

— La liberté, ce n'est pas de faire ce qu'on veut quand on veut en obéissant à ses pulsions, ce qui mène au n'importe quoi et surtout à l'esclavage. La liberté, c'est de s'autoriser à mettre en œuvre nos aspirations profondes sans être entravé par les souffrances induites par notre personnalité.

Il se tut, le silence retomba, mais ses thèses demeuraient aussi présentes dans mon esprit que les pétales des orchidées qui s'épanouissaient dans l'espace autour de nous.

— Et comment passe-t-on… de l'enfer au paradis ?

Il posa sur moi son regard engageant.

— La grande erreur consiste à se dire, à propos de sa personnalité, « je suis comme ça ». C'est une grande erreur parce que cela bloque toute évolution : en effet, on ne peut pas changer qui on est, donc si on s'assimile à sa personnalité, on fige les choses, on les grave dans le marbre pour la vie entière. Sauf que, et vous le disiez vous-même tout à l'heure, notre personnalité, ce n'est pas nous : au contraire, c'est un ensemble de mécanismes mentaux et émotionnels qui nous éloignent de nous-même.

— C'est ce que j'ai ressenti au fil des jours, en effet.

— La personnalité est comme une paire de lunettes déformantes qui vous donne une vision biaisée de vous et du monde et qui conditionne vos réactions d'une manière pas toujours appropriée. Vous n'êtes pas vos lunettes, et retirer vos lunettes ne change pas qui vous êtes, au contraire : cela vous permet de voir la réalité de votre être et du monde.

— Et comment retirer ses lunettes ?

— On ne les retire pas d'un coup, mais on peut décider de faire en sorte que ses verres déformants s'amincissent de plus en plus : c'est ce que j'appelle le processus d'évolution personnelle. En évoluant en tant que personne, on passe progressivement d'une situation infernale où l'on agit à partir d'illusions qui nous font souffrir et biaisent notre regard et notre attitude à une situation paradisiaque où l'on est pleinement soi-même, libéré de ses illusions, avec un regard juste, sur nous-même et le monde, et où notre attitude et nos comportements sont le fruit de nos choix et non de réactions automatiques dictées par des visions erronées et des angoisses inconscientes. Évoluer, c'est comme déplacer un curseur, comme le bouton qu'un ingénieur du son glisse de bas en haut pour accroître le volume sonore. Quand on évolue, on déplace le curseur de tout en bas, où l'on vit en enfer, vers le haut, où se trouve le paradis. C'est donc toute une gradation progressive : plus vous évoluez vers le haut, en vous libérant peu à peu des filtres et des mécanismes de votre personnalité, plus vous êtes heureux. Et cette évolution est rarement linéaire : s'il vous arrive un grand stress lié à un événement, vous pouvez sentir que cela vous tire vers le bas et tend à vous ramener vers vos vieux schémas douloureux. À l'opposé, quand vous êtes amoureux, votre personnalité tend à s'effacer naturellement et vous manifestez inconsciemment les meilleurs aspects de vous-même. Ce n'est pas une stratégie pour masquer vos défauts, c'est juste que vous êtes tiré vers le haut par cet état amoureux. L'évolution personnelle peut vous emmener vers cette qualité d'être, afin de la vivre en permanence.

— Bon, c'est tentant, naturellement ! Alors, je repose ma question : comment s'engage-t-on dans cette évolution ? Comment passe-t-on de l'enfer au paradis ?

— Il existe un remède universel, que je vous confierai plus tard, et puis il y a aussi… une sorte de chemin caché, propre à chaque type de personnalité. Caché car il va à l'encontre de ce qui semble logique. Ce chemin a pour point de départ la prise de conscience de cet enfer dans lequel vous vous perdez, sachant qu'il y a naturellement autant d'enfers que de types de personnalité.

— Je peux vous le confirmer pour l'avoir un peu vécu…

Il sourit avec un brin de malice et beaucoup de bienveillance.

— Si vous avez une personnalité de type 1, vous risquez de vivre l'enfer d'un perfectionnisme mal placé qui vous rendrait irritable et agacerait votre entourage. Votre personnalité repose en effet sur une angoisse inconsciente et totalement infondée – une illusion : celle d'être une personne mauvaise et immorale. Cette angoisse vous pousse à vouloir sans cesse vous améliorer. Cette quête vire au perfectionnisme que vous tendez alors à appliquer à tous les domaines, même les plus secondaires, et cela vous fait vivre dans le jugement permanent et la crainte de commettre des erreurs. Vous améliorer et améliorer tout ce qui vous entoure devient en effet une fixation et vous tendez à vous identifier à la petite voix en vous qui juge sévèrement toute imperfection.

— Certes.

— La clé de votre évolution est d'apprendre à vous dissocier de cette petite voix, d'en distinguer les bons et les mauvais aspects, pour ensuite faire preuve de discernement : vous vous réaliserez dans la vie en réservant votre goût de la perfection aux domaines qui vous tiennent vraiment à cœur et méritent donc vos efforts. Ce discernement vous apportera la sérénité du lâcher-prise sur tous les autres plans.

— D'accord.

— Mais ce n'est pas tout : il y a un secret pour y parvenir. Le secret sera de garder à l'esprit la vision aboutie de vous-même.

— Je ne comprends pas.

— J'ai évoqué ce que j'ai surnommé le paradis, cet état dans lequel la vie est pour vous facile et heureuse, lorsque votre évolution vous a libéré de votre personnalité.

— Oui.

— Pour évoluer dans cette direction, en utilisant la clé que je viens de vous fournir, le secret est de garder à l'esprit ce à quoi vous ressemblerez quand vous aurez atteint ce « paradis », quand vous serez libéré des angoisses votre personnalité.

— Pourquoi ?

— Parce que, si vous cherchez à évoluer en mettant votre attention sur vos travers, vos erreurs ou tout ce qui tend à vous montrer que vous avez encore beaucoup de progrès à faire, cela va vous tirer vers le bas, vous ramener en arrière et donc compliquer singulièrement votre évolution. Tandis qu'en portant votre regard sur le but, sur la version aboutie de vous-même, ce à quoi vous ressemblerez quand vous serez libre, c'est comme si cela vous aspirait vers cet état ; cela accélère et facilite votre évolution.

— Je comprends.

— Tant mieux.

— Et c'est vrai pour toutes les personnalités ou juste pour la 1 ?

— Pour toutes. Le chemin, c'est : comprendre son illusion, son angoisse, puis la clé de son évolution, et enfin mettre son attention sur la vision aboutie de soi-même.

— D'accord. Donc, pour la personnalité de type 1, sa clé est le discernement, qu'elle doit mettre en œuvre en gardant à l'esprit ce à quoi elle ressemblera quand elle sera tout à fait évoluée. Et pour elle, c'est quoi, cette vision aboutie d'elle-même ?

— Un être serein, intègre, humain et plein de sagesse, qui accepte le monde tel qu'il est en ayant confiance dans son évolution positive, et qui s'attelle à créer la perfection uniquement dans ce qui est, pour lui, porteur de sens, et sait par ailleurs se détendre et apprécier la vie ; un idéaliste inspirant.

J'acquiesçai pensivement.

Ce n'était pas dans mon habitude de me projeter mentalement dans une vision idéalisée de moi-même, puis de garder cette image à l'esprit. Au contraire : quand je prenais chaque année de bonnes résolutions au nouvel an, je constatais chaque jour mon échec à les tenir, mettant donc mon attention sur mes manquements ; et en effet, au bout de huit jours, je finissais par renoncer !

— Et pour le 2, quel est le chemin ?

— Si vous avez une personnalité de type 2, vous portez cette illusion, cette angoisse inconsciente de ne pas mériter d'être aimée, et vous risquez de vivre – même si cela vous est très difficile de l'admettre – l'enfer de la dépendance en la gratitude des autres, croyant nécessaire de vous sacrifier pour eux afin que leurs yeux reconnaissants deviennent un miroir de votre valeur personnelle.

— Cela me rappelle quelques souvenirs…

Je me souvenais en effet du jour où j'avais sacrifié mon déjeuner pour remplacer au pied levé Julie, la serveuse qui officiait ce jour-là en maître d'hôtel. J'en avais tiré une grande fierté.

— Vous pouvez alors avoir tendance à vous investir plus que de raison dans la vie des autres tout en étant convaincue qu'ils en ont besoin, et ressentir de la colère contre l'ingratitude de ceux qui ne réalisent pas tout ce que vous avez fait pour eux.

— Et quelle peut être la solution, la clé de l'évolution ?

— Ce qui vous manque le plus, c'est de vous aimer véritablement, de prendre soin de vous, de vous accorder du temps rien que pour vous, et d'être fière de vous plutôt que de ce que vous avez pu faire pour les autres. Cela deviendra donc la clé de votre épanouissement : vous vous réaliserez dans la vie en apprenant à vraiment vous aimer et en découvrant que vous avez de la valeur et êtes « aimable » sans qu'il vous soit nécessaire de faire quelque chose pour le mériter. Et le secret sera de garder à l'esprit cette vision aboutie de vous-même, une fois que vous aurez évolué : une personne humble, sincère et altruiste, qui s'aime autant qu'elle aime les autres.

— Je comprends. Et pour le 3 ?

— Si vous avez une personnalité de type 3, votre illusion, votre angoisse inconsciente, est d'être une personne qui ne vaut rien.

— C'est dur.

— Certes, même si c'est inconscient. Vous risquez alors de vivre l'enfer du rôle joué, en vous créant un personnage en vue d'être reconnu, ce qui, paradoxalement, vous empêche de l'être puisque ce n'est alors pas véritablement vous qu'on aime, puis de finir par croire que vous êtes vraiment ce personnage.

— Ce n'est pas très clair.

— Votre peur inconsciente de ne pas avoir de valeur vous pousse à prouver à tous que vous en avez. Pour réussir, vous vous mettez alors à incarner le rôle de la personne le plus susceptible d'être admirée, et vous agissez en conséquence. Dans cette quête de succès, vous pouvez finir par ne plus savoir qui vous êtes, ni ce que vous voulez réellement, ni quels sont vos sentiments.

— Ah oui, je m'en souviens... Alors, quelle est la clé pour passer de cet enfer au paradis ?

— Ce qui vous manque le plus dans cette situation, et deviendra donc la clé de votre épanouissement, c'est de marquer une pause pour vous reconnecter à vous-même en vous acceptant telle que vous êtes avec honnêteté et authenticité, en appréciant votre valeur... que vous découvrirez indépendante de tout succès !

— Et le secret ?

— Le secret sera de garder à l'esprit cette vision aboutie de vous-même : une personne authentiquement à l'écoute d'elle-même, qui croit en elle et en sa valeur, humble et bienveillante, qui a plaisir à mettre en œuvre les projets qui lui tiennent véritablement à cœur.

Depuis que j'avais vécu cette personnalité de l'intérieur, et maintenant que j'en comprenais les rouages, j'avais une perception très différente des personnes qui en étaient dotées. Je comprenais maintenant la souffrance qui pouvait être la leur.

— Passons au 4, lui dis-je.

— Si vous avez une personnalité de type 4, vous risquez de vivre l'enfer de la mélancolie et de la honte. Vous craignez en effet, et c'est là encore une illusion, d'être une personne sans identité propre, banale et affublée d'un problème vous empêchant d'être comprise et aimée. Cela vous conduit à une situation paradoxale : vous sentez le besoin d'être différente des autres pour exister en étant unique, et pouvez par ailleurs ressentir une certaine honte de cette différence qui vous amène à vous sentir rejetée. Très à l'écoute de votre monde intérieur, vous avez tendance à rechercher votre identité à travers vos émotions, mais celles-ci sont naturellement fluctuantes, ce qui complique votre quête.

— Pour l'avoir vécu, je peux vous confirmer que ce n'est pas facile à vivre...

— Ce qui vous manque le plus, et deviendra donc la clé de votre épanouissement, c'est de sortir de votre monde intérieur pour entrer dans le monde extérieur afin d'y agir en portant un regard positif sur vous et votre existence. C'est ainsi que vous vous réaliserez dans la vie.

— Et comment faire alors pour porter ce regard positif sur soi et son existence ?

— Développer une forme de contentement en apprenant à savourer ce que vous êtes et ce que vous vivez : en prenant conscience de vos qualités et de tout ce qu'il y a de bien dans votre vie actuelle.

— Et le secret...

— Le secret sera de garder à l'esprit cette vision aboutie de vous-même : un être sensible, compréhensif et intuitif, profondément créatif et dont l'inspiration peut transformer le vécu intérieur en réalisations lui permettant d'exprimer qui il est.

— Je comprends.

Transformer la souffrance intérieure en actions créatrices concrètes dans le monde extérieur avait un écho en moi, quand je me replongeais dans la situation que j'avais vécue ce jour-là.

— Nous en venons à la personnalité de type 5, dit-il. Votre angoisse inconsciente est que le monde et les gens sont incompréhensibles et que vous n'êtes pas capable de faire face. Cette illusion vous amène à souvent prendre beaucoup de recul en vous réfugiant dans votre tête pour réfléchir à la façon d'agir. Accumuler des connaissances devient vite une priorité pour compenser votre angoisse : c'est seulement en devenant expert, souvent dans un domaine très précis, que vous trouvez confiance en vous pour vous exprimer et agir dans le monde, donnant alors parfois aux autres le sentiment que vous adoptez une posture intellectuelle supérieure... En tout cas, dans bien des situations, votre réflexe est de vous mettre en retrait pour analyser, étudier et comprendre : vous préférez étudier la vie plutôt que d'y évoluer...

Je me souvins de ma journée dans la peau d'un 5 : j'avais passé le plus clair de mon temps isolée dans ma nouvelle cabine en fond de cale...

— La personnalité de type 5 risque donc de vous conduire dans l'enfer de l'isolement et du détachement, en vivant dans votre tête plus que dans votre corps. La clé de votre épanouissement, c'est de vous connecter à votre corps, et de vous incarner dans l'instant présent de la vie de tous les jours, notamment en vous reliant aux autres. Certes, cela vous fait peur, vous craignez notamment les conflits, mais ils font partie de la vie et peuvent être résolus : le retrait et le détachement émotionnel ne sont pas la solution.

— Qu'est-ce que vous entendez par « se connecter à son corps » ?

— C'est déjà en prendre soin, puis pratiquer de façon très régulière une activité physique douce qui aide à entrer en contact avec son corps sans le brutaliser : marche, yoga, Qi Qong, dance...

— Et le secret ?

— Le secret pour parvenir à évoluer est de garder à l'esprit cette vision aboutie de vous-même : un être ouvert d'esprit, perspicace et clairvoyant, très compétent dans tous les domaines qui l'intéressent, avec un potentiel de visionnaire, et qui sait aussi s'impliquer dans les relations et la vie de tous les jours.

Il se tut et nous servit un verre d'eau.

Je le remerciai et bus en pensant à Nathan, dont la personnalité avait de bonnes chances d'être de type 5. Je lui avais une fois reproché de ne jamais se confier à moi, et cela avait engendré un malaise assez perceptible qu'il avait aussitôt pris soin de masquer avant de retourner se plonger dans sa thèse.

— Passons à la personnalité suivante, dit-il.

— Attention à ce que vous allez dire, là, car vous allez parler de moi : je suis 6 !

— Non, vous n'êtes pas 6.

— Si, si, je vous assure !

— Non, vous avez une personnalité de type 6, mais vous n'êtes pas 6.

— Euh… vous jouez un peu sur les mots, non ?

Il secoua la tête.

— Rappelez-vous : vous n'êtes pas votre personnalité. Ne vous identifiez jamais à votre type de personnalité, sinon vous êtes mal barrée, si vous me permettez cette métaphore maritime.

J'eus un pincement au cœur en pensant à mon bateau au fond du Rhône.

Il prit une gorgée d'eau.

— Alors, si vous avez une personnalité de type 6, votre angoisse inconsciente est d'être seule et impuissante dans un monde dangereux sans personne pour vous soutenir et vous guider. Cette illusion vous amène à vivre dans l'enfer du doute et de la peur : vous doutez de vous, de vos choix, des autres, et votre imagination fertile peut vous amener à voir des dangers partout. Vous risquez alors de ne vous fier qu'à un cercle restreint de personnes en qui vous avez confiance, sans réaliser qu'en agissant ainsi, c'est votre vie que vous restreignez. Vouloir anticiper tous les risques vous donne le sentiment de vous protéger : en réalité, les problèmes que cela vous épargne sont minces en comparaison de l'effet néfaste d'une telle attitude : plus vous mettez votre attention sur le négatif, plus il vous est difficile de vous détendre et de savourer la vie dans l'instant présent. Le courageux ne meurt qu'une fois, quand le couard est déjà mort mille fois…

Bon, là, j'eus l'impression d'avoir reçu un grand coup de massue sur la tête. J'avais matière à réflexion…

— Ce qui vous manque le plus, dit-il, c'est la confiance. Cela deviendra donc la clé de votre épanouissement : vous vous réaliserez dans la vie en développant confiance en vous, dans les autres et dans la vie. Et le secret sera de garder à l'esprit la vision aboutie de vous-même, une fois que vous aurez évolué : quelqu'un de positif, courageux, loyal, qui croit en lui et en la vie et peut coopérer avec les autres et même les guider.

— J'ai encore du chemin...

— Certes, mais quand on s'engage dans ces chemins d'évolution, pour chaque type de personnalité, ce qui est encourageant, c'est que plus on avance, plus on est heureux, avant même d'avoir atteint le but.

Je pris une gorgée d'eau et me laissai aller en arrière dans mon fauteuil. J'imaginai à quoi ressemblerait ma vie en adoptant cette confiance dont il parlait, et je visualisai tous les effets positifs que cela pouvait engendrer dans mon existence, dans mes relations, mon travail, mes projets...

La voix d'Oscar Firmin me tira de mes songes.

— Le 7. Si vous avez une personnalité de type 7, votre angoisse inconsciente est cette fois la privation et la souffrance. Vous habitez tellement votre tête que vous êtes d'une certaine façon coupé de votre boussole intérieure, de vos aspirations profondes. Dès lors, ne sachant pas véritablement ce qui vous rendrait heureux, vous risquez de vivre l'enfer du désir insatiable de plaisirs stimulants et de la fuite de l'effort et de la souffrance en vous éparpillant dans des activités multiples ou en vous réfugiant dans votre tête pour maintenir votre esprit occupé, notamment en tirant des plans sur la comète. Ne sachant pas ce que vous désirez au fond de vous, vous veillez à maintenir ouvertes toutes les possibilités, toutes les options envisageables, multipliant les expériences et peut-être les sources de plaisir.

— Il n'y a pas de mal à se faire du bien...

— Pas sûr : le plaisir rend esclave, donc malheureux. Épicure l'avait bien compris.

— Épicure ? Je croyais qu'Épicure encourageait au contraire les plaisirs.

— C'est ce que tout le monde croit à tort ! Le philosophe grec aimait certes les plaisirs des sens, et le pire, pour lui, était d'ailleurs la frustration et le manque...

— Peut-être avait-il une personnalité de type 7 ?

317

— C'est fort probable. Mais il découvre que, pour se protéger de la frustration, le mieux est de maîtriser ses pulsions. La mesure est pour lui le secret de la vie heureuse.

— Le problème, pour avoir vécu une journée dans la peau d'un 7, c'est d'accepter cette mesure, sans le vivre comme une punition…

— Tout à fait. Et la clé pour y parvenir, c'est la gratitude. Avec une personnalité de type 7, vous vous réaliserez dans la vie en accueillant l'instant présent tel qu'il est, avec gratitude, en y ancrant votre corps et en lui ouvrant votre cœur et votre esprit. Vous découvrirez aussi que vous vous épanouirez dans l'effort, le travail et la persévérance.

— Qu'entendez-vous par « ouvrir votre cœur à l'instant présent » ?

— La fuite de la souffrance peut vous couper des autres : un trait d'humour en réponse à la difficulté éprouvée par un proche vous coupe d'une communion de sentiment qui est pourtant une grande source de joie…

— Et la gratitude… on fait comment, concrètement ?

— Simplement penser le plus souvent possible à remercier la Vie, l'Univers, Dieu ou qui vous voulez pour cet instant que vous êtes en train de vivre.

— Et le secret ?

— Le secret sera de garder à l'esprit cette vision aboutie de vous-même : un être heureux qui vit en profondeur chaque instant en s'enthousiasmant des choses simples de la vie avec joie et reconnaissance.

Tout un programme…

— Et pour le 8 ?

— Si vous avez une personnalité de type 8, vous risquez de vivre l'enfer issu de l'angoisse de perdre le contrôle dans un monde que vous voyez potentiellement dressé contre vous. Plus vous vous fermez émotionnellement pour vous endurcir, ne pas souffrir, et parfois imposer ce que vous croyez être votre intérêt, plus vous vous rendez malheureux en vous coupant des autres, et même en induisant malgré vous les trahisons dont vous souhaitiez vous protéger par le contrôle et la force.

— Quand j'étais dans la peau d'une 8, vous ne m'auriez pas convaincue de changer de point de vue. D'ailleurs, je ne me serais pas confiée à vous !

— Probablement, en effet... En fait, si vous avez cette personnalité, ce qui vous manque le plus, c'est de vous connecter sereinement aux autres au lieu de parfois chercher à les contrôler ou à les dominer. Vous autoriser à aimer, sans craindre que vos sentiments ne vous fassent perdre le contrôle de la relation. C'est la clé de votre épanouissement. D'ailleurs, rien ne sera plus enrichissant pour vous que de vous réaliser en mettant une part de votre pouvoir au service des autres ou d'un projet altruiste qui vous tient à cœur, en inspirant et en guidant les autres.

— Et le secret ?

— Le secret sera de garder à l'esprit cette vision aboutie de vous-même : un être qui se maîtrise, patient et clément, bon et généreux, courageux et prêt à se donner dans une cause qui le dépasse, et dont la grandeur d'âme pourrait même mener à l'héroïsme.

— Bref, un 8 a le potentiel d'un tyran ou d'un héros, d'un Staline ou d'un de Gaulle...

— C'est vous qui l'avez dit !

— Bon, eh bien, il ne nous reste plus que le 9...

Il reprit une gorgée d'eau et je fis de même. Je l'observai en buvant et il me sembla fatigué. Certes, il n'était plus tout jeune, mais je sentais chez lui une volonté très forte de transmettre ces secrets, de m'en faire profiter, de les partager.

— Si vous avez une personnalité de type 9, votre angoisse inconsciente est celle de la perte et de la séparation. Vous tenez dès lors à préserver à tout prix la paix et l'harmonie dans vos relations. Vous risquez ainsi de vivre l'enfer de l'oubli de soi où, pour éviter les désaccords et le stress tout en vous préservant de la rupture, vous tendez à passer sous silence vos envies et vos besoins au profit des autres, qui ne tardent pas à décider alors pour vous, ce qui devient vite inacceptable et peut dans ces conditions vous pousser à des formes de résistance passive qui vous permettent, croyez-vous, d'éviter néanmoins les conflits.

— Des formes de résistance passive ?

— Oui, ça peut être tout simplement de ne rien faire, vous appuyant ainsi sur une force d'inertie, ou encore de vous obstiner dans une décision anciennement prise que vous ne voulez pas remettre en question.

— Je me souviens, lorsque j'étais 9, plus on voulait obtenir quelque chose de moi, et plus je me bloquais, presque malgré moi, me sentant irrésistiblement attirée par des tâches un peu secondaires mais non anxiogènes.

— C'est cela. Sauf que cette attitude peut aggraver les choses et parfois énerver les autres et donc... mener au conflit que vous vouliez à tout prix éviter !

— C'est ballot...

Il sourit.

— Vous remarquerez que toutes les personnalités aboutissent à générer ce que l'on veut à tout prix éviter. La 9 ne fait pas exception.

— C'est vrai. Et la clé pour le 9 ?

— Ce qui vous manque le plus, avec cette personnalité, c'est de savoir et d'exprimer ce que vous voulez. Cela deviendra donc la clé de votre épanouissement : vous vous réaliserez dans la vie en entrant en contact avec vous-même et vos envies véritables pour ensuite les suivre en ayant le courage d'exprimer votre volonté : ne pas attendre d'être en colère pour formuler vos besoins... Ce courage gagnera d'ailleurs à s'étendre à la capacité à dire non. Beaucoup de gens croient qu'un refus est une parole brutale, alors qu'on peut tout à fait être doux et ferme à la fois. C'est une qualité intéressante à développer. Et vous découvrirez qu'en exprimant votre volonté, les gens vous aiment toujours et peut-être même encore plus.

— Et le secret ?

— Le secret sera de garder à l'esprit cette vision aboutie de vous-même, quand vous aurez évolué : un être autonome, serein et intensément vivant, pleinement connecté avec soi et les autres. C'est en effet en faisant un avec vous-même que vous développerez les relations les plus riches avec votre entourage.

Il se tut. Nous avions fait le tour des neuf types de personnalité du modèle de la confrérie. J'avais dorénavant une compréhension de ce qui avait causé mes souffrances, jour après jour, et une vision de ce qui aurait pu m'amener à en sortir.

— J'ai une question : quand je repense à la façon dont je vivais chaque personnalité, j'ai l'impression qu'elles se manifestaient plus fortement chez moi que ce que je peux observer chez d'autres personnes du même type. C'est normal ?

— Plus une personne est évoluée, c'est-à-dire plus elle se rapproche de la liberté, et moins sa personnalité est marquée. À l'extrême, chez une personne totalement libérée, celle-ci ne sera même plus identifiable. Pour vous permettre de vivre intensément chaque type de personnalité, je me suis permis de les induire en vous à un niveau… peu évolué, ce qui, avec le recul, a pu vous donner le sentiment de personnalités très accentuées.

— Ce qui explique qu'elles m'aient fait à ce point souffrir…

— Exactement. Comme vous le savez maintenant, un individu à la personnalité peu évoluée vit en enfer… et fait vivre l'enfer à son entourage, alors que le même individu, une fois sa personnalité évoluée, devient quelqu'un d'heureux, de merveilleux pour ses proches.

Il me proposa une tasse de thé, ce que j'interprétai comme un nouveau privilège de membre… et qui renouvela mon embarras face à cette situation.

— La première fois que nous nous sommes rencontrés, lui dis-je, vous m'avez déclaré qu'il n'y avait pas une personnalité meilleure qu'une autre et je l'avais pris pour un discours politiquement correct éloigné de la réalité…

Il sourit.

— Maintenant que vous les avez vécues de l'intérieur, en êtes-vous convaincue ?

J'acquiesçai et il reprit :

— Le monde a besoin des neuf types de personnalité : ce sont les neuf facettes de son âme.

— Les neuf facettes de l'âme du monde... Comment ça ?

— Le monde ne serait pas ce qu'il est s'il manquait ne serait-ce qu'un seul de ces types de personnalité sur terre.

— Pourquoi ?

Il se leva et alla prendre sur une console le long du mur un cahier ancien que je reconnus tout de suite à sa couverture de cuir gravée de l'inscription grecque εννέα γράμματα, entourée d'enluminures estompées. Il en tourna les pages, puis me le tendit ouvert à l'une d'elles.

Les neuf facettes de l'âme du monde

Le monde a besoin des personnalités de type 1; elles sont la conscience éthique du monde. Sans elles, le monde pourrait se laisser aller et perdre son âme...

Le monde a besoin des personnalités de type 2; elles sont l'amour altruiste du monde. Sans elles, le monde pourrait glisser vers l'égoïsme...

Le monde a besoin des personnalités de type 3; elles permettent au monde de se réaliser à travers elles. Sans elles, le monde pourrait glisser dans l'oisiveté et l'amateurisme.

Le monde a besoin des personnalités de type 4; elles sont le pouvoir créatif qui transfigure le monde. Sans elles, le monde glisserait dans la banalité et la laideur.

Le monde a besoin des personnalités de type 5; elles sont la logique et la précision du monde. Sans elles, le monde glisserait vers l'irrationalité et l'obscurantisme.

Le monde a besoin des personnalités de type 6; elles sont la loyauté et la vigie du monde. Sans elles, le monde se perdrait dans l'individualisme et se briserait sur les écueils.

Le monde a besoin des personnalités de type 7; elles sont la joie du monde. Sans elles, le monde s'abîmerait dans la déprime et le pessimisme.

Le monde a besoin des personnalités de type 8; elles sont la force du monde. Sans elles, le monde s'amenuiserait et partirait à vau-l'eau.

Le monde a besoin des personnalités de type 9; elles sont les gardiens de l'harmonie et de la paix du monde. Sans elles, le monde se déchirerait.

*
* *

Il referma le cahier et les paroles qui y étaient inscrites semblèrent se graver en moi.

Je n'avais jamais réalisé que chacun avait non seulement sa place sur terre, mais aussi un rôle à jouer pour faire du monde ce qu'il est.

Je repris quelques gorgées de thé.

— La couverture de ce cahier m'avait intriguée et j'ai fait quelques recherches sur son titre grec. Ce sur quoi je suis tombée était pour le moins déconcertant : Évagre, Gurdjieff...

Il parut très étonné, puis sourit sereinement.

— Vous voulez connaître l'histoire du modèle de personnalités de la confrérie...

— Bien sûr.

Il se laissa retomber en arrière dans son fauteuil et prit une profonde inspiration.

— Tout commence au IV\ :sup:`e` siècle... La nouvelle religion qui se répandait parvint jusqu'au sommet de l'Empire romain : Constantin lui-même, l'empereur païen polythéiste, devint chrétien. À partir de là, des populations entières se convertirent au christianisme tout en conservant leurs rites païens que l'on finit par intégrer à l'Église. L'Église devint avant tout politique, un rouage de l'État sous le contrôle de Constantin. La nouvelle religion se mua en religion de masse. Elle servait surtout à cadrer le peuple en lui dictant une morale. Une partie des connaissances visant à élever spirituellement les gens disparurent. Dans les années et les décennies qui suivirent, un certain nombre de personnes prirent alors le large et partirent dans le désert d'Égypte pour tenter de revenir à un mode de vie plus conforme à l'esprit d'origine en devenant moines. Ces personnes, que l'on appela par la suite les Pères du désert, vécurent soit en communautés disséminées sur le territoire, soit en ermites isolés. Inspirés par le silence du désert et la quiétude de leur cœur, certains écrivirent des textes qui eurent un réel retentissement. Nombreux furent les gens qui vinrent à la rencontre de ces sages aux paroles précieuses. L'un d'eux, Arsène de Scété, inventa même ce que l'on appelle aujourd'hui la méditation. Au disciple qui l'interrogeait sur le bon chemin de vie, il répondit : « Assieds-toi, tais-toi et apaise tes pensées… » Un autre, originaire de la région du Pont, dans ce qui est aujourd'hui devenu la Turquie, eut des révélations sur ce qui permet aux hommes d'évoluer. Il s'agit d'Évagre, et sa région d'origine lui valut un surnom : « le Pontique ». Il a beaucoup écrit, notamment sur l'éveil spirituel, la sagesse universelle ou encore la vie monastique. Parmi ses écrits se trouvaient des textes précieux sur l'éveil des personnes, qu'il considérait en fonction des travers à dépasser.

— Mais j'ai lu qu'Évagre en retenait huit. Quel rapport avec les neuf types de votre modèle ?

— J'y viens ! Plus d'un siècle après sa mort, en 533, le Ve concile œcuménique de Constantinople condamna certaines des thèses d'Évagre, notamment pour leur vision de la préexistence de l'âme, inspirée par l'enseignement d'Origène, lui-même déclaré hérétique lors de ce concile. Les manuscrits d'Évagre furent interdits. Les Grecs firent disparaître les textes, qui furent confisqués, brûlés. Des Syriens s'employèrent à les sauver. Ceux qui restent aujourd'hui sont des traductions syriaques ou quelques textes édités sous un autre nom : Saint Nil. Malgré tout, la plupart sont expurgés des passages origénistes condamnés par l'Église. Ces passages expurgés révélaient la clé de l'épanouissement d'un individu selon sa personnalité : selon le travers qu'il devait dépasser, parmi les huit identifiées par Évagre. Ces travers sont équivalents aux émotions problématiques que l'on retrouve au cœur de chaque personnalité : la colère, la mélancolie, l'orgueil, etc. Des bribes fuitèrent et, mal comprises, furent à l'origine de la notion de péchés capitaux ramenés au nombre de sept par le pape

Grégoire Ier, qui ne voulait surtout pas laisser croire qu'il s'était inspiré d'Évagre. Mais tout le monde ignorait qu'Évagre avait affiné ses réflexions à la fin de sa vie, et porté à neuf le nombre des travers, qu'il décrivit dans un manuscrit unique : *De vitiis quae opposita sunt virtutibus*. À l'époque, un Égyptien parvint à en sauver un exemplaire intégral qu'il garda précieusement en secret. Tous les autres furent détruits. Le texte lui permit de réaliser que découvrir sa blessure ouvrait la voie de son épanouissement. Cela le toucha tellement qu'il décida avec un ami grec de dispenser ce précieux savoir. Mais la condamnation qui frappait le texte rendait impossible toute diffusion écrite. Alors, ils choisirent d'en transmettre secrètement l'essence à un cercle d'initiés réunis au sein d'une confrérie secrète qu'ils baptisèrent Confrérie des Kellia, du nom des cellules occupées par Évagre et les moines ermites au cœur du désert de Nitrie. La transmission serait orale et axée sur la compréhension des neuf points de cristallisation de la psyché humaine : *Ennéa grámmata* en grec.

— Le titre de votre cahier.

— Exactement. Mais, par la suite, les maîtres de la confrérie se rendirent compte que certains initiés détournaient le modèle en l'utilisant à d'autres fins, par exemple pour manipuler leurs semblables, abusant du pouvoir qu'il leur conférait. Les maîtres décidèrent alors d'en réserver la connaissance intégrale aux seuls membres ayant prêté serment sur la base d'un engagement à vie. Ce système fonctionna à merveille au fil des siècles, jusqu'en 1919. L'Égypte connut alors de graves troubles qui la secouèrent, du temps du protectorat britannique. À cette époque, de nombreux membres de la confrérie étaient des soufis, ce qui s'explique très bien : les soufis recherchent la sagesse et l'amour par un travail personnel intérieur, ce qu'offrait précisément le modèle secret de la confrérie, même si celle-ci n'était pas elle-même soufie. Il est d'ailleurs très probable que les Pères du désert aient influencé le soufisme dès son apparition, au début de l'Islam. Les troubles de 1919 amenèrent la plupart des membres de la confrérie à se disperser. Seuls quelques-uns suivirent le grand maître, qui trouva refuge en Turquie. Mais six ans plus tard, en 1925, la république laïque turque interdit tous les ordres soufis et ferma leurs organisations. La plupart des membres de la Confrérie des Kellia étaient soufis, et tous décidèrent alors de partir de nouveau pour, cette fois, s'installer en France, pays des droits de l'homme, où ils seraient en paix. La confrérie restait bien sûr totalement secrète en France, tout comme l'était la position de son grand maître.

— Et Gurdjieff alors ? Ce que j'ai lu sur lui était pour le moins inquiétant... Était-il membre de la confrérie ?

— Gurdjieff, personnage très controversé en effet, parcourait l'Asie et le bassin méditerranéen à la fin du XIXe siècle et au début du XXe, à la recherche de savoirs ancestraux qu'il pourrait utiliser, peut-être notamment pour asseoir son pouvoir personnel. En 1920, il entendit parler du modèle de personnalités de la Confrérie des Kellia et se rendit en Égypte où il apprit son départ. Mais il retrouva l'un des anciens frères dont il gagna la confiance, et il parvint à lui soustraire une partie du modèle, des informations heureusement incomplètes à partir desquelles il bâtit sa carrière de gourou. Mais il lui manquait l'essentiel, ce qui explique pourquoi il ne parvint jamais ensuite à éveiller ses propres disciples.

— Je vois...

Mes préoccupations trouvaient leur réponse, mais je n'avais toujours pas abordé la question de ma propre intégration au sein de la confrérie... J'avais d'abord une question concernant la démarche.

— Pourquoi amener l'initié à revêtir des personnalités plutôt que de lui expliquer d'entrée de jeu son chemin d'évolution ?

Il sourit.

— Évagre disait : « Ce n'est pas la même chose de voir la lumière et de parler sur la lumière. » Nous pouvons tous avoir plutôt tendance à rendre le monde extérieur responsable de notre mal-être, ou même simplement nous croire sincèrement affublé d'une personnalité un peu décevante... On considère alors qu'on n'y changera rien, que c'est ainsi. Le travail sur soi pour évoluer rebute l'être humain. C'est en vivant de l'intérieur d'autres personnalités que l'on ressent profondément qu'il n'y en a pas de meilleure que la sienne, que tout le monde souffre et que l'évolution est la seule solution.

Il se tut et nous restâmes tous les deux silencieux un moment.

L'évolution est la seule solution...

Ses paroles s'imprégnaient en moi.

Bon, il était temps que je me jette à l'eau.

— Je suis perturbée, car j'entends la bonté qui transparaît à travers vos paroles, et pourtant j'ai le sentiment assez désagréable d'avoir été d'une certaine façon piégée pour devenir membre à vie de la confrérie...

Il soupira longuement.

— Moi aussi, j'en suis perturbé...

— Vous ? C'est... un comble, non ?

Il inspira de nouveau, puis garda le silence un long moment.

Je ne le quittai pas des yeux.

— Je suis le dernier grand maître d'une longue lignée qui a débuté au VIᵉ siècle. Mais ce n'est pas tout : j'en suis le dernier membre vivant.

— Comment ça ?

— Cette confrérie n'a plus aucun membre.

— Mais comment est-ce possible ? Et mon copain de fac ? Je veux dire... Rémi Marty ?

— M. Marty n'a jamais été membre : c'est un simple initié, qui a essayé quelques personnalités avant de s'engager dans son évolution personnelle, mais il ne connaît pas tout le modèle.

— Ah...

— Vous savez comme moi que l'époque actuelle se caractérise par le refus de l'engagement... De nos jours, plus personne ne veut s'embarquer à vie dans de telles contraintes. Cela fait bien longtemps qu'aucun initié n'a accepté de devenir membre. Un à un, les derniers ont disparu. Je me retrouve grand maître d'une confrérie devenue une coquille vide ; je suis l'ultime détenteur d'un secret préservé depuis quatorze siècles. Après moi, ce secret sera perdu.

Il se tut. Je mesurais la valeur de tout ce que j'avais reçu grâce à lui. Je ne pouvais pas garder ça pour moi et accepter que personne d'autre n'en bénéficie. Il fallait faire passer ces messages. Les diffuser.

— Vous trouverez peut-être d'autres initiés qui accepteront d'être cooptés membres.

Il secoua tristement la tête.

— J'atteins l'âge limite prévu par les statuts. Le jour de mes quatre-vingts ans, ma mission s'éteindra. Vous êtes ma dernière initiée.

Naturellement, je ressentais la pression d'une telle position. Il n'en restait pas moins que ma promesse m'avait quand même été extorquée...

— Quand je vous ai rencontrée la première fois, dit-il, j'ai tout de suite vu en vous la candidate idéale pour devenir membre et me remplacer. C'était presque un don du ciel : vous êtes intelligente, subtile, humaine ; vous aviez le profil pour continuer l'œuvre. Et puis... le sens de la loyauté caractéristique des personnalités de type 6 accentuait mes chances de vous convaincre, une fois que je vous aurais apporté toute mon aide en vous admettant au cercle des initiés. Sans compter que le doute propre au type 6 compliquerait votre choix d'un nouveau type de personnalité, vous poussant à les essayer toutes...

— Et pour les essayer toutes, je n'aurais eu d'autre choix que de devenir membre, c'est ça ?

— Eh oui... Mais je n'avais pas anticipé qu'une fois la personnalité 7 revêtue, vous alliez décider de la garder. Tout mon plan s'effondrait. J'étais coincé. Je vous ai alors fait une proposition hors normes en vous offrant la possibilité d'essayer le type 8 avec ensuite le choix de devenir membre pour accéder au 9 ou bien de retrouver votre personnalité d'origine. Je jouais alors le tout pour le tout, pariant sur le fait qu'une fois de type 8, vous valoriseriez tellement le pouvoir et le contrôle qu'il vous serait impossible de vouloir revivre la peur qui caractérise le type 6…

— Et ça a marché.

— Oui.

J'avais bien eu le sentiment d'avoir été poussée à céder, mais j'étais loin d'avoir imaginé tous les calculs dont j'avais été l'objet.

— Que vaut un engagement s'il est obtenu sous influence ?

Il soupira de nouveau.

— J'en ai bien conscience. C'était ma dernière carte, mon seul espoir de préserver un modèle utile pour l'humanité.

Le silence retomba.

J'étais bien embarrassée. Je ne pouvais pas accepter qu'un outil capable d'aider les gens à s'épanouir dans la vie disparaisse à tout jamais, mais il était hors de question de me plier à un engagement que l'on m'avait arraché.

Je bus une gorgée d'eau.

Quand on doit trancher entre deux solutions perdantes, il faut toujours sortir du cadre pour en trouver une troisième, créative.

Et si…

— Tout au long de mon initiation, j'ai pris chaque jour des notes sur nos échanges et mon vécu. Et si je les publiais pour transmettre le modèle… à tout le monde ? Le donner en globalité à quelques personnes leur confère un pouvoir indu, mais, si on le donne à tous, chacun est protégé : personne ne peut plus manipuler qui que ce soit ! Tout le monde gagnerait à se nourrir de ces enseignements et pas seulement une poignée d'initiés.

En réalité, mes notes servaient actuellement à nourrir les poissons au fond du Rhône… Mais je m'en souvenais parfaitement et pouvais facilement tout réécrire en peu de temps.

— Certes… mais c'est interdit par les statuts. Nous ne pouvons révéler le modèle qu'aux membres de la confrérie.

— Vous en êtes le grand maître...

— Plus pour longtemps.

— Tant que vous l'êtes, vous avez le pouvoir de modifier ces statuts pour me laisser publier ce témoignage et ainsi tenir mon engagement d'une autre façon.

Il secoua la tête.

C'était sans doute prétentieux de ma part de penser être capable d'initier une modification à des règles inchangées depuis quatorze siècles, mais j'étais persuadée d'y arriver.

J'argumentai en vain pendant de longues minutes puis, déçue sans m'avouer vaincue, je le laissai me raccompagner sur le pas de la porte.

— Puis-je vous demander quand vous aurez quatre-vingts ans ?

Il posa sur moi son regard touchant de bonté, et me fixa sans rien dire pendant quelques instants.

— Ce soir à minuit.

Je ne m'attendais pas à une échéance aussi brève.

— Vous avez donc jusqu'à ce soir pour changer d'avis. Je serai au Grand Café des Négociants. J'attendrai jusqu'à minuit.

*
* *

Le soir venu, je m'installai sur une banquette tapissée de velours pourpre dans l'illustre café de la rue Grenette. J'avais apporté un livre d'Origène que j'étais allée prendre à la bibliothèque, curieuse de découvrir la pensée de celui qui avait inspiré Évagre avant d'être déclaré hérétique.

La plupart des tables étaient occupées par des gens qui dînaient en couple, plus rarement en famille. Les verres étaient remplis, les assiettes bien garnies, et l'on pouvait palper la bonne humeur derrière la retenue, toute lyonnaise, des convives. Quelques éclats de voix s'échappaient quand même par moments, quelques rires aussi.

Je commandai une grande théière de verveine, la seule chose que je pouvais raisonnablement m'offrir sachant que j'allais perdre mon emploi.

Je me plongeai dans la lecture d'Origène, mais fus assez vite stoppée dans mon élan par la complexité de sa pensée. C'est drôle, j'avais toujours eu l'impression que l'être humain était sur une pente ascendante au plan intellectuel et culturel. Manifestement, aux tout premiers siècles de notre ère vivaient des êtres qui rendraient très humbles nos têtes pensantes actuelles...

La soirée passa et je bus ma verveine à petites gorgées pour faire durer ma boisson le plus longtemps possible.

La nuit tomba, et seules les tentures bordeaux des murs qui m'entouraient réchauffaient l'atmosphère de leurs teintes moirées.

23 heures. Pour la première fois, je me mis à douter. Oscar Firmin allait-il venir ?

Je repris la lecture de mon livre en surveillant du coin de l'œil l'entrée du café. Le temps s'écoulait à l'horloge sertie de bois sculpté qui trônait entre les miroirs, au milieu des moulures colorées.

23 h 40. J'avais du mal à me concentrer sur ma lecture. Mes pensées voguaient. Je me voyais suivre mon chemin d'évolution, en développant la confiance dans tous les domaines de ma vie, et j'imaginais les effets positifs que cela aurait sur mon existence. La suite de ma vie professionnelle était dorénavant une page blanche ; il me revenait d'écrire ce qu'elle allait devenir...

Une image me revint : le jour où Jeremy, le pianiste, m'avait encouragée à monter sur la scène et à chanter. L'espace de quelques minutes, mon rêve avait pris forme, j'en avais ressenti une bouffée de joie. Et si je persévérais dans cette direction ? Certes, dans ce domaine, les écueils sont nombreux et les chances de succès plus que maigres...

« Il vaut mieux mourir en route en allant à la recherche de la vie parfaite que de ne pas entreprendre cette recherche », disait Origène dans mon livre compliqué.

À minuit, je compris que je ne reverrais jamais Oscar Firmin.

25

Le lendemain, je me rendis dans un autre café, Abel, rue Guynemer, où Charles m'avait donné rendez-vous. Le naufrage nous avait menés au-delà de la fin de ma période d'essai, mais, pour lui éviter les tracas administratifs de la procédure de licenciement, j'avais préparé ma lettre de démission.

Je poussai la porte de l'antique bistrot lyonnais et à peine avais-je fait quelques pas dans la salle décorée d'anciennes boiseries sombres que je fus saisie par d'alléchants effluves de sauce aux morilles. Charles était déjà là, assis sur un tabouret derrière le vieux bar au zinc matifié par les années, plongé dans une pile de papiers, une grande tasse de café fumant devant lui.

Il leva la tête et, quand il me vit, bondit de son tabouret pour venir vers moi, tout sourires.

— Sybille !

Il ne m'avait pas habituée à de telles effusions. À moins que la perspective de mon départ ne le mît en joie...

— Bonjour, Charles.

— Asseyez-vous. Vous voulez un café ?

— D'accord.

Pendant qu'il le commandait, je sortis de ma poche ma lettre et la lui tendis.

— Qu'est-ce que c'est ?

— Ma démission. Je préfère vous éviter les tracasseries administratives.

Il la saisit et entreprit de la déchirer en menus morceaux. Je le laissai faire sans comprendre.

— Sybille.

— Oui, Charles ?

— Sybille. Je suis sauvé grâce à vous !

— Je ne comprends pas.

— Je vous présente mes excuses, toutes mes excuses...

— Expliquez-vous, enfin !

— Mes excuses pour vous avoir engueulée il y a dix jours, en vous reprochant d'avoir passé la journée à renégocier les contrats d'assurance. Sybille...

— Quoi ?

— Sybille, l'assurance va nous payer intégralement un bateau neuf, un bateau tout neuf, Sybille. Tout neuf ! C'est incroyable...

— Ah...

— Même l'expert-comptable n'en revient pas. Il m'a dit n'avoir jamais vu de contrat aussi avantageux. Un contrat qui nous coûtait cher, certes, mais qui me sauve aujourd'hui. Je n'ai même plus besoin du fonds américain !

— Disons qu'à l'époque, j'étais excessivement prévoyante. Je le serais moins aujourd'hui. Comme quoi, même les travers apportent parfois leur lot de consolation...

Charles me proposa de rester directrice du futur bateau, en reprenant les mêmes employés. *On ne change pas une équipe qui gagne*, lâcha-t-il.

Je ne pus réprimer un sourire.

Je décidai de réserver ma réponse. Le nouveau bateau ne serait pas livré avant six mois. Cela me laissait du temps pour tenter ma chance dans le show-biz.

Depuis que s'était fissuré mon carcan de doute et de peur, la vie me semblait enthousiasmante, une aventure que j'avais envie de croquer à pleines dents.

Vous connaissez la suite…

Oscar Firmin avait omis de me livrer le remède universel, comme il l'appelait, mais je l'avais trouvé toute seule. Quelle que soit votre personnalité, le remède… c'est l'amour. Aimez-vous, aimez les autres, aimez la vie, et tout vous sourira.

26

Côme, le 2 février 2018

Le soleil éclatant inondait la terrasse de lumière. Au loin, le lac scintillait de toutes ses nuances de bleu. Un bateau à voile blanche glissait en silence à sa surface, porté par une légère brise dont on sentait ici le souffle délicat, embaumé du parfum vert des forêts couvrant les collines alentour.

Sam était assis dans l'un des grands fauteuils en rotin blanc, face à la vue magnifique, à côté de Jeremy Flanagan. Devant eux, le Blüthner sauvé des eaux trônait, digne et fier depuis que la restauration lui avait rendu son lustre d'antan.

Sam avait tout organisé pour en faire la surprise à Sybille Shirdoon. Seule Giulia, qui veillait sur elle, était dans la confidence et l'instrument venait d'être livré dans un silence digne d'une procession religieuse en Italie du Sud.

Seulement voilà : Mme Shirdoon était très diminuée depuis une semaine. Aujourd'hui, elle était restée alitée et la dame de compagnie préférait ne pas l'importuner pour l'instant.

— Dites-lui juste qu'elle a de la visite. Elle décidera…

On refusa.

Sam et Jeremy attendirent, longtemps.

Ils se parlèrent à voix basse, Jeremy confia son inquiétude que Sybille ne le reconnaisse pas après toutes ces années. Il avait maintenant quatre-vingt-trois ans... Puis la conversation s'épuisa, et le silence revint.

Sam repensa à l'histoire de Sybille, aux conseils formulés par le grand maître pour chaque type de personnalité. Il songea à l'incroyable effet que ces conseils avaient eu sur elle, cette femme effacée et timorée qui avait ensuite eu cette vie incroyable sur le devant de la scène. Il l'imaginait créant et dirigeant cette fondation philanthropique au retentissement mondial... C'était phénoménal.

Sam, quant à lui, n'était pas sûr d'avoir trouvé son type de personnalité. Il hésitait maintenant entre le 1, le 4 et le 6. Pas facile de trancher. Et puis il se dit que les clés d'évolution de chacune de ces trois personnalités avaient un vrai écho en lui. Dès lors, pourquoi s'en priver ?

D'ailleurs, finalement, n'avait-on pas intérêt à s'autoriser l'accès aux ressources de tous les types de personnalité ? En fonction des contextes, il pouvait être utile d'être perfectionniste comme un 1, aidant comme un 2, efficace comme un 3, de savoir sublimer sa souffrance comme un 4, d'avoir la précision et la logique d'un 5, la prévoyance d'un 6, l'optimisme d'un 7, de savoir contrôler les choses comme un 8 et d'avoir la quiétude d'un 9...

À côté de lui, Jeremy se leva soudain et fit quelque pas sur la terrasse. Puis il alla s'asseoir au piano, face au lac. Le silence des lieux était à peine entravé par quelques rares piaillements d'oiseaux au loin. Puis les oiseaux semblèrent se taire, comme s'ils attendaient, eux aussi.

Sam retint son souffle.

Jeremy posa ses mains sur le clavier... et se mit à jouer.

Les notes résonnèrent d'un son très pur, les aigus étaient cristallins et les graves d'une profondeur subtile et douce, presque ronde. La mélodie était si touchante, si émouvante, que Sam devina qu'il s'agissait de l'air que Jeremy avait dédié à Sybille.

Au bout d'un moment, Sam tourna la tête par-dessus son épaule. Sybille Shirdoon était là, dans l'embrasure de la porte, vêtue d'une longue robe ivoire très fluide. Elle s'avança vers Jeremy, face au lac, qui leur tournait le dos. Des larmes coulaient sur ses joues. Une fois près de lui, elle posa lentement la main sur son épaule.

Jeremy tourna la tête vers elle en continuant de jouer. Leurs regards se croisèrent. Sam l'entendit murmurer :

— Merci, Jeremy. Merci pour tout.

*
* *

Deux mois plus tard, Sam était en Catalogne pour couvrir la fête de Sant Jordi. Il apprit le décès de la grande dame à la télé espagnole.

Il s'y attendait, mais, malgré tout, le chagrin tomba sur lui comme un voile lourd, qui assombrit la vue et pèse sur les épaules.

Il consulta la presse étrangère sur Internet : l'information avait déjà fait le tour du monde.

Quelques heures plus tard, il reçut un coup de fil de Joël Jobé, l'homme qui avait remis le piano sur pied.

— J'ai appris la triste nouvelle, dit-il. Du coup, je me suis souvenu que je devais vous rappeler. Quand j'ai démonté le Blüthner, il a trois mois, j'ai découvert un carnet manuscrit. Il était caché sous la table d'harmonie ; bien caché, d'ailleurs. Je l'ai mis de côté en attendant de vous en parler, puis j'ai été appelé en Suisse et j'ai fini par oublier.

— Vous pouvez me l'expédier ?

— Naturellement.

— Je suis actuellement à Barcelone, je vous envoie l'adresse de l'hôtel par SMS.

Sam était heureux à l'idée de récupérer ce manuscrit et de pouvoir ainsi relire les notes prises au jour le jour par Sybille

Shirdoon, révélant son état d'esprit de l'époque et le fil de ses émotions au gré de ses changements de personnalité.

*
* *

Lyon, le 4 mai 2018

Sam feuilletait les magazines dans la salle d'attente du notaire successeur de celui d'Oscar Firmin. La plupart publiaient des articles sur Sybille Shirdoon, mais le coup de maître, c'est lui qui l'avait fait, involontairement : le planning chargé de la rédaction l'avait amené à décaler la publication de son reportage... à la veille du décès. *Newsweek* était le seul à titrer sur elle. Les ventes avaient explosé tous les compteurs.

— Monsieur Brennan.

— C'est moi, dit Sam.

— Maître Varin vous attend. Je vous prie de me suivre, monsieur.

Sam se leva et emboîta le pas à la secrétaire, amusé comme chaque fois de la solennité des relations en France.

Ils s'engouffrèrent dans un couloir parqueté, boiseries blanches et hauts plafonds moulurés, très classe. La secrétaire elle-même portait un petit tailleur très chic et des chaussures à hauts talons.

Sam en regrettait presque d'avoir gardé ses baskets.

— Bonjour, monsieur, dit le notaire en se levant pour l'accueillir.

— Bonjour, maître, dit Sam en lui tendant sa carte de visite, amusé d'appeler ainsi quelqu'un pour la première fois de sa vie.

— Bonjour ! dit une jeune fille à la voix fluette qui rangeait des livres dans la bibliothèque.

— On dit « Bonjour monsieur » ! répliqua très vite le notaire d'un ton cassant.

— Salut, répondit Sam.

— Une stagiaire, dit le notaire en balayant l'air de la main d'un petit geste condescendant.

Ils s'assirent et Sam embraya en allant droit au but.

— Mon assistante vous a appelé.

— C'est exact.

— Vous savez donc que j'enquête au sujet d'un homme décédé il y a près de cinquante ans, client de votre étude.

— Oscar Firmin, client de mon prédécesseur maître Jacquet, en effet, dit-il en tapotant sur un dossier assez mince posé sur son bureau.

— Vous savez que je recherche les descendants de M. Firmin.

— Il n'en a aucun, dit le notaire en ouvrant le dossier. J'ai vérifié : aucun héritier. D'ailleurs, la succession a été attribuée à l'État.

À cet instant, la secrétaire entra de nouveau dans le bureau.

— Vous pouvez venir une seconde, maître, Mme Girard est encore à l'accueil...

— Ah... oui, j'arrive.

Il se tourna vers moi.

— Veuillez me pardonner, j'en ai pour un instant.

Et il disparut dans le couloir.

Sam se tourna vers la jeune fille.

— Tu travailles déjà, à ton âge ?

— Non, j'ai quatorze ans, je fais juste mon stage de troisième.

— Tu aimerais devenir notaire ?

— Ben... finalement non. En fait, je déteste !

— C'est le métier que tu n'aimes pas ou le monsieur qui te reçoit en stage ?

Des pas dans le couloir. Le notaire entra dans le bureau.

— Est-ce qu'Oscar Firmin avait laissé un testament ? demanda Sam.

— Je n'ai pas le droit de vous le dire, vous savez.

— Cela fait cinquante ans et il n'a pas de successeur...

— Certes, mais la loi est la loi.

— Je ne veux pas connaître d'éléments confidentiels, financiers. Je voudrais juste savoir s'il a laissé des instructions particulières, des messages…

Le notaire soupira.

— Je vous dirais juste qu'il avait laissé une lettre dont le destinataire n'a jamais été retrouvé.

— Quel était ce destinataire ?

— Je ne peux pas vous le dire.

— Je veux juste connaître son nom…

— Non.

— Ça ne vous coûte rien, ça ne cause préjudice à personne…

— Je n'ai pas le droit de vous le communiquer.

— Qu'est-ce que vous risquez ? Il n'a même plus de descendant…

— N'insistez pas, je vous prie, dit-il d'un ton sec en se levant. Je vous raccompagne, j'ai un autre rendez-vous qui m'attend.

Sam le suivit en singeant ses mimiques d'une grimace caricaturale. La jeune fille pouffa de rire. Sam lui lança un clin d'œil ; le notaire la fusilla du regard.

Une fois dans la rue, Sam dépité se rendit au café d'en face et commanda une Budweiser. Il s'installa en terrasse et entama la lecture de la longue liste d'e-mails en attente sur son portable. Il avait l'impression d'en recevoir chaque jour davantage. Comme un flot continu…

Il but une gorgée de bière, prit son inspiration, puis se lança dans la rédaction des réponses.

— Tenez !

Une enveloppe jetée sur sa table.

Sam leva les yeux sur la petite stagiaire.

Trop top !

— Tu vas avoir des ennuis, lui dit-il.

— Je m'en fiche, j'arrête ce soir. Et il est pas près de me revoir !

Sam lui adressa un sourire.

— Merci, merci beaucoup. Bonne chance pour la suite.

Elle lui fit un clin d'œil et se sauva d'un bon pas.

Sam écarquilla les yeux en voyant le nom inscrit sur l'enveloppe :

Sybille Blüthner

Il ne put s'empêcher de sourire, et reprit une gorgée de bière.

La jeune Sybille Shirdoon était tellement méfiante qu'elle avait donné un faux nom à Oscar Firmin, un faux nom qu'elle n'était pas allée chercher bien loin.

L'enveloppe était cachetée, soigneusement, et Sam fit signe au garçon pour demander un couteau afin de l'ouvrir proprement.

Il sentit son cœur battre fort quand il en sortit un feuillet plié en quatre.

Une lettre, datée du 13 juillet 1964. Écrite il y a plus de cinquante ans.

Il la lut, puis la posa devant lui sur la petite table de bistrot au plateau de marbre blanc.

Oscar Firmin disait à Sybille avoir écrit en vain chez elle : la lettre lui était revenue avec la mention « Inconnue à cette adresse ». Alors, il se résignait à une lettre testamentaire, en espérant que le notaire saura retrouver son destinataire.

Et dans cette lettre… il donnait son accord pour la publication des notes de Sybille…

Sam inspira profondément.

À un mois près… Sybille aurait apprécié.

Une nouvelle gorgée de bière.

Il savait ce qui lui restait à faire.

*
* *

Deux mois plus tard, Sam était sous un soleil éclatant à Aix-en-Provence, pour couvrir l'actualité du Festival d'Art Lyrique. Il se préparait pour l'interview d'un chef d'orchestre allemand dans les gradins du théâtre de l'Archevêché quand son téléphone vibra.

C'était Philippe Robinet, le patron des éditions Calmann-Lévy.

— Bonjour Philippe !

— Comment allez-vous, Sam ?

— Sous le soleil de Provence, entouré d'artistes, de vieilles pierres, de musique... J'ai connu pire. Je pensais à vous, ce matin. Je me demandais quelle était la date prévue pour la publication.

— A priori, nous partons sur le 17 octobre.

— Ça me semble très bien.

— Dites-moi, Sam, vous avez réfléchi à un titre ? Il n'y en a pas sur le carnet de Sybille Shirdoon.

Un titre. Non, Sam n'y avait pas pensé...

Voyons...

Soudain, une idée lui traversa l'esprit, fugace, comme si Sybille la lui avait soufflée à l'oreille.

Il sourit, et prit une grande inspiration.

— Je te promets la liberté.

Composition et mise en pages
Nord Compo à Villeneuve-d'Ascq

Achevé d'imprimer en octobre 2018
par CPI
pour le compte des éditions Calmann-Lévy

CALMANN
LEVY s'engage
pour l'environnement en réduisant
l'empreinte carbone de ses livres.
Celle de cet exemplaire est de :
650 g éq. CO$_2$
Rendez-vous sur
www.calmann-levy-durable.fr

PAPIER À BASE DE
FIBRES CERTIFIÉES

21, rue du Montparnasse 75006 Paris
N° d'éditeur : 7400330/01
N° d'imprimeur : 3030387
Dépôt légal : octobre 2018

Imprimé en France.